青春阅读　幸得相见

有爱的青春陪伴者

所有的默不作声，

都是因为很喜欢你。

真的，很喜欢你。

她是小温暖

程亦清 著

上海故事会文化传媒有限公司
上海文化出版社

程亦清

Cheng Yi Qing

小花阅读签约作者

一个具有灵魂段子手的逗比少女，

经常扮演话题终结者。

喜欢看文，甜虐皆可，

日常沉迷二次元。

喜欢写生活气息多一点的故事，

希望自己的文字可以带给其他人共鸣。

作品：《独宠小青梅》《初初见你的美丽晴天》

Z U O Z H E J I A N J I E

作者前言

zuozheqianyan

现实生活中我一直是个自卑的女生，这和我从小到大的生活环境有关。

别人家的孩子不是长得漂亮就是学习成绩名列前茅，要么性格开朗要么亲切可人，而我，不管在哪里都是一个灰扑扑的存在，努力把自己瑟缩起来，不希望被人看到但心里却又渴望被看到，一个矛盾的自卑的、灰扑扑的少女。

可是，再暗淡无光的我在看见喜欢的少年时，也控制不住那颗鲜活跳动的心。

他是个人缘特别好的少年，和男生玩得开，和女生聊得来，像一朵生长在阳光下的向日葵，永远生机勃勃、永远笑容满面。我想他一定从未注意过我，那个装作淡定、装作无所谓、装作不屑的、长发遮面、抱着书来来去去的瘦女生。

每天沉闷地上学放学，像个入定的老僧，只有在转角偶遇他或偶然和他擦肩而过的瞬间，会觉得整个生命被点亮，会莫名欢喜一整天，直至晚上的梦，都是五彩斑斓的。

这些，都是我一个人独角戏般的好时光。

我以为高中的时光都会是在仰望天神一般的他中度过，毕竟，在我以及大多数人眼里，他优秀到自然发光。

可是，一次晚自习的时候他竟然逃课了，再回来时浑身散发着刺鼻的酒味，他闷闷地趴在桌子上，无论谁去关心、去打探，他都一声不吭。

就算这样，他依然是人群的焦点，我心里咆哮着、叫嚣着：去啊去啊，假借同学之谊走近一回啊！

我还是㞞了，假装刷题却一直竖着耳朵听着一个个同学来来去去的安慰，却始终没有踏出那一步，感觉手心都被自己指甲抠破了，疼，却比不过心里的难受。

后来有过一次接触，那时网上购物刚刚兴起，我喜欢网购书籍，很多大大小小装着书的包裹往班里送，连班主任也知道我常年买书的习惯。某次老师要求大家自行购买某本书籍，我在那天成为班上最炙手可热的人，不出意外的，我也接到了他的电话。

听到他的声音从听筒里传来的那一瞬间，我连呼吸都不会了，结结巴巴吭哧吭哧终于说出他的名字，电话里他在笑，简单地说完对我的拜托，我又吭哧吭哧连话都不会说了。最后是怎么结束电话的，到现在我依然不记得，只记得那株仿佛一生生活在黑暗里突然被光照到的小草的狂喜、恐慌、手足无措和浓浓的自卑。

书到了，然后，就再也没有然后了。

高中时，已经有爱美的女生开始偷偷化妆，周天补课的时候会把好看的裙子穿在校服里面，放学的时候就脱掉校服。她们多么恣意、阳光、美好、温柔，让我羡慕。

那时肥大的校服就是我高中三年给人最大的印象。

故事中的许轻也是如此，小心翼翼地偷偷守着那份小心思。

不过她比我勇敢，也比我幸运。

幸运的是，她有一个愿意等她的人，也有一帮愿意陪她同行的朋友。

书中的程瑶和林音，一个是我真实的经历，一个是虚构出来的。

许轻去教导处接程瑶的情节基本是我真实经历的刻画，许轻说的那番话就是当初我说的。

林音是我最心疼的一个角色，她是我在故事写到后半部分的时候临时起意加进去的一个人物，但是因为她的存在，许轻才会变得更加勇敢。

人们常说，岁月是一把杀猪刀。

那么，青春应该就是一把手中的刻刀，而生活是一块原木，有些人可以把它雕刻得精美细致，而有些人怀着美好的渴望却刻得面目全非。

好在时间是公平的。

它会让我变得更加坚强，在下一段旅程中遇见新的人。

而我，依然会怀念我的青春，但是也将与它郑重地告别。

程亦清

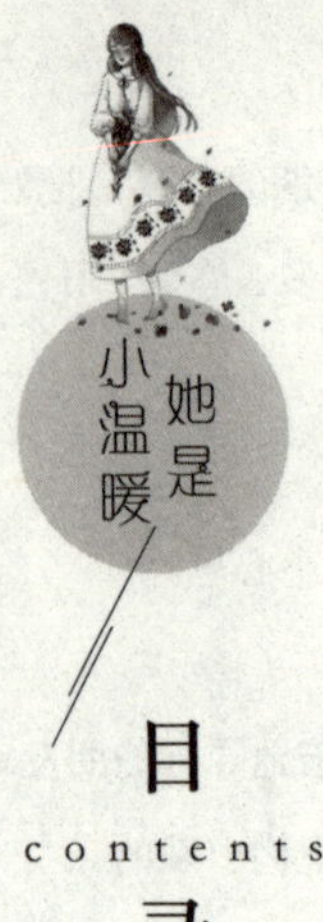

目录

contents

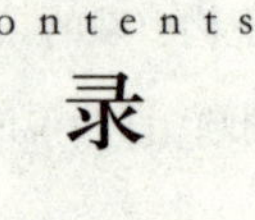

她是小温暖

目录
contents

第一章

TASHIXIAOWENNUAN

原来是她 / 他

1.

晚风浮动，空气中残留一丝燥热，风撩起窗帘，窗台上的盆栽将夕阳的一束光线一分为二。

清河高中建校三十年，难得举行一次校庆。学校很看重，要求每个新生班级出几个节目。

正是晚自习的时间，教室里大部分人都去排练了，零零散散只剩下一小拨人在教室，有些人在窃窃私语，有些人在埋头认真地刷题。

许轻刷不进题，被窗外操场上一帮跳绳的女生吸引。

一下，两下，三下……哎呀，绊住了。

“你看什么呢？”

许轻闻言回头，看见程瑶正啃着绿豆冰棍进来。

“给你带的。”程瑶将另一支递给她。

“你不用去排练吗？”许轻撕开冰棍的包装，侧目看着程瑶。

程瑶摇头："我刚才去了，练舞教室人太多了。反正我是跳独舞，不用和别人一起排练，何必和她们抢那一亩三分地呢。"

她舔了舔冰棍，继续说："明天是周末，我在舞蹈补习班那儿约了空余时间用一会儿舞蹈教室，你有空的话就陪我一起去吧。"

许轻答应："嗯，你到时候打电话给我吧。"

程瑶随后想起什么，问："你真打算一个节目都不报了？"

清河镇就一所高中，清河高中建校三十年，镇上和乡下的学生全聚集在这所学校，举办周年庆典对于学生们来说是一次难得的盛典，所有人都希望借此展现自己，班级里有点才艺的都参加了，趁着自习课都会去排练。

"你觉得我能表演什么节目？"许轻看着她，很认真地问。

"嗯，我觉得你……"程瑶还真的很认真地想了一下。

跳舞吗？肢体僵硬。

唱歌吗？五音不全。

"你就把你最擅长的本事拿出来。"程瑶一本正经地说。

许轻笑："我最擅长的是画画，难道要我当着全校几千师生的面，坐在舞台上，对着一张纸画画吗？"

程瑶认真脑补了一下那个画面：许轻坐在舞台上，对着画板，拿着铅笔，一脸认真地画素描……那画面还真不能看。

程瑶总算舔完了一支雪糕，扬手轻轻一抛，雪糕棍精准地投身进了隔着两米距离的红色垃圾桶。程瑶朝许轻得意地一扬头："好吧，你还是在台底下为我呐喊吧。"

她舔了舔嘴角残留的绿色，自信满满地说："姐妹我这次跳的舞一定惊艳全场，你就瞧好吧。"

这得意的模样是欠揍了点，不过话倒说得并不过分。

程瑶从小学舞蹈，最开始是家里逼着让学的，后来没想到就真的喜欢上跳舞了。许轻经常陪她去舞蹈室，见过她练舞的样子，认真专注与平时嘻嘻哈哈没个正形的样子判若两人。许轻总是不敢相信，她这样性格的人竟会在如此辛苦的事上专注了这么多年。

远处传来金属琴弦的闷重声音，透着湿热的空气，听起来有点黏腻。

班级里不管是在交头接耳的还是在奋笔疾书的都闻声抬头，透过班级里的半扇窗户望过去，教学楼对面的柳树下，几个男生抱着吉他在拨弦。

其中一个手里抱着木吉他、穿着夏季校服的高个男生很是显眼，蓝白相间的搭配让他看上去清爽干净。距离有些远，许轻看不到他的脸，只能看到他用力拨弦的动作，与之而来的是悦耳的吉他声。

“听说这次压轴的节目是四班的。”教室里开始有了谈论声。

“是宋时啊。”其中一个女生还激动了。

宋时？许轻想了想，还真没听说过。毕竟才开学一个月，自己班上的人还没认全呢。

“宋时是谁啊？”许轻问程瑶。

程瑶说：“四班的。”随后她挑眉，带着几分八卦的味道睨过来，“他刚进校门就有高二学姐给他送情书，在我们高一年级组很有名的。”

许轻耸肩：“哦。”她向来不是八卦的人。

程瑶倒是对这个话题很感兴趣，凑过来继续：“我和你说，这个宋时很不简单，据说家里是有门道的，他爸是……”

许轻一边听着，一边偏头看向教室外。

四班和六班就隔着一个走廊，正对着。

远处的拨弦声逐渐有了节奏，轻快悦耳的琴音回荡在校园，柳树的枝条随风轻轻摆动。许轻转过头再次看向树下，有一个白色衣角飞扬的娇丽女孩走过去，和拨动琴弦的高大少年攀谈，一个笑靥如花，一个高大俊朗，好一幅青春动人的画卷。

走廊传来高跟鞋清脆的落地声，班级里的气氛瞬间变了，窃窃私语的人瞬间抽出试卷埋头装样子。程瑶端正自己的姿势，许轻也赶紧收回拄在窗台上面的胳膊。

高跟鞋敲打地面的嗒嗒声代表一种信号——班主任来了。

班主任刘佳是个三十多岁的数学老师，平时对学生很严格，真生气的时候连女生她都会怼，所以班级里很多同学都怕她。

刘佳走进教室，扫了一眼："罗威，把排练的人都叫回来。"

罗威是班长，长得又黑又壮，戴着副边框的眼镜，看起来有些呆，有同学给他起外号"四眼熊"。他为人亲和，除了学习不在乎什么流言蜚语，许轻和他交流得少，但对他印象还不错。

听到班主任的话，许轻心里一紧。

之前，罗威提醒过她，校庆节目单上没有她的名字，老师可能会点她的名。虽然所报节目不一定会选中，但是每个人都要参与是刘佳一开始就摆在台面上的要求，她是个集体荣誉感特别强的人，学校三十年庆典是大事，她要求每个人都要为班级争光，做出贡献才行。

六班的同学碍于班主任，能参加节目的都报名了，哪怕就是大合唱滥竽充数也都上了，只剩下许轻一个人。

不久，罗威带着排练的同学进了教室，刘佳拉了张椅子坐下，翻看手里的两页同学们报上去的节目单。

"许轻，你的节目怎么没报上来？"

果然被点名了。

许轻握着笔，心里微微一叹气。

她站起，双手拄在桌子边沿，说："老师，我没报节目。我……没有可以表演的节目。"

不是她不想上，而是实在没有她的容身之地啊。大合唱也拯救不了她。

许轻抓住求生的机会，想了想，主动请缨："但是我知道文艺委员排节目时间很紧，我可以接替她的工作，设计关于这次校庆三十周年的板报。"

班级里的文艺委员上课时间不能画板报，下课时间要排练，板报的事情迟迟没有动手，本来是打算让文艺委员少排练几天给赶出来的，现在有人自告奋勇接下这差事，当然是皆大欢喜。

刘佳立刻准了："行，那就由你来负责板报吧。"

成功了，许轻心里松了口气。

临走时，刘佳交代："这次校庆很难得，大家都把自己的节目排练好。不过排练归排练，你们可别趁机偷懒不学习，校庆后就是期中考，不想来办公室被我谈话的就给我好好考。"

刘佳的身影离开教室的那一瞬间，许轻想，总算逃过一劫了。

2.

许轻主动接下班级板报的差事之后就变得忙起来了。她从来不是一个喜欢掺和班级杂事的学生，不是因为她不热衷为班级出力，而是因为有更多的人抢破了头去表现自己，根本就轮不上她，她自然也就退避三舍。

许轻踩着凳子，弯着腰给刚画好的轮廓描边，手指上沾染了不同颜色的粉笔，一层覆着一层。

“原来你画画这么好看呢。”

许轻不高，只能站在桌子上才能够到黑板最上方，她手里握着粉笔，听见声音便下意识地回头看了一眼。

陈杰松站在那儿，双手抱胸打量着黑板。

陈杰松是学霸，据说他的成绩排在清河高中中考升学前三名。他为人温和，长相清秀，用程瑶的话说就是如谦谦君子一般。

班里大部分人都去排练了，只有程瑶陪着许轻画板报，打下手递个粉笔。

许轻没吱声，但是坐在旁边的程瑶吱声了。

“哎，你怎么没去排练节目？”程瑶是跟谁都能聊的热络性子。

陈杰松随便拣了个座位坐下，说：“不练了，咱们班的音乐节目被刷下来了。”

“为什么？”程瑶好奇。

“是学生会临时通知的，说是音乐类节目太多了，四班的压轴表演是音乐节目，所以咱们班的就被刷下来了。”陈杰松说。

程瑶偷笑：“这下‘白骨精’肯定气疯了。”

“白骨精”是大家给刘佳私底下起的外号，她和四班班主任早年因为一些事情不合，所以两个班的班主任总是在暗暗比较、暗暗较劲。

这些八卦小道消息永远都是学生之间乐此不疲的饭后谈资。

陈杰松看着许轻画画的身影，女孩专心致志地用彩色粉笔填涂图案。

“你是不是学了很多年美术啊，画得这么好？”陈杰松走上前，抽出许轻正用的黄色粉笔递给她。

许轻轻声道谢，接过粉笔继续画手里的图，她和不太熟的人都保持着礼貌的距离。

“我们家轻轻美术可厉害了。”程瑶忍不住显摆，“要不是她自己没参加评选，现在班级里的文艺委员肯定是她。”

陈杰松点头赞同她的说法，看得出许轻确实画画功底深厚。

班里进来几个女生，为首的是文艺委员顾晓然。

“哟，许轻你有几把刷子啊！”顾晓然语带讥讽地称赞着，和几个女生向教室后方的黑板走来。

程瑶本能地感觉到来者不善。

“让我近些看看水平到底怎样？”

话音刚落，几个女生推搡着凑过来，不知道是谁伸手故意推了一把许轻站的桌子，重心倒下的同时，许轻反应不及也扑向地面，好在一旁的陈杰松眼明手快给接住了。

见有人故意挑事，程瑶的小暴脾气根本收不住了：“顾晓然你什么意思？”

顾晓然装傻：“我能有什么意思，我就是过来看看。”

一向温和的陈杰松也忍不住了：“顾晓然，我觉得你有必要向许轻道个歉。”他侧身在旁，很清楚地看到是顾晓然去推的桌子。

清河高中聚集了清河镇所有的初中学生，这些学生性格各异，刚开学不久彼此之间也不算熟络，难免会有一些刺头儿。

而且，女生较真起来更加可怕。

一直没说话的许轻从陈杰松的怀里抽身出来，心下一声叹息：为啥一点屁事也要斤斤计较？

她抬头，面无表情地对顾晓然说：“我们谈谈。”

程瑶的暴脾气根本就压制不住，怒气冲冲地说：“跟她有什么好谈的。”

相比张牙舞爪的程瑶，其实面色不变的许轻更让顾晓然有些胆怯，许轻那双黑沉沉的眼睛里让你根本看不出她的情绪。

顾晓然咽了口唾沫，强撑着气场开口：“你想谈什么？”

“我知道你是因为我突然顶了你的位置才这样。”许轻开门见山。

顾晓然心虚，旁边的女生急忙帮衬：“你有什么好顶替的，你配吗？”说着还打算上手。

陈杰松刚想拦，结果许轻轻松就握住了那女生举在空中的手，目光淡淡：“我没和你说话。”

那女生气得说不出话，用力也挣不出自己的手腕：“你……”

许轻看向顾晓然，目光冷清，声音平静：“实话跟你说，因为我不想参加节目，所以才接下画板报的事，没想过和你争这个文艺委员的位置，你不用杞人忧天。”

她放开那女生，拍了拍自己手上的彩色粉笔灰，说得云淡风轻：“如果今天到此为止的话，对大家都好，我只是谋一个不被班主任点名的机会，你也有更多时间做好你节目的排练，等校庆过去后，我们依旧井水不犯河水。”

顾晓然愣住了，这个女生一点都不像表面那样老实，至少自己确实被她唬住了。

许轻看顾晓然没吭声，淡淡扫了一眼其余几个女生，接着把话直接说死：“如果你们今天非要动手解决问题的话，我也愿意奉陪。”她话一顿，“但是我确定你们打不过我，而且这件事如果被班主任知道的话，挑事的是你们，后果也不用我多说了吧。”

闻言，程瑶挑眉笑了。

陈杰松惊诧地看着面前的女孩，原以为她只是一个安静、乖巧的人，没想到还有这么不为人知的一面。

“你凭什么说是我们挑事？”顾晓然强撑着，但是说话的颤音泄露

了她内心不足的底气。

许轻轻笑了笑，一指陈杰松："他全程都在，他的证词班主任总不会不相信吧。"

顾晓然的气焰一下子就灭了，她咬着嘴唇微微颤抖，杏眼里已经积蓄了些晶莹。她虚张声势欺负人惯了，没想到在这个看上去特别好欺负的人这里碰了个硬钉子。当着那些小姐妹，她也不能就地认输，但是如果再继续闹下去，吃亏的一定也是她自己。

教室里安静了几秒。

过堂风吹得人神清气爽，顾晓然愤愤地一跺脚转身就走了，几个跟她一起来的也纷纷自找台阶给许轻一个狠眼神后也跟着走了。

这时候正是教学楼最安静的时间段，大部分学生不是去排练节目就是去自由活动了，六班这场不大不小的闹剧正好可以被路过的人听得一清二楚。

宋时拎着吉他侧身站在六班门口，今天他提前结束练习回班级休息，没想到路过六班的时候还让他看了这么一场好戏。

他被那个有着清冷表情的女孩吸引了目光，女孩披着半长不短的发，薄薄的刘海软软地耷在额头上，一张素净的小脸没有什么表情，但是眼神却散发着刺人的光。

"老大，你看什么呢？"跟上来的陈斗好奇，顺着宋时的目光伸长了脖子往六班里面瞅。

"没有美女啊！"陈斗嘀咕。

宋时转身走了。

陈斗还在后面打破砂锅问到底："老大，你刚才到底在六班门口看什么呢？"

宋时把吉他立在墙角，扫了他一眼。

陈斗瞬间就闭嘴了。

砂锅也要看对方是谁才能打。

连续一个星期都在忙板报的事情，今天总算弄完了。

许轻从桌子上跳下来，拍掉指尖的粉笔灰，握拳砸了砸酸痛的肩膀。

“走不走？”

许轻转头，看见陈杰松。

“你还没走啊？”许轻顺口问了一句。

“刚才在校门口碰见程瑶了，她说你还在班里。”陈杰松说。他的声音很温柔，像春风一般。

其实他本来准备走了，但是在学校门口碰见去小卖部的程瑶，俩人打招呼的时候程瑶说许轻还在画板报，于是他鬼使神差地又回来了。

“爱就像蓝天白云晴空万里突然暴风雨……”是程瑶那只野兔子唱着歌回来了。

“哎，陈杰松你不是走了吗？”程瑶好奇。

陈杰松笑了笑，找了个理由：“想起练习册落在班级了，回来取。”

程瑶把手里的雪糕递给许轻，许轻伸手，十指尖尖全是彩粉色。

程瑶默契地懂了，撕开包装，一口一口地喂许轻。

她俩从小一起长大，彼此间默契程度基本可以达到一个眼神对方就能领会的境界。

许轻嘻嘻笑：“有人伺候就是不一样。”

程瑶白她一眼：“也就我伺候你。”

许轻没脸没皮：“就我家瑶瑶对我好。”

她俩在一旁秀恩爱，陈杰松站在一旁下巴都快惊讶得掉下来了。

这还是之前和顾晓然冷静对峙的那个女孩吗？

陈杰松觉得自己的记忆出现了暂时性混乱。

雪糕吃完了，凌乱的桌子也收拾干净了，许轻去水房洗了个手，然后简单地把书包收拾了一下。

无事一身轻，她感慨道："这差事可算做完了，下次我可不揽了。"

"那你下次打算上台表演节目了？"程瑶撇嘴故意问。

许轻背上书包，闭着眼睛叹了口气："那我还是画板报吧。"

程瑶忍不住哈哈大笑。

陈杰松好奇："你为什么不想表演节目啊？"

许轻咽一下口水，不好意思说。

程瑶毫不手软直接拆穿她："因为她跳舞僵硬，唱歌跑调啊。"

说完，程瑶跳下桌子就要跑，许轻在后面追："看我不弄死你。"

陈杰松看着面前打闹的两个姑娘，心里微微一动，这画面鲜活得让人移不开眼，女孩笑靥如花、灿若星辰。

等追到自行车棚的时候，程瑶和许轻都气喘吁吁了。

许轻伸手抓住程瑶，程瑶体力不如许轻，急忙示弱："轻姐，我错了，小的再也不埋汰你了。"

许轻松手，和程瑶打打闹闹的都习惯了，今天她画个板报都快累死了，不想再闹了。

陈杰松也跟上来，三个人解锁自己的自行车。

陈杰松忍不住心里的好奇，问许轻："你今天不怕吗？"

程瑶抬头，许轻也跟着抬头。

"我吗？"许轻意识到是在问自己。

陈杰松点点头。

今天那阵仗换任何一个女生都会害怕吧，毕竟顾晓然那伙人的气焰也不小。

许轻淡淡地说，已经不似刚刚与程瑶打闹般的嬉皮笑脸："又不是我的错，我为什么要怕。"

程瑶嗤笑："那是你没见过我俩打架的实力。"

陈杰松一脸惊讶。

许轻推着自行车走了，程瑶拍拍陈杰松的肩膀："谁也欺负不了她。"末了又加上一句，"还有我。"说完，她笑着推车去追前面的许轻。

只剩下陈杰松一个人在那儿怅然若失。

许轻，到底是一个怎样的女生？

3.

许轻和程瑶从小习武，原因还要追溯到很小的时候，她俩被清河镇的小混混给欺负了，除了哭也不会反抗，好在被当时路过的大人给阻止了，没有受伤，只是被抢了零花钱。

许轻为此郁闷了一个星期。

后来她俩从小学四年级开始就去学柔道，算起来已经好几年了。

初二那年一帮刺头儿女学生在班级里面立棍，让全年级的女生认她做老大，程瑶和许轻因为不从被一帮女生堵在了班级门口。

本来就是一点屁大点的事，结果最后因为嘴上谈不拢动起了手。

那次事件可以说让许轻和程瑶从此在初中彻底名声大噪，很多人都谈论初二年级有一对儿好姐妹，打遍天下无敌手。

但是，那次打架事件的后遗症也挺严重的，为首挑事的几个女生转学了，许轻和程瑶虽然是被迫动手，但也因为触犯了校规被学校记了过，

还罚扫了操场两个星期。

所以许轻决定以后能动嘴的时候绝不上手。

天暗沉下来，残阳余晖也逐渐消失殆尽，许轻骑着自行车加速，石子路面不平，屁股颠得疼。

进了庭院，她把车立在了院子靠墙的地方，然后背着书包跑进了后院。卧室和仓库都在后院，常年堆放着各种木材，空气中都带有一阵阵浓郁的原木香气。

许建国正在院子里雕刻东西，他一手按着四方木盒，一手压着刻刀在上面来回滑动。

“怎么这么晚才回来？”许老爷子坐在摇椅上喝茶，看见许轻问。

许轻坐到另一边的摇椅上，叹了口气：“爷爷，我最近做了一件大事。”

她一个人又是写又是画的，完成了本应该四个人做的大型板报，多大的事啊。

许老爷子有兴趣了：“什么大事啊？”

许轻拿起紫砂壶给自己倒了杯茶，故作神秘地说：“不可说，不可说。”

许老爷子笑眯眯地看着这个孙女。

许建国放下手里的活：“别在那儿臭屁了，赶紧吃饭去，你妈给你留了饭菜。”

许轻一眼瞧到许建国正雕刻的盒子，一边好奇地蹲下打量一边问：“爸，这是什么木头，怎么这么红？”

许建国习惯性推了推下滑的眼镜，拿起雕刻刀：“这是玫瑰木，和其他的木材比比较艳丽。”

“玫瑰木。”许轻轻念，“以前我怎么没见过？”

因为家里祖辈都和木材打交道，许轻打小就耳濡目染看得多，对分辨木材早就很熟稔，这个玫瑰木还是她第一次见。

“玫瑰木常见于低海拔的地方，非常稀少，纯种的巴西玫瑰木早已经断产了。”许建国提起木材就格外认真，他掂了掂手里的玫瑰木说，“这种属于变种玫瑰木，也叫海南玫瑰木，虽说市面上还有一些，不过也非常少见了。”

“这种木材培植不易啊。”许建国惋惜。

英雄惜宝剑，木匠惜巧木，是一样的道理。

许轻听着，伸手捡起地上的木屑仔细打量着，这木头色泽发红，很是好看。

“这是哪个大户人家的单子，竟然还用玫瑰木做首饰盒，真是奢侈。”许轻第一个想法就是定做首饰盒的人可真奢侈。

“小孩子管那么多干吗，赶紧吃饭去。”许建国催促她。

许轻撇嘴，然后笑嘻嘻地转身对爷爷说：“爷爷，那我先去吃饭去了。”说完就屁颠屁颠地跑去厨房了。

许老爷子呷了一口茶，笑说：“这孩子。”

许轻回来得晚，因为懒不想摆桌了，站在厨房里就吃了起来。

虽说许家的房子是自建平房，但是生活设备也全部现代化了。冰箱、微波炉、豆浆机，不管用不用的家里面都有。

汪素珍进厨房的时候就看见自家闺女抱着电饭锅的内胆当碗，忍不住“扑哧”一笑。

“你吃个饭也不能老实点。”汪素珍笑睨了她一眼，把腌好的咸菜放进坛子里。

“看，多节省资源，吃完了只要洗一个盆。”许轻嘴里有饭，口齿含混不清。

汪素珍说：“那你吃怎么不嫌费劲呢？”

许轻讨好地笑了笑。

汪素珍突然想起了什么：“前几天我碰见你美术班的老师了，她问我你假期还过不过去学画画？”

“去呗。”反正她也没有别的事情。

“我还想着给你报个英语班呢。”汪素珍说，“你的英语成绩和别的科比太差了。”

许轻连忙求饶：“妈，我还是学画画吧，求您了。”

想想连假期都要对着那些单词，她一定会抑郁、一定会头疼的。

吃饱喝足从厨房出来的时候，天已经全黑，不知怎么她突然想起校园里一直回荡的吉他声，有时清脆、有时黏重的吉他声。

起风了，好像要下雨了。

4.

翌日是周末，许轻难得睡个懒觉，昨天她一个人赶完了板报，又是写又是画，累得腰酸背痛。

晨曦透过浅薄的窗帘刺进来淡淡浅光，许轻接到了程瑶催促她来舞蹈教室的电话。

她向来收拾得快，洗了把脸，换身衣服便出门了。

赶到舞蹈室的时候，程瑶已经在练习，她穿着紧身的练舞服，肢体灵巧地一上一下摆动，优美又优雅。程瑶瘦，转身的时候细瘦的腰肢一晃一晃的，紧致有力的小腿轻松地完成了一个又一个的踢腿，轻盈得像一只猫。

和程瑶认识这么多年，许轻只有看她跳舞的时候，才能感觉到认真起来的程瑶简直就像在发光。

“你来啦？”程瑶喝一口水，同时也递给许轻一瓶。

许轻接过水，直接躺在舞蹈教室的地板上，室内开着空调，地板凉滋滋的，异常舒服。

“你干吗呀？”程瑶跟着坐下，看着许轻难得疲惫的样子，开玩笑，“昨天晚上和鬼打架了？”

许轻抱怨：“还不是那破板报，现在身上没有一处是不酸的。”

“哎哟，我的小可怜。”程瑶安抚地摸摸许轻的脸蛋。

许轻抬手扒开她的“爪子”：“拿开你湿漉漉的‘爪子’，太恶心了。”

程瑶刚跳完舞，身上全是汗。

程瑶也累了，不斗嘴了：“我先去洗一下，一会儿陪我买身新的演出服。”

许轻闭着眼摆手示意她赶紧去。

这舞蹈教室是程瑶从小就学习的地方，环境很好，不仅有专门的练舞房，还有洗漱室和更衣室，可以在这儿存放自己的衣物和洗漱用品。开舞蹈教室的老板就是程瑶的老师，对程瑶很好，所以程瑶偶尔向老师借教室练舞都不成问题。

程瑶洗漱特别慢，许轻躺在地板上都快睡着了，她才慢悠悠地走出来。

“你可出来了，祖宗。”许轻灌了好几口水。

程瑶笑嘻嘻地说：“女孩子肯定要费点时间的。”

许轻想了一下自己的速度，上厕所三分钟，洗澡五分钟，洗脸基本

是一分钟。

呃，好吧，她只是个特别一点的女孩子。

俩人离开舞蹈室之后直接去了最近的商贸城，那是学生党购物的胜地，品种多、价格也不算贵。

“就这件吧。”许轻指着一件很素净的浅蓝色舞蹈服。

程瑶这一次的独舞是古典舞，为了更好地配合视觉效果，服装一定要有古典气息。

“会不会太素了？”程瑶拿着那件舞蹈服贴着身体比来比去的。

“不会，相信我这个直男的眼光。”许轻打着哈欠，“这件更衬托你的气质，我觉得浅蓝色很适合你。”

程瑶笑了：“好，那就这件吧。”她心血来潮突然伸手搭上许轻的肩膀，逗笑，“你说以后咱俩要是都找不到男朋友，不如就一起凑合过吧，我做你女朋友，你当我男朋友，咋样？”

许轻嫌弃地拍掉她的“爪子”：“你可别恶心我了，我审美直男但我本人不是直男，我可少女了。”

程瑶笑得更开心了，有的时候她觉得自己这个好朋友的身体里其实住着两个人，一面清冷，一面热情。

买完衣服，许轻本想回家补个眠，却被程瑶生拉硬拽去了网吧。

“我不想去。”许轻拒绝，“你也知道我会玩的游戏就那一种，你玩的我不会。”

程瑶拉着许轻的胳膊不撒手：“你回家也是睡觉，这大好的时光不能全浪费在床上不是？”

许轻在嘴上从没输过：“那浪费在网吧就行了？”

程瑶看许轻油盐不进，便使出撒手锏：“小宇哥说那台机子里的存档一直给你留着呢，难道你就不想知道接下来的故事吗？”

在这个网游风靡的时代，许轻还停留在单机游戏的世界里。

单机游戏最大的缺点就是要存档，而且如果一旦换电脑就要重新下载、重新玩剧情。

许建国因为听人说家里装电脑之后孩子不学习，为了杜绝许轻沉迷游戏，家里一直没有安装电脑，所以她偶尔玩一两次游戏都是冒着被抓的风险，找熟人走后门才进去网吧的，她一直固定在一家网吧、固定使用同一台电脑，从来没变过。

程瑶看许轻没说话，就知道她被自己说动了，一拽她的胳膊：“走吧。”

许轻投降了，睡觉和游戏，果然还是游戏更重要。

5.

神棍网吧是清河镇比较有名的未成年网民聚集地，原因就是它很不显眼，警察在抽查身份证时总会忽略这个小地方。

记得有一次许轻和程瑶正巧赶上警察查身份证，当时两个人都准备好手牵手一起冲出去了，最后还是网管小哥帮她们走后门逃脱的，自此以后俩人就和网管小哥成了朋友，只要是去网吧，程瑶和许轻首选“神棍”。

网管小哥叫杨宇，大家都管他叫小宇哥。

程瑶和许轻轻车熟路地从后门摸进网吧里面。

俩人连前台都没去，钻进网吧之后和杨宇随手打了个招呼便自己上了二楼。

二楼很小，只有十台电脑，左边五台，右边五台，许轻和程瑶常坐在靠窗的那两台，机子是亮的，蓝色的屏幕在昏暗的房间里透着清冷的光。

“小宇哥真贴心，机子都给开好了。”程瑶摸着鼠标直接双击桌面上的网游图标。

程瑶游戏瘾挺大，最近总是和许轻说碰见一个大神，1V5杠杠的，大神答应有机会带着她上分。

网吧里气味都不太好，即使开了窗户，还是有散不尽的浓重烟味。

许轻落座，还没等打开单机游戏的游戏包，便被桌子上的烟盒吸引了。

她拿起来瞅了瞅，只剩半包，烟盒里留出来的空间正好插了一个打火机。

可能是上一个人忘了拿走，她想。

打开游戏，存档玩到的剧情快要到迷宫的关底了，可是上次着急回家，她还没有看见迷宫BOSS呢。

“哎，大神十五分钟前上了线。”程瑶抱怨，“我怎么就和他这么没有缘分呢？”

许轻笑，自顾自打自己的。

第一遍没打过，她看着屏幕上“胜败乃兵家常事，请英雄从头再来”的提示差点没摔鼠标。

程瑶幸灾乐祸：“你让我说你什么好，单机游戏你也能打输，那不就是个人机嘛。”

许轻瞪她：“有本事你来。”

程瑶摆手拒绝，再一次无情鄙视：“不了，我还是和人打吧。”

单机游戏每个迷宫的关底都不太好打，BOSS攻击力伤害很高，需要一定的作战技巧才能通关。

不过许轻玩游戏比较随意，简单说就是瞎打，她之所以会对单机游戏着迷就是因为单机游戏的剧情太好看了，有种看动漫的享受。

“美女，你占了我的座了。”

声音在程瑶那边，许轻连头都没回专心打自己的。

许轻听见程瑶说：“同学，你这搭讪的方式太老套了吧。”

那男生声音带着笑意，看样子也来了兴致：“美女你占了我的座，还不让我搭讪一下吗？”

许轻瞅着技能栏不知道点什么，身后传来一阵低沉有力的声音：“用火系的技能打。”

一下没反应过来，男生的声音又从后面响起：“这个 BOSS 是水属性，你用火系技能打会快点。”

只当是路人看不下去友情提点，许轻也没回头，就真的选了火系技能。

单击游戏回合制的战斗方式比较费时间，许轻每次都会打上十分钟以上才能勉强过关，许轻很听话地一直在用火系技能，BOSS 掉血掉得很快，没过两分钟就通关了。

出了迷宫，她赶快存档。

身后传来淡淡的笑声，许轻才意识指点她的人还在。

她回头，看到一张棱角分明的脸，俊朗干净让人一下子就被吸引了。

男生头发很短，两鬓剃得露出青色的发茬，饱满的额头露在外面，五官端正剑眉朗目。他穿着一件简单的黑色半袖 T 恤，下身是灰色运动裤，休闲又清爽。

许轻还坐在位置上，微微仰着头，宋时也低下目光，四目相对，在隔着浓重烟雾的室内，仿佛看见了彼此眼中的自己。

“喂，你该不是喜欢我们老大吧。”陈斗的声音瞬间打破了许轻短暂的失神。

“你瞎说什么呢？”程瑶不乐意了，“我们才不是那么肤浅的人呢。”

程瑶认出来了，这个“老大”是四班的宋时。

“喜欢我们老大叫肤浅？”

“对，怎么了？”程瑶反驳。谁不知道，宋时就是株招蜂引蝶的草，不知道招惹了多少小姑娘扑上来表白了。

陈斗笑了：“哟！看样子你还知道不少，来，和哥哥说说。”

俩人迅速一言不合开始拌嘴。

许轻眨眨眼，下意识地避开宋时的目光。

“谢谢。”她讷讷，想不到应该说什么。

宋时淡笑，故意问：“谢什么？”

许轻顿时说不出来话了。就为了一个游戏，好像还真没必要这么郑重地道谢。

她还尴尬着，旁边陈斗和程瑶已经吵得热火朝天了。

“美女，我发现你很不讲道理啊。”陈斗完全斗不过程瑶。

程瑶轻哼：“美女都是不讲道理的。”说完拉着许轻就走了。

下了二楼，程瑶便和杨宇抱怨：“小宇哥，你怎么没和我们说有人啊。”

她也知道自己理亏，只不过按照她的性子就是不想服软而已。

杨宇也无奈：“我和你们打过招呼示意了，你俩也不理我，那两个男生回来的时候我有和他们商量给他们换座位的，但是人家没同意而已。”

程瑶叹气，许轻瞅了一眼二楼的楼梯，若有所思，那个男生感觉有点熟悉。

她拉住程瑶问：“程瑶你有没有觉得那个人好像在哪儿见过？”

“哪个？”程瑶问。

“就站我后边的那个。”

那双眼睛，那张脸，在一瞬间看到的时候她只觉得心里动了动。有些事情就是那么难以解释，因为动心真的就只是那么一刹那。

“见过啊。”程瑶说，“四班宋时，你之前还问过我呢。”

许轻诧异，原来他就是宋时啊，名声响亮的那个宋时。

但是她明明不认识他，为什么感觉好像又很熟悉呢？

真是奇怪。

陈斗坐在电脑前看着没有退出的游戏界面，在一旁摇头感叹：“今天还真是出门不顺。”

嗯？

随手点了几下鼠标，陈斗忽然笑了：“原来这妹子就是我带的那个妹子啊，哎哟，还真是缘分，怎么游戏里和现实里的性子差这么多。”他好笑地喊身边的宋时，“老大。”

宋时拿起桌子上面的半包烟，抖出来点了一根，没有理会陈斗。

烟雾浮沉，透过烟雾是一双黑得发亮的眼睛。

他思索片刻，又想起从六班传出来的那淡淡的声音。

宋时眯着眼想。

原来是她。

第二章

TASHIXIAOWENNUAN

撩人第一招——记得看我的节目

1.

清河高中校庆的日子越来越近，学生们排练的节奏也越来越强，除了晚自习被占用外，甚至有些女生会利用体育课的时间去排练。

“我看她们就是拿排练当借口。”顶着下午两点的热辣太阳，程瑶揉着酸疼的小腿抱怨，“我感觉我的腿都没知觉了。”

她们刚跑完 800 米。

许轻也跑得气喘吁吁，弯着腰抬头正好看到实验楼大树底下练吉他的人影，她突然想起来为什么对宋时感觉那么熟悉了，原来就是他每天在校园里面弹吉他。

宋时穿着夏季校服，干净利落，抱着吉他一脸沉静地随手拨弄琴弦。

少年如风，桀骜不驯。

许轻忽然想到这八个字。

“你瞅什么呢？”程瑶凑过来，“那不是……呜呜……”

声音被捂在了掌心，许轻捂着程瑶的嘴，示意她噤声。

“走，我带你去小卖部。”许轻拽着程瑶的胳膊。

阳光透过树叶投射出斑驳的光影，风吹一下树枝，光影跟着飘动。

许轻和程瑶蹲在小卖部门口阴凉处吃冰棒，隔着很远的距离，依稀还能听见吉他声。

“你不是看上宋时了吧。”程瑶语不惊人死不休。

许轻心下一跳：“说什么鬼话呢，我都不认识他。”

“最好是。”程瑶撇嘴，“我可跟你说，就咱们学校喜欢他的姑娘一抓就是一大把，你可别往这浑水里面掺和。”

许轻淡笑：“知道啦，吃你的雪糕吧。”

带着微凉的风吹拂在脸上，带走了一丝丝闷热的烦躁。

“哟，还真是有缘。”一个贱贱的声音传来。

陈斗围着校服外套，站在小卖部门口，额前的碎发粘在皮肤上，湿答答的。

程瑶瞥了他一眼，口气不善：“有也是孽缘吧。”

陈斗不要脸地说：“反正都是缘。”

许轻下意识瞅了一眼四周，没有那个熟悉的身影。

“我帮老大买水，顺便请你俩喝汽水怎样？”陈斗示好，“都是一个学校的，咱们就一笔勾销了行不？”

许轻插不进去话。

毕竟当时也是自己莽撞，有人给台阶下，程瑶自然不拒绝，还嘴硬道：“算你识相。”

陈斗随后进了小卖部多买了两瓶汽水给许轻和程瑶。

“你俩是哪个班的？”为了表示真诚，陈斗主动说了自己的班级，“我四班的，还有我老大也是。”

清河高中很大，一个年级组最起码有二十个班，没见过也很正常。

许轻抿着雪糕静静听着有关宋时的信息。

程瑶伸出大拇指和小拇指。

陈斗瞬间会意，但还是试探的语气问："六班的？"

程瑶点头。

有一搭没一搭地聊了半天，陈斗怕宋时等得急，于是匆匆告别提着一袋子矿泉水就跑了。

"斗子，你怎么去那么久？"有人问。

陈斗放下手里的水，嘚瑟："碰见美女搭了个讪。"

"哟！什么美女，哪个班的？"少年心性，凑上来的不是一个两个。

"哪个班的你也别惦记。"

"我瞅瞅还不行了。"

"不行。"

陈斗对程瑶有意思主要因为这妹子在游戏里和现实中的反差实在太大，游戏里程瑶总是撒娇卖萌让他带着她玩，他当然认为本尊是个萌妹子，结果没想到现实中程瑶会那么劲辣有趣。

他不感兴趣简直没天理。

"老大，我刚碰见上次咱俩在网吧见到的那两个女生了，原来是我们学校的。"

宋时还在调音的手顿时停了一下，随后接着转调音钮。

这些他都知道。

"哎呀，我忘记问名字了。"陈斗懊悔地拍大腿。

有人笑他："斗子，你这搭讪功夫不到家啊，聊了半天名字还不知道。"

陈斗不服："要不是着急回来送水，我能忘记吗？"

宋时右手轻轻拨了一下琴弦，带转话题："抓紧时间再练一遍吧。"

英语课结束，宋时和方荷被叫到办公室。

英语老师姓吕，四十多岁，气质严肃，挂着一副金丝边的眼镜，她教高一年级组四个班的英语，其中就包括四班和六班。

许轻和程瑶正好手挽着手上完厕所回来，便看见吕老师走在前面，宋时和方荷走在后面。女生笑脸洋溢，男生看不出表情。

但是瞅着怎么有种谈恋爱的小男女上课写字条被老师抓住，然后要带去办公室训话的错觉？

俩人还没进班级，就被人叫住了。

回头，又是陈斗。

这世界上有种奇怪的定律，不认识的时候永远都碰不上，认识了之后好像天天都能碰上。

比如现在站在面前嬉皮笑脸的这位男同学。

"我现在怎么天天能见到你啊？"程瑶直言不讳。

"我们两个班离得这么近，想不见都难啊。"陈斗没皮没脸。

程瑶想起什么，向陈斗勾了勾手指，神秘地问："你们老大这是干什么去了？还有方荷？"

陈斗很坦白："老大和班花去英语老师办公室。"

方荷是四班的班花。

"谈恋爱被抓了？"程瑶问。

事关老大清白，陈斗连忙澄清："没有，就是下学期英语竞赛的事情。"他顿了一下摸摸下巴接着说，"不过我们老大和班花是挺配的。"

许轻还在一旁发愣，陈斗手欠，在许轻面前摆了摆，见她没反应，问

程瑶："你朋友怎么了？"

程瑶冲许轻轻捅了一肘子。

许轻回神："怎么了？"

"你想什么呢？"程瑶皱眉。

许轻眨眨眼："你们说的班花……"

程瑶："怎么了？"

许轻很认真地问："哪个班的啊？"她怎么都想不明白宋时和班花有什么关系呢？

程瑶："……"

陈斗："……"这妹子怕不是穿越过来的吧！

2.

因为许轻提前完成班级板报，还绘制精良，刘老师特意占用数学课的课后几分钟大肆表扬了她一番。

许轻设计的板报主题贴合校庆，图画风格典雅不失大气，特别值得赞赏的是许轻采用的是小楷字体，精致清晰却要花费不少气力。

"以前不知道，原来许轻不仅画得好，字也写得这么好。"刘佳对板报满意极了。

事后，陈杰松好奇地问她是不是练过字。许轻还真没接受过专业训练，只是小时候经常和父亲一起做雕刻，自然就练出来了。

许轻感受到投过来的一道冰冷目光，抬头果然便看见顾晓然不屑地看了一眼自己，然后不知道和班上的人在窃窃私语说些什么。

许轻突然有点头疼，经刘佳这么一夸，她感觉最近又该惹上事情了。

有一种麻烦就是你不找它，它却来找你。

顾晓然会故意找碴儿，许轻是预计到了的。

午休，班里没人，程瑶也跑去小卖部买零食了，许轻趴在课桌上想打个盹儿。

正睡得蒙眬，就被人吵醒了，许轻不用抬头就知道来者是谁。

许轻敛着眉，声音里透着没缓过来的慵懒和疲倦：“我说，上次不是把话说得很明白了，你这一而再再而三地找我，你自己不觉得过分了吗？”

许轻看着站在自己课桌前的顾晓然和她身后的“护驾们”，淡淡一笑。

这阵仗，还真不小。

顾晓然长得很漂亮，比许轻高、身材也比许轻好，就连肥大的校服在她身上也能被穿出不一样的美，倒是完全对得起“班花”这个称号。

一想起“班花”这个事，许轻就想咬自己的舌头，这个梗已经被程瑶笑话好多天了。

“我是想邀请你加入班里文宣部。”顾晓然开口。

许轻诧异，这人转性了，竟然不是来找麻烦的。

“那个……”许轻刚张口就被人打断了。

“我们都请你了，别不知好歹。”不知道是哪个女生说的，只是这话一出口就带着各种让人不愉快的味道。

“其实……”许轻想拒绝，话还没说完呢，又被粗暴地打断了。

“你最好识相点。”

许轻无奈，还让不让人说话了！

正午的热气无孔不入地钻进教室，许轻热出了一层薄汗，伸手一摸后脖颈都是水。她顺手把头发绑起来了，深吸了口气想说完自己的拒绝。

还没等她张嘴呢，又有不长眼的出声了。

“你好大的架子啊。”是男生的声音。

许轻不耐烦地准备怼回去，一扭头，看到是宋时，顿时咽下了差点脱口而出的粗语。

班里的人都闻声看去，宋时慵懒且随意地靠在前门，似笑非笑地说：“这么多人请你都请不动？”见许轻面色不悦，随即话题一转，“也是，就这种请人的态度，也的确没什么诚意。”

不知道是这群姑娘被男色给迷了，还是宋时的气场太强大，竟然没有一个吱声的。许轻内心很焦灼，你们对我怎么就这么嚣张呢，现在你倒是烧啊。

宋时走进教室，淡淡地扫了一眼顾晓然那群人，随后又看向许轻。

许轻也正瞅着他，不知道怎么了，对视上之后目光有点挪不开。

他依旧穿着那套校服，比起上次在网吧穿的那身休闲服，许轻更喜欢他穿上校服之后的少年气质，活生生能闪了她的眼。

“既然人家不愿意，你们还在这儿废话？”宋时漫不经心地说，“‘咄咄逼人’这四个字你们会写吧。”

明明一个脏字都不带，就连语气也是温和的，可还是能听出一股森森寒意。

顾晓然也不是自讨没趣的人，更何况她身边那些只会欺软怕硬的小刺头都是纸老虎，碰见真格的就会缩在壳里，于是只能摆出不和他们计较的气势赶紧走人。

一场小闹剧就此翻过，教室只剩下两个人。

除了热风就只剩下彼此的呼吸声。

“那个……”许轻欲言又止。

宋时轻笑：“哪个？”

许轻有点不敢看他的脸。

他声音依旧带着浅浅笑意："你不是很会说吗，今天是怎么了？"

许轻诧异，随后又想，她不过是因为刚睡醒神志没太清醒，等到清醒想要怼回去的时候，你不就出现了嘛。

"你今天不练琴吗？"聪明如她，瞬间转移了话题。

据她这几天的观察，宋时除了上课，其余时间都会在实验楼练琴，所以许轻只要抬头就能看见他的身影，连睡午觉都是伴着拨弦声睡着的。

"你偷看我？"宋时语气玩味。

气氛顿时有点尴尬。

许轻连忙摆手，说话都有点语无伦次："不是，就是我能看见你……不是，我是说我偶尔能看见你在对面的实验楼练琴。"

宋时笑："别紧张。"他故意放慢语速，"有话好好说。"

许轻闭嘴，她现在有什么话都不能说，越说越乱。

走廊传来急促的脚步声。

"阿轻，我回来了。"程瑶蹦蹦跳跳地进教室，一同进来的还有陈斗。

这俩冤家在小卖部遇见，便一路拌着嘴一起回来了。

"老大，你怎么在这儿？"陈斗疑惑的目光在宋时和许轻身上来回打量，他隐约嗅到点不寻常的味道。

教室里本来就热，再加上心里又紧张，此时陈斗的话让许轻瞬间红了脸。

她没和异性打过交道，唯一亲近的朋友就是程瑶，面对同性之间的问题不管是出言讽刺还是嚣张跋扈，她都能从容地面对，但是这一次显然是慌张得有些失了分寸。

"你的脸咋这么红？"陈斗真是一点眼力见儿都没有，哪壶不开提哪壶。

程瑶也担心："你是不是有点中暑啊？"

许轻摆手："我没事。"

宋时直接抽过陈斗手里的雪糕，放进许轻的手里，语气带着难以察觉的温和："记得冰一冰。"说完转身便出了六班。

手上是冰冰凉凉的触感，带走了身体里的丝丝燥热，心中仿佛注入了一股清爽的甘甜。

许轻瞅着手里的雪糕，不由自主地翘起嘴角。

陈斗跟在宋时后面哀号："那是小卖部里最后一支老冰棍了，老大你赔我。"

3.

"老大，你不会是……"陈斗尾随宋时回班，没过大脑直接说出了自己的猜想，不过话说一半便被宋时一个眼神给吓回去了。

"是什么？"宋时问。

陈斗一脸心虚地笑："没什么，没什么。"他感觉要是现在问老大是不是看上了那个女生，他就是在自寻死路。

"斗子，时哥。"杨遇这会儿回到教室，"你俩刚才去哪儿了，找你们半天了。"

陈斗说："英雄溜达溜达，顺便救了个美。"

杨遇跟他贫："美在哪儿呢，我瞅瞅。"

陈斗斜眼看宋时，然后抬起下巴往对面示意。

杨遇反应迟钝没看懂："说话行不，看不懂你的肢体语言。"

陈斗示意的方向是六班的方向，说巧不巧，许轻坐的是靠窗的位置，宋时也坐在靠窗的位置，距离甚远，但是只要抬起头，便可以看见对方的半个身影。

此时的许轻正低头吃着雪糕。

那是陈斗买的老冰棍，淡淡的奶香和甜滋滋的冰融合在一起。

“你能不能说话？”杨遇不耐烦了。

陈斗刚想张嘴。

宋时出声：“你俩能不能不废话了？”

恰巧方荷进来，直接黏过来说有事情找宋时商量，陈斗和杨遇识相地离开。

“男才女貌，真是登对。”杨遇看着对面的男女忍不住称赞。

陈斗笑了笑没说话，独自守着一个巨大的秘密原来是这么沉重、这么有压力，但也是这么让人兴奋。他看得出宋时对六班那个姑娘的不一样，眼神都和平时不同，他看得可清楚了！

他爸就是这样看他妈的，这感觉错不了。陈斗想，男才女貌不是标配，天要变了，没人会知道。

六班的节目最后被刷得只剩下两个，一个是顾晓然的小提琴独奏，还有一个就是程瑶的独舞。本来雄心壮志去排练节目的同学们，现在都如霜打的茄子一个个趴在教室里做练习册。

离校庆的日子越来越近，程瑶忙着挤时间排练，就连柳树下弹奏的身影也不见了，校园里只有偶尔几声蝉鸣响起，许轻觉得很是无聊，只能努力背一背她怎么也记不住的英语单词。

为什么英语单词也要分名词和形容词，本来这些字母就难记，还要换着花样组成。

她看了一眼英语单词表，然后接着默默地背。

令人沮丧的，depressing。

“学生会太偏心四班了，压轴节目给他们就算了，现在就连大合唱

的人数也是四班的人多，太过分了。”有女同学不满地嘟囔，声音不大，但是耐不住教室太安静，大家听得一清二楚。

“可不是，太偏心了！还不是因为方荷是学生会的，她爸爸又是教导主任才这么偏心。”不知道是谁跟着附和了一声。

背单词的思路被打断了。

方荷？

这个名字好像在哪里听过，这么熟悉。

许轻想了想，哦！就是上次和宋时在一起的女生，参加英语竞赛的那个。

她收回思路，继续背单词。

Depressing，令人沮丧的。

她努力集中思路背单词，不知不觉心情就和单词的字面意思一样，莫名地有点沮丧。

校庆当天只上半天课。

下午全校大扫除，然后做舞台搭建。舞台设置在学校操场上，除了高三因为学业紧张只能晚上来观看节目，其余年级全部参与舞台设置和各项准备工作。

明明应该什么事情都没有的许轻却在这一天忙成了“狗”。

程瑶换衣服是她陪着去厕所换的，程瑶化妆她要在旁边打下手。

她拿着程瑶的化妆包，吃力道：“你这里面装的什么啊，这么沉？”

是真沉，就是帮许建国抬松木也没感觉这么累。

教室里的桌子已经被全部整理到后面了，程瑶拉出把椅子坐着，然后对着小镜子编头发：“你不懂，这里面是女生的宝藏。”

许轻白她一眼，把化妆包放在窗台上。

班级里已经乱成一锅粥了，每个人都在忙着手里的事，然而许轻也不明白他们到底在忙什么。

“把里面的湿巾还有护肤品给我。”程瑶说。

许轻打开化妆包，满满一袋的瓶瓶罐罐，都是玻璃瓶，难怪这么沉。

“你自己找吧，眼睛花了。”许轻把化妆包推过去。

程瑶驾轻就熟地掏出两样东西开始在脸上涂涂抹抹，用各种饼扑在脸上来回按压，然后又拿细毛的小刷子在脸上掸来掸去，那手法神速，许轻不由得想起汪素珍在家用鸡毛掸子的手速。

化了能有两个小时吧，许轻在旁边等得都困了。她打着哈欠瞅着窗户外，傍晚的夕阳透着红色，黄昏落日，清风徐来，柳树下弹琴的少年她很是怀念。

自从那次在班级遇见之后，她好几天没有见过宋时了。

“好了。”程瑶的声音拉回许轻的神游。

“姑奶奶，你可完事了。”

“咱们学校管化妆太严了，好不容易有个正式的理由，我岂能放过这次机会。”程瑶捧着脸问许轻，“怎么样，好看吧？”

许轻敷衍地点点头。

程瑶伸手抓住许轻，逼她直视自己：“你好好看我。”

许轻认真地瞅了两眼，是挺漂亮的，这个妆很自然，程瑶原本就很大的眼睛被棕色的眼影衬托得更深邃，唇上的蜜桃色更是为白嫩的脸蛋添了妩媚的色彩。

许轻端起严肃的表情，开着玩笑：“瑶瑶，我快爱上你了。”

“是吧，是吧。”程瑶笑得像个二傻子。

程瑶这个妆用时着实太久，班里人都陆续去操场了，外面传来主持人试音响的声音。

“同学们，听得清楚吗？”

“清河高中三十年庆典马上就要开始了，请有节目的同学到后台这儿来。”

一阵刺啦的电流声后，主持人又重申一遍：“有节目的同学记得到后台这儿来记住节目顺序，请各位同学配合，谢谢。”

六班门口，宋时抱着吉他站在那儿，还有陈斗。

许轻目光闪躲，不敢看他。宋时笑了笑也没有说什么，倒是陈斗眼睛放光走进六班直奔程瑶。

“喔喔喔——”陈斗连声赞叹，“你整容了？”

程瑶对他前半部分的惊讶表现很是满意，但是这人说到后面就开始扬沙子了。

“不会说话就给我一边儿去。”程瑶怒视陈斗。

陈斗笑着讨好：“别呀，我就是和你开个玩笑，咱别认真行不？”

程瑶懒得搭理他。

“你今天真是美呆了。”陈斗难得地认真。

这句话程瑶很受用：“这还差不多。”

天开始披上黑蒙蒙的面纱，教室里没有开灯，许轻隐约感受到了宋时直视自己的目光，有灼人的热度，和那天俩人独处时的感觉一模一样。舞台灯光隐约透进了教室，在宋时身上打上淡淡的光晕。

她不知道自己为啥会紧张，可能是陌生，也可能是受到环境的影响，她只觉浑身不自在。

此时，主持人的声音响彻整个校园：“请高一六班的程瑶同学到舞台后方报到。”

程瑶的节目靠前，主持人一遍又一遍地广播通知。

催得越急，程瑶越紧张，许轻用陈斗的话来安慰她：“你今天真的美呆了。”

程瑶平复紧张的心情后先去报到，陈斗也屁颠屁颠跟上去了。许轻留下收拾程瑶用完的东西，转身的时候看见宋时倚在门口。

她张张嘴却不知道说些什么，毕竟两个人好像还没那么熟，她还是选择自顾自走吧。

可是与宋时擦肩而过的时候，她听见他说："记得看我的节目。"

他还特意强调："是最后一个。"

4.

操场上，人山人海。

许轻穿过层层人流总算挤进一个比较侧面的位置站着。

程瑶的节目是第二个，开场独唱后安排一个独舞，这样不会太单一。

程瑶穿着一袭蓝色的舞服出场，长摆拖地，脸上的妆容精致古典，在镁光灯的照耀下她仿若从古代穿越而来的仕女。

古典的背景音乐流转，舞台上的程瑶随着音乐摆动四肢，灵巧流转，翩翩起舞。

刹那，她就像璀璨的明星。

人的一生总有一刹那是带着光芒的，就像程瑶跳舞，就像宋时弹吉他，就像她在纸上画画。

许轻心中重重地跳了一下，她怎么突然想起宋时了？

她为什么会想起他呢？

这太奇怪了。

十几分钟前的那一幕不断地在脑海中浮现，男生清淡的声音一次又一次地在耳边盘旋。

他说："记得看我的节目。"

他说："是最后一个。"

程瑶的节目在一阵欢呼中结束，她身穿长裙下台很是不方便，许轻用力挤到舞台最右侧的位置去接她，刚走近便看见陈斗半扶半托地正把程瑶从舞台上接下来。

"小心点。"陈斗小心翼翼地说。

程瑶借着他双臂的力量下到台下，拉着长长的裙摆，冲他莞尔一笑："谢谢。"

陈斗瞬间红了脸，不好意思地摸头掩饰自己的紧张。

"对了，你怎么在这儿？"程瑶后知后觉地问。她本来是要等许轻来接自己的，没想到竟然把陈斗给等来了。

陈斗当然不会说他是看见她要下来而故意来接她的。

"我就是顺便。"陈斗打着马虎眼再次强调，"顺便。"

空气中凝聚了一种叫暧昧的因子，烫得人脸开始发热。

程瑶看见许轻立马岔开了话题。

"你去哪儿了？"程瑶问。

许轻说："人太多了，好不容易挤过来的。"

她上下打量了一眼程瑶繁复的衣服，问："要不要先换下来？"

程瑶兴奋地一指远处："一会儿再换，这么热闹可不能错过了。"

许轻看过去，原来是四班的场地，已经有人开始举着纸做的牌子造势，一溜儿的女生，不用想都知道是捧谁场子的了，为首的就是四班的方荷。

那个班花。

还真是抬头不见低头见。

许轻现在听见这名字都有点不舒服，自己也想不清楚原因。

"老大这次节目超好看。"陈斗忍不住显摆，"节目最后老大有段

SOLO，你们可别错过。"

"放心，就冲着这气氛我们也不能错过好戏啊。"程瑶指指那群兴奋的女生，"你说一会儿会不会有把嗓子扯破的。"

许轻想，太夸张了。

顾晓然的小提琴独奏也艳惊四座。

这次校庆节目质量普遍都高，不得不说，学生会选节目还是很有眼光的，想到这儿，许轻不由得又看了一眼四班人群里站在最前面的方荷。

女生脸上洋溢着光彩夺目的笑容，穿着白色过膝的连衣裙，半散着头发，清纯可爱。许轻不由得想到前几天刚刚背过的一句文言文：出淤泥而不染。

几乎是下意识地，许轻低头看了一眼自己因为懒得换连续穿了两天的肥大校服，微不可闻地叹了口气。

宋时上场的时候，现场远没有程瑶说的那么夸张，除了最初登台的时候引起一阵欢呼后，接着大家都安安静静沉浸在清脆干净的琴声里。

宋时只是个吉他手，他站在舞台最右侧，背着吉他，左手按着琴柄，右手扫弦，他穿着最简单的白T恤和牛仔裤，神态慵懒散漫，没有一丝紧张。

歌曲结尾处，主唱的尾音渐渐散去，整个校园只有吉他声在回荡，被话筒放大后的声音更有穿透力。

舞台灯光微微扫射，宋时在光中穿梭，潇洒奔放。

有风吹过，带动了少年的黑发。

许轻心跳快了几秒，瞬间又恢复平静。

台上的男生仿佛是畅游音乐世界的雄鹰，许轻看到人们一直追寻却

又迷茫的东西——那是自由。

5.

校庆总算结束，天已经彻底黑了。

当主持人宣布散场后，同学们也都一哄而散，再好看的节目也抵不上站了两三个小时的疲惫，更何况还是置身在吵闹的人群中。

“我去换个衣服。”程瑶说。

许轻瞅了瞅她的演出服，裙摆都拖地了，这身衣服根本没办法骑自行车。

她说：“我陪你去厕所换。”

“别去厕所了，衣服在班里还要回去拿，多麻烦啊。”程瑶小声说，“直接在班级换好了。”

许轻诧异：“不行，万一被人看见怎么办？”

程瑶身上的衣服很烦琐，得贴身穿着，更换也要全脱下来，这要是被人看见了，那不完蛋。

“你帮我把风就好了。何况人都走得差不多了，没那么倒霉被人看光光。”程瑶大大咧咧。

许轻想想也是，这么晚了应该也没谁会再折回教室。

俩人回班，正好碰见取完书包出教学楼的陈杰松。

“你俩还没走？”陈杰松问，“要不要一起？”

程瑶要回班级换衣服的事根本没法和男孩子说，许轻打着马虎眼：“你先走吧，我和程瑶还有点事。”

“用不用等你们？”陈杰松接着问。

自从上次“板报事件”过后，陈杰松和许轻便开始熟悉起来了，但是大部分都是陈杰松主动找话聊，而许轻也不反感，自然就当作普通同学来对待，偶尔还会探讨一下学习，傍上了一个年级大佬做朋友，这对许轻和程瑶两个人来说也不亏。

“不用了。”许轻强调，“真不用了。”让一个大男生等女孩子换衣服，这未免太尴尬了些。

看许轻拒绝，陈杰松也没再坚持，道了别，犹豫着回头又看了一眼便走了。

什么叫天算不如人算，计划赶不上变化。

这就是。

程瑶和许轻回班级的时候，撞见了一对偷偷私下在交往的同学在教室里面腻歪，本以为撞破了尴尬的场面，俩人能有自知之明早点离开，没想到这两个同学装作什么也没发生继续靠在窗台看夜景。

这么晚了，你妈妈难道不叫你回家吃饭吗？

“要不，我还是陪你去厕所吧。”许轻悄悄地咬程瑶的耳朵。

人家没有要走的意思，总不能强行请人家走吧。程瑶叹口气，只能去厕所了。

俩人正准备去厕所的时候，程瑶顺着四班后门的玻璃探头望了望。

“你干吗？”许轻疑惑。

四班一片寂静，只有风吹起薄薄的蓝色窗帘。

程瑶按拧把手，直接推门而进，欣喜：“四班没锁门哎。”

然后呢？许轻等着下文。

“就在这儿换吧。”程瑶把窗帘拉得更紧了一些，嘱咐身后的许轻，你帮我在外面望个风啊。

真是服了她。许轻把门关紧，站在四班门口望风。

这个时间段的教学楼很安静，只有走廊亮着微弱的灯光，映照着红

色底的油漆和白色的粉灰墙壁。

程瑶那身衣服很烦琐，又是丝带又是腰围的，许轻等得无聊，便手臂抱膝蹲着，手指一点一点地数着水泥地上的彩色斑点花纹。

她有点困了，甚至都没有听见有人走近自己的脚步声。

“你在做什么？”头顶有声音。

“这儿没有蚂蚁。”还有一个很欠扁的声音。

许轻抬头，头顶微弱的光迷糊了她本就带着倦意的双眼。

她揉了揉眼睛才看清来人的那双漆黑的眼，还有旁边那张似笑非笑的脸。

她连忙起身，由于长时间蹲着，脚有些麻了，没站稳，朝后面的墙壁倒去。手腕被人抓住，带着潮湿的温热，她瞬间清醒了。

“你怎么了？”宋时问。

许轻舌头有点打结：“脚……脚麻了。”手腕上的温度源源不断地在提醒她——他还抓着她。

脸不自觉地有点发热的迹象，她靠着墙壁缩着身体。

“你害羞了？”宋时问。

许轻拨浪鼓似的摇头，她有什么好害羞的？眼睛不自觉地看着抓着自己手腕上的手，麦色的肌肤，五指修长的骨节，就是这样的手，弹出那样自由的音乐。

站在一边的陈斗被隐约塞了点狗粮，他忍不住了：“老大，我进去放琴去了。”

宋时点点头。

陈斗抚上门把要推门，许轻一下子挣脱宋时的手掌，用身体挡住门。

陈斗皱眉：“你干吗？”

许轻欲言又止，没想好理由：“你等一会儿再进去。”

“不等了。”陈斗不耐烦了，刚刚为了给老大拿琴，都没见到程瑶一面，现在心情不爽着呢。

陈斗要拨开她，许轻一着急用力过猛，竟然拧住了陈斗的胳膊。

“女侠饶命。”陈斗瞬间疼得哀号，“咱别动真格的啊。”

许轻没松手，瞅了一眼宋时，后者正勾着嘴角似笑非笑地看着她，目光灼人。

见许轻执意不让他们进去，宋时也好奇是为什么，他也伸手去抓教室门的把手。

许轻一下子慌了，她放开陈斗，没有思考直接用双手攥住宋时精瘦的腰，把他拧门把的手直接扣在墙壁上。

男生身体贴着墙，女生按着男生的双手。

四目相对，呼吸更近了一些，许轻后知后觉地发现自己竟然把宋时给“壁咚”了。

气氛一时之间变得有些诡异和安静。

很尴尬。

非常尴尬。

陈斗给吓到了，他觉得自己不宜再当电灯泡，轻声咳了一声：“你俩继续，我先进去放琴。”

许轻回神，放开宋时去阻止陈斗，忽然教室门从里面打开了。

看见程瑶换好衣服出来的那一刻，许轻有种谢天谢地的感觉。

陈斗瞬间眼睛就亮了：“你怎么在这儿？”他以为程瑶已经走了，没见着她，他本还郁闷着呢。

程瑶在里面换衣服的时候，外面的情况听得一清二楚，要不是许轻，陈斗这浑小子肯定就闯进来了。

她没好气地睨了眼陈斗：“你管我。”说完就拉着许轻走了。

临走时，许轻偷瞄了一眼站在身侧的宋时，恰好宋时也在看着她，她头皮一紧赶紧收回视线走出教学楼。

陈斗摸不着头脑，看着程瑶的背影，忍不住嘟囔了一句："我又怎么惹到她了？"

"老大，你说我有那么招人烦吗？"陈斗忍不住找安慰。

宋时目送那个校服背影离去，心里翻涌，明明那么瘦，怎么会有那么大的力气？他摸了摸自己刚刚被扣住的手腕，忍不住地勾起嘴角。

"老大。"没有得到回应，陈斗又喊了一声。

宋时没有搭理陈斗，陈斗有种被抛弃的感觉。

第三章

TASHIXIAOWENNUAN

这个少年，她很喜欢

1.

校庆后，随之而来的便是紧张的期中考试。

许轻抓紧时间背英语单词，都说有一个强大的英语词库才能支撑起阅读理解题。

她正在为能够看得懂阅读理解而努力。

“你这卷子快成堆了吧。”程瑶从桌子上爬起来，望着许轻那堆新习题咂舌。

许轻没接话，嘴里默念，昨天背的一百个单词今天快忘记一半了，她自己也不明白为什么那么绕口的文言文都背下来了，几个破单词怎么就那么费劲？

“你就那么担心自己英语考不好吗？”

“你能不能安静点。”程瑶这么一打岔，好不容易记下的几个单词又忘了，许轻抑制不住内心的烦躁脱口而出。

程瑶没了睡意，发现许轻心情有点不对劲。

“你怎么了？”程瑶用手支着自己的脑袋。

许轻也觉得自己态度不对，扣上英语书索性不背了。自打在宣传栏上看到英语竞赛的参赛名单后，她的心情就变得很奇怪，说不出的酸涩。

“对不起啊。”她主动软了语气道歉。

程瑶跟许轻认识不是一天两天，许轻心里有事怎么可能瞒得住自己。

“你到底怎么了？”程瑶有点严肃，“有什么事不能和我说吗？”

许轻犹豫了，她从来没有像今天这般磨磨叽叽在程瑶面前说不明白话，也许有些事情真的只能自己独自承担，再好的朋友也未必是可以倾诉的对象。

“我妈说我英语要是再考不过 80 分，她就要给我报补习班。”许轻哭丧着脸。

“嗨，我还以为什么事把你愁成这样呢？”

“这还不算事吗，我中考英语才 66 分。”许轻比画出一个“六”在程瑶面前摇晃。

程瑶笑：“那多吉利啊。”

许轻“嘁”了一声。

“怎么这么开心？”陈杰松刚打完篮球回来，身上带着一层薄汗，脸上透着运动过后的红晕。他单手把篮球放在地上，直接虚坐在球上。

“说什么呢？”他又问。

“喂，你英语好不好？”程瑶问。

陈杰松皱眉，这话问的，年级数一数二的大佬，英语怎么可能差？

“还行吧。”陈杰松谦虚。

许轻拽了拽程瑶的袖子，让她别多事。

“那你给她补补吧。”程瑶完全忽视对方递过来的眼色，“最好告诉她点窍门，别天天死背单词，还买了一堆根本不会做的卷子。”

陈杰松随手翻了翻桌子上那堆卷子，问许轻：“这都是你买的？”

许轻点头：“前两天逛书店的时候买的。”

陈杰松给出建议：“其实英语最主要靠的是基础，基础打好了，学起来也就容易了。这些卷子都偏难，不适合基础不够的人做。”

陈杰松继续说：“回头我带你去买适合用来打基础的卷子。”

“那我也去。”程瑶插话。

“你也要打基础？”陈杰松问。

许轻在一旁幸灾乐祸：“她根本不用打基础，因为她没有基础。”

“好呀，许轻。”程瑶伸手去搔她的痒痒肉，“看我不收拾你。”

许轻笑着推搡：“我错了还不行嘛，我不说了。”

少女的笑声像银铃一般响彻教室。许轻眉眼弯弯，修长白嫩的脖颈因为侧身打闹正好对着陈杰松的视线，轻盈柔软的黑发抖动，精致微挺的鼻梁，还有那空气刘海半掩盖的额头。

这画面像一个印记，也像一个种子，砸进了陈杰松的眼睛里，还有心里。

门口一个毛茸茸的黑脑袋在偷听完墙脚后，不情不愿地离去。

陈斗带着一股气回到班级，一屁股坐在座位上，发出不小的声响。

“斗子，你怎么了？”同桌杨遇忍不住过来询问。

陈斗没答话，起身跑去宋时那儿。

宋时一双大长腿搭着前桌，半个身体慵懒地仰着，校服外套盖住头部遮挡投射进来的刺眼阳光。

“老大。”陈斗喊。

躺在那儿睡觉的人，迷迷糊糊地“嗯”了一声。

“老大。”陈斗想了一下，“老大，过两天你陪我去书店呗。”

“哦哟！”杨遇过来插话，“斗子，你脑袋被门挤了？你不是说像你这种放浪不羁的少年不适合书香气盛的地方吗，网吧才是你的场子啊。”

陈斗没好气地瞪了杨遇一眼：“没你的事，给我一边儿去。”

宋时被他俩彻底吵醒，这两天每天刷题还要看编程的书，好不容易午休睡会儿，还要听两个兔崽子吵来吵去。

宋时一把抓下盖住脑袋的衣服，懒洋洋地问：“你抽哪门子风？”

不抽风怎么突然要去什么书店？

“老大，帮我选英语练习册，我想学英语。”陈斗带点委屈，陈杰松那小子仗着英语好占尽了优势。最让人生气的还是程瑶，对他不是瞪眼就是无视，怎么在陈杰松面前就笑脸相迎了呢。

“你真是疯了。”杨遇在一旁盖棺定论。

“你字母表背全了吗？知道 ABCD 后面是啥吗？”宋时无奈。

陈斗也明白这个道理，觉得要是在书店和他们“巧遇”实在说不通，但是有宋时在就不一样了，宋时是要参加英语竞赛的人，去书店买英语资料不是很正常的一件事情吗。陈斗心里的小九九在翻腾，他觉得让老大出马必须要下点猛药才行。

陈斗凑近，热气全喷在宋时脸上了，宋时嫌弃地踹他。

“老大，我听程瑶说许轻最近因为期中考试而头疼。”

宋时收回腿。

“她英语不好，陈杰松在给她补习，过两天要去书店一趟。”

宋时眉心微皱。陈杰松？就是那个高一年级组的学习大佬？

见宋时表情微动，陈斗觉得有戏，想再说点什么刺激一下，宋时直接蒙头盖上了校服，陈斗傻眼，然而校服里传出闷闷的声音。

“时间，地点。”

2.

晚上玩游戏的时候，陈斗故意和程瑶说周末接着约，果然程瑶说周末有事。

话题被引出来，陈斗顺着杆子往上爬。大神发问了，程瑶自然就全都说了：“周末和同学去逛书店，大神，不如我们晚上再约吧？”

话被套得差不多了，陈斗觉得自己真是太聪明了。游戏下线之后，他给宋时发了一条短信——清河街，新华书店。

距离期中考还有一个星期，许轻对英语并没有把握，她从一开始接触英语就挺费劲的，基础打得不好，的确难以消化更深层次的知识点。

三人直接约在书店碰面。

陈杰松先到，许轻进书店的时候便看见男生的背影，他应该刚打完篮球，身上还穿着球服。

程瑶出门之前的那套行程向来磨叽，许轻已经习惯了。

“程瑶呢？”陈杰松问。

许轻拿起旁边的书翻了两页：“她需要点时间，我们先看吧。”她指着陈杰松身上的球服又问，“你这是？”

“我周末都会去打球，来不及换衣服直接过来了。”陈杰松建议，“我们去教辅那儿。”

新华书店很大，一层是文学类，二楼是教辅类。俩人上了二楼，看见了坐在公共区域的宋时以及伸长了脖子四处瞎打量的陈斗。

宋时今天穿了件白色T恤，灰色大裤衩，脚上趿着深蓝色的拖鞋，

根本就是一副出来溜达街的装扮。

可是许轻觉得这样的宋时也很好看。

特别地好看。

“嗨！”陈斗挥手主动打招呼，没看见想见到的那个人，忍不住问，“程瑶呢？”

许轻反问：“你怎么知道程瑶也要来？”

陈斗被问得一愣，语无伦次，一个劲挠头：“那个……就是……其实……”

宋时一声轻笑：“你不是经常和她形影不离？”说着瞅了一眼陈杰松，又转向许轻，“怎么，这次换搭档了？”

许轻一阵蒙，她在宋时面前莫名总有种紧张感。

“我和许轻是来买书的，程瑶一会儿就到了。”沉默许久的陈杰松开口了，“要不一起逛吧？”

“好呀。”陈斗附和。

程瑶来的时候看到的就是一幅特别诡异的画面——三个男人一台戏。

“你俩怎么在这儿？”程瑶向来心直口快。

陈斗看见她立刻兴奋了：“缘分呀。”

本来的三人之约变成了五人同行，多少有点奇怪。

陈斗像条小哈巴狗一样跟在程瑶后面。

“你老跟着我干什么？”程瑶问。

“我就是看看你买啥，参考参考。”陈斗笑哈哈地说。

因为某人的存在，许轻的心思都被搅乱了，手上翻着练习册，但是眼神不自觉往宋时身上瞄。

“我听说吕老师这次选了你参加英语竞赛，”陈杰松说，“恭喜啊。”

本来之前是想选陈杰松的，但是女生早就定好了是方荷，后来吕老师考虑到同班同学在一起磨合默契的可能性会更大，何况就宋时单科英语成绩来说甚至比陈杰松还要优秀。

“没什么可恭喜的。”宋时头也没抬，淡淡地说，手上翻书的动作没停。

许轻想到前两天看到的竞赛名单，参赛人员的名字。

高一四班：宋时、方荷。

她垂下眼眸，把手上的练习册合上放回原处。

“这个适合你，用来打基础。”陈杰松挑了一套基础英语的卷子，伸手递给身侧的许轻。

许轻接过，轻声道谢。

“我的节目你看了没有？”宋时冷不丁插了嘴。

许轻不知道他为啥突然提这茬，倒也是很快回复：“看了。”为了防止他不信还特意强调，“精彩。”

宋时满意地勾勾嘴角，然后慵懒踱步离开了，路过陈斗的时候直接扯着他的脖领子把他给拽走了。

不甘心被拖走的陈斗扯着嗓子喊：“老大，我还没聊完呢。”

许轻抱着一堆练习册去付款的时候，收款的店员疑惑：“您刚刚不是已经买过了？”

许轻诧异：“没有啊。”

“就是刚刚离开的男孩子替你买的。”店员从柜台底下拿出一个袋子，里面有基本练习册还有一本基础入门的英语辅助教材。

“这是……”许轻疑惑。

“就是刚刚出去穿白T恤的男生买的。”店员解释，“他说要留给穿校服的女生。”店员打量了一下许轻身上的校服，周末还穿校服出来的女生真的太难见到了。

其实是许轻今天早上起床懒得去翻衣柜，顺手穿了昨天晚上扔在床边的校服。

“没错，就是你。”店员肯定道。

许轻低头翻了一下袋子，最上面贴着一张便利贴，字迹刚劲有力，像雄鹰展翅一般。

上面写着：这是奖赏。

许轻忍不住抿着嘴角笑，被刚过来的陈杰松看在眼里。

喜欢一个人的心情，是掩饰不住的。

期中考的考场是打乱顺序安排的，程瑶和陈杰松都在第五考场，许轻一个人被分在第七考场。

她碰见了陈斗。

“嘿，巧了。”陈斗笑脸相迎打招呼。

许轻淡淡答应。

“程瑶呢？”

“在第五考场。”

“哦。”

许轻张张嘴，想问“宋时呢”。

陈斗坐在许轻面前，他兴奋地坐在椅子上往后靠：“女侠，江湖救急。老大在第一考场，鞭长莫及，就靠女侠了！”

许轻会意，淡淡道：“哪科呀？”

空气中良久的沉寂。

许轻听见陈斗小心翼翼地说:“九科。”

许轻:“……”

未分班之前的大综合,单科考试,一共九科。

许轻扶额,头有点疼,随后耳根处一阵嗡嗡作响。

3.

考试时间分为三天,英语是最后一科。

前两天的科目,陈斗运气不错,不是坐许轻的侧桌就是前后桌,除了被老师训斥过几回不许他东张西望基本平安无事过去了。

最后一科英语的时候,许轻坐在靠窗的最后一个座位,而陈斗坐在靠墙的第一个座位。

陈斗欲哭无泪,回头使劲给许轻使眼色,意思在说:怎么办啊?

许轻淡淡扫了一眼,就不再理他了。

她想反正离得这么远,根本不可能的事情,何况她英语其实一般,也帮不了他。

期中考试的难度一般,自从许轻做了宋时给她买的练习卷后,有很多题她都能读得通了,但是因为时间短基础差,完形填空整个大题她都没看懂,选项也是看感觉来的。最后的作文写得不尽如人意,很多词甚至都不知道怎么写,用其他代替词也不知道对不对,总之就是一团糊。

还有半个小时结束考试,许轻看了一眼最前面的陈斗,他挠头转笔,就是不写。

估计也是不会。

许轻扯过草纸,把选项都写了下来,英语卷子是最好抄的,基本都是选择题。

她写完答案，把稿纸揣进兜里，举手示意老师要交卷。

“同学，时间还很长，你不再检查一下吗？”监考老师问。

“不用了。”没必要检查了，她看不懂的单词用再多时间还是看不懂。

许轻收拾好自己的东西，起身去交试卷，她走到门口的时候，用最快的速度把兜里的稿纸扔给陈斗，陈斗也机灵地迅速塞进袖子里，整个过程异常默契。

陈斗冲她比了一个“OK”的手势，许轻淡淡一笑，出了考场。

入秋的北方带着秋高气爽的味道。

许轻出教学楼的时候看见程瑶和陈杰松坐在操场上。

看到许轻走过来，陈杰松起身问：“考得怎么样？”

许轻回答：“还可以。”

程瑶跟着站起，拍拍屁股道：“走吧，考成啥样都已经考完了，又不是高考，没必要紧张兮兮的。”

“嗯。”

三人准备离开操场的时候，交卷铃声正好响起。

有急匆匆的脚步声和欢呼声在走廊中徘徊，许轻看了一眼一楼最左边的窗户，那是第一考场。

不知道宋时考得怎么样？许轻想。

“宋时，考得怎样？”方荷和宋时一个考场，她收拾好东西便过来了。

“就那样呗。”宋时漫不经心地回答，坐在位置上转笔，压根没想走。

方荷笑：“你什么时候有时间？我想和你讨论一下英语竞赛的

事情。”

宋时淡淡地说：“不知道。”

他的确不知道，他有太多的事情要忙，英语竞赛不是他的重心，会参加也是耐不住老师一直劝说，他也是图个消停。

“那……”方荷有些“方”，还想说什么的时候就被冲进来的陈斗给打断了。

“老大。”陈斗急匆匆的，“你猜刚才发生什么事情了。”

他故意说得玄乎，宋时抬眼示意他接着说，站在旁边的方荷只能闭口不言，静静听着。

“我之前不是和你说我和许轻在一个考场来着的吗？”陈斗兴致勃勃地说，“结果今天我俩坐得特别远，我还以为英语这科就拉倒了，结果老大你猜怎么着？”

他故意卖了个关子，宋时伸腿踹了他一脚。

陈斗嘿嘿一笑，掏出兜里的那张稿纸给宋时。

宋时看了一眼，稿纸左上方写着“许轻”两个字，字迹清秀，字体峰角明显，像小楷一般端正，仔细观察却能看到笔画勾勒时所带的一些圆润温和。

字如其人。

宋时想到那个女生时而温软时而尖锐的样子，忍不住忽然心情变好。

“宋时。”方荷看着嘴角噙笑的宋时，问，“什么事情这么开心？”

残阳艳红如血，秋风清凉如水。

良久，宋时喃喃：“她。”

最近程瑶玩游戏玩得越发频繁，许轻提醒她还是收敛点好，这一门

心思往网吧跑，先不说被家长知道了后果会很严重，万一这要是被请到局子里面喝茶，那就更严重了。

“可是最近大神在线很勤，我不能错过升级的机会啊。”程瑶眼睛没离开过屏幕，手在键盘和鼠标之间切换自如。

许轻自知劝不动，可是她今天不怎么想玩游戏，于是和程瑶打了个招呼说要出去逛逛。程瑶根本无心理她，象征性地摆摆手。

许轻摇头轻叹，下了二楼。

“怎么不玩了？”杨宇问。

“不想玩了。”许轻被桌子上的书给吸引了，她拿起来翻了两下，全是英文，她指着书问，“小宇哥，这是什么？”

杨宇说：“我上学时候买的教辅书，原版编程。”

许轻知道杨宇以前也是念过大学的，据说还是学计算机的，但是他没念完大学，家里欠的钱太多，只能辍学早点出来打工。

“小宇哥，你打算重新回去读书了？”许轻问。

杨宇轻笑：“不，我都多大了，还回去读什么。”

许轻说：“五十岁的人还有参加高考的呢，你才三十岁，为什么不能重新回去读大学？”

杨宇笑：“每个人追求不一样，我觉得我现在就挺好的，每天也在和电脑打交道。”

是啊，每个人的追求不一样，有些人学习是想功成名就，有些人学习只是简单的热爱，但是无论哪一种，只要还在学习就是好事。

“那你准备这些做啥？”许轻放下书。

杨宇：“是送给朋友的，哦，就是上回被你们占了机位的男生，还记得吗？”

宋时。

难道宋时想学计算机?

“那男生和我也算有点交情，而且他对计算机很敏感，他看到我放在网吧的编程书很感兴趣，我答应把以前的书送给他。”

“哦。”

莫名地，许轻产生一股冲动。

“小宇哥，我帮你给他吧。”

“你和他熟？”

许轻顿了一下，心想，应该算熟了吧。

“我和他是同学。”她找到一个完美的理由。

周一一大早，许轻就对着一摞编程书发呆。

现在正是课间操后的自由活动时间，班里闹成一片。

“喝不喝水？”程瑶将打好的水放在许轻桌上。

许轻没答应，她现在正在天人交战。

她那天怎么就这么冲动呢？现在是送还是不送?

送，肯定会被误会，说她故意找借口接近宋时，搞不好还会惹来一堆女生的非议，她最烦惹这种事情上身了；不送，她怎么和小宇哥解释，再拿回网吧的话，那不是显得她在没事找事……

她该怎么办?

程瑶见许轻发呆，撞了下她胳膊：“你怎么了？”

可许轻还是没反应，程瑶惊悚地看着许轻，心想这孩子不是中邪了吧?

陈杰松刚从老师的办公室回来，很自然地往许轻和程瑶的座位这边走来。

“白骨精叫你，是不是有任务差遣啊？”程瑶问。

陈杰松叹口气："就是问我文理分科的想法。"

"那还用说，你肯定学理科啊。大兄弟，你数学都逆天了，你自己晓得吗？"程瑶拍拍陈杰松的肩膀。

文理分班这种事情对于偏科的学生更容易选，但是对于像陈杰松这种各科都属于拔尖的学生来说，就比较纠结。陈杰松理科非常好，但他个人爱好是写作，读文科是他想要选择的，却不是老师和父母期待的。期末考试后就要进行文理分班了，父母和班主任依次找他谈了几次，这让他越发纠结。

"你俩怎么想？"陈杰松问程瑶。

程瑶说："我肯定是文科，理综那张卷子，我估计我连一百分都达不到。"

"许轻，"陈杰松喊，"你呢？"

许轻依旧在自己的世界里纠结。

程瑶撇撇嘴说："你别叫她了，她现在正处于五感消失的状态，也不知道在想什么。"

"啪"的一声，许轻双手拍桌，然后抱起桌子上那堆编程书，无视后面俩人奇怪的眼神，直接走出了班级。

走廊里面有人追逐打闹，许轻带着忐忑的心情来到四班门口。

她随手拽住一个要进入教室的男同学："那个，我想找宋时。"她顿了一下，为了不必要的误会特地多解释了一句，"有人让我转交东西给他。"

那男生好像对这种情况已经习以为常了，直接探头向班里喊："宋时，有妹子找。"

许轻大囧，她的解释还真是多余。

许轻心潮起伏地靠在门口等着，男生穿着身干净的校服，一米八几的身高把宽大的校服整个都撑起来了，袖摆被拉到胳膊肘处，露出一片小麦色肌肤。

“找我？”声音有点随意，有点笑意。

许轻心里紧张，被近在咫尺的声音吓得一惊，转头便看见一张带着微笑的俊脸。

4.

“嗯。”良久，许轻轻轻地答应。

她托了托手里的书：“这个是小宇哥给你的，上次我去网吧的时候看到顺手给你带来了。”

“你怎么知道是给我的？”宋时垂着黑眸问。

编程书又重又沉，许轻下意识地用力托住，下一秒，手里一轻，宋时单手捞过她手里的书，继续垂眸看着她等答案。

他直视别人的时候，目光极具侵略性。许轻有点承受不住，侧开头，干巴巴地说：“反正就是小宇哥让我给你的。”

许轻咬着唇又补充：“那个，上次书店的书，谢谢你。”

宋时笑了笑：“我说了这是奖赏。”“奖赏你看我的节目”这后半句他未说出口。

许轻低着头，不知道说什么，一时间空气里带着尴尬的味道。

宋时轻抿一下唇，看着小姑娘的发顶，带着笑意问：“有没有时间？”

啊？许轻一颗心怦怦跳，下意识地抬头。

什么意思？要约她吗？

“你帮我送书，我总得意思一下吧。”宋时说。

果然是想多了，许轻咬唇，思忖一会儿，刚想开口，方荷的声音插了进来。

“宋时，你干吗呢？”

方荷扫了一眼靠着墙的许轻，只当是又一个来表白被拒绝的女生，随即视线转向宋时：“你上回说没时间和我讨论英语竞赛的事情，最近是不是有时间了？”

宋时没答，反而问许轻：“你说。”

许轻瞄了一眼方荷，只觉这时候她不应该在这里，居然一鞠躬：“不用客气了。”

随即转身逃走，她一边跑一边在心里骂自己：有病啊，鞠什么躬！

果然，只要在宋时面前，她就是个凌乱的许轻，唉！

宋时若有所思地看着那个奓毛跑走的身影，忽然笑了起来。

见他这样，方荷瞬间好奇：“那人是谁啊？”

许轻在高一年级组并不出名，不认识那是情理之中。

宋时单手握住书，淡淡说了一句“朋友”，便回了座位。

“老大，女侠是不是来找你了？”陈斗凑过来问。

宋时“嗯”了一声。

“女侠这是要对你发起进攻了呀！”陈斗摆出一副经验老到的样子，摸了摸不存在的山羊胡，老神在在道。

“谁要对谁进攻？”杨遇忍不住好奇心也转了过来。

“小屁孩，跟你没关系。”陈斗一巴掌呼他头上。

“那跟你有关系咯？”杨遇不服。

“当然跟我有关系。”和程瑶有关系的人都和他有关系。

瞬间话题被这俩人带歪。

宋时受不了这俩人的叽歪，长腿一伸，便继续眯着眼休息。最近他都是熬夜看书，眼睛涩得很。女生逃跑的身影又浮现在脑中，宋时心中烦闷，暗骂了一声。

许轻刚回座位，便直接面对了程瑶的逼问：“老实交代，你去四班干什么了？”

“没什么。”许轻趴着，声音都埋进了衣服里。

“我都看到了。”程瑶拍她，痒她耳朵，“你是不是看上宋时了？”

许轻心里咯噔一下，脑袋一热，心事被戳破就如同撒谎被揭露一样慌张。

“你说什么呢？”

“你最近很不正常啊。”程瑶像一个小侦探一样，分析得头头是道，“你不是那种爱管闲事的人，先是因为宋时的关系给陈斗传字条，后来又主动给宋时送书，还亲自跑人家班上去送。上一次在书店，宋时特意给你买学习英语的教材，我就闻到了不一样的味道。说，你俩到底是不是谈恋爱了？”

许轻紧张得快跳起来了：“你别说那么吓人的话。”随后又反应过来，“传字条还有书店的事你是怎么知道的？”她从来都没说过这些事情。

程瑶仰着下巴，得意地说：“自然是有人告诉我。”

许轻抬起头，眯着眼说：“我看就是陈斗吧。”瞬间反客为主，“陈斗对你存着心思呢，别以为我不知道，来，说说你俩怎么回事？”

程瑶瞬间耳根就红了，眼神闪烁，语无伦次：“什么怎么回事，什么事都没有。”

“我才不信。”许轻撇嘴。

“爱信不信。”程瑶强撑。

北方冷得特别快，转眼便已经是腊月，大家都进入了期末冲刺的紧张阶段，虽说目前才高一，但这次期末考试的结果基本可以算是文理分班的选择依据。

树枝在寒风中突兀挺立，天阴沉沉的，像是蒙上了一层灰蒙蒙的冷霜，让人只是瞅着都忍不住缩脖子。

“寒假你还要去美术班吗？”程瑶一边嚼着饼干，一边问。

“不然怎么办，我要是不去就要去英语班了。”许轻郁闷地说。

“哎呀，反正你喜欢画画，有什么可郁闷的。”程瑶硬给许轻嘴里塞进一块饼干。

话是这么说，但是总觉得心里空落落的，好像有什么事情没做一样。

“放学去逛逛吧。”程瑶提议，“考完试就过年了，我想去买点新衣服。过年要喜庆，我要买红的。”

许轻嚼着饼干，看着窗外树枝晃动，淡淡答应道：“嗯。”

高一走读生没有晚自习，程瑶和许轻放学后直接去了清河街商贸区。

说好了是买衣服，但是程瑶一看见各式各样的小物件就走不动了，挑来挑去、磨磨蹭蹭的，许轻只能在一旁不停催。

附近传来断断续续拨弦的声音，循声看去，对面有一家手工吉他店。

店里一个年轻男人坐在高脚椅子上，怀里抱着吉他，轻拨琴弦，一下两下，曲不成调却清脆悦耳。

许轻好奇，和程瑶打招呼：“我去对面的吉他店看看，你挑完了过来找我。”

程瑶挥了挥手，眼睛都没离开那堆花花绿绿的小装饰品。

清河街这一带属步行街，两边都是门店，这家吉他店就位于街道左边，夹在一众衣服首饰店铺中，格外清新脱俗。

吉他店的装修很复古，深棕色的木质地板，橘黄色的灯光，原木色吉他挂了满墙，前台有个大音响，房间里除了吉他的拨弦声还放了轻柔的音乐。

许轻推门而入，带动门口挂着的手工风铃，清脆悦耳。

男人听见动静，放下手中的吉他，招呼许轻："同学，想看吉他？"

许轻点头，打量面前的人，男人穿着一身休闲服，刘海挡住了额头，年纪不算大，下巴处有点胡楂，整个人透着一股沧桑粗犷的味道。

"平常都用什么类型的，我可以给你推荐。"男人走近，"或者喜欢用什么材质的？"

许轻看了看四周挂着的吉他，琴身的木头颜色不一，有深有浅，有黄有红。

"我其实不会弹，"许轻诚实地说，"也不懂你说的材质。"

她对木头很熟悉，但确实不知道做吉他要用什么木头。

年轻男人眉头微皱，带着有点奇怪的目光看着许轻。

许轻怕他认为自己是来捣乱的，赶紧解释："不过我很喜欢，想学，我是被你的琴声吸引过来的。"

"没关系的。"男人笑，"那你是已经报了学习班准备买琴，对吗？"

许轻诚实地摇头："没有。"

她只是鬼使神差，原来心里一直空落的感觉，她找到了答案。

面前的女孩眼眸干净透亮，男人笑了笑，回身取了纸笔，飞速写下几行字。

"我叫蒋晨。"他把字条递给许轻，"这是我朋友常练琴的地方，我

会跟他打个招呼，你要是想学可以去找他。”

许轻愣了，傻乎乎地问：“那学费怎么算？”

蒋晨笑了：“不用了，我跟你这个小姑娘也算有缘。”随后他叮嘱，“不过我这个朋友是个学生，他一般只周末的时候在那儿。”

许轻不好意思地摸摸耳朵：“谢谢你。”

蒋晨说：“日后想买琴，记得第一个光顾我的店。”

许轻笑：“一定。”

5.

许轻按照地址找过去的时候，已经是两个星期之后了。

在此之前，她顺便还和汪素珍沟通了一番。

“没事学什么吉他？”汪素珍在庭院里面晒萝卜，许建国依旧在刻木头，许老爷子万年不变的喝茶逗鸟。

“那你美术不学了？”汪素珍又问。

“学呀。”许轻说，“可是我也不止学一个画画呀，我想多方面发展一下。”

汪素珍又提到英语：“有空学那东西还不如报个英语班呢，你看你的英语，什么时候给我考个一百分我就满足了。”

上次期中考因为宋时送的那些教辅书，许轻的分数往上拔了十分，但是 76 分还是远远满足不了汪素珍的要求。许轻偏科的毛病，会成为升学的巨大障碍。

“妈，我已经每天都在学英语了，您能不能让我适当放松一下？”许轻蹲着，手指抠着地上的水泥砖缝隙，声音里带着少许无奈和抱怨。

“你每天学，就给我考这个分数啊。”汪素珍说。

许轻蹲着，鼓着腮帮子不说话。

“哎呀，孩子想学吉他，你就让她学。”许建国忍不住开始护犊子，停下手里的刻刀，“小轻想多学点东西又不是坏事。”

“她想学的都是用不着的，文化课不行，以后考不上好大学怎么办？”汪素珍坚持已见。

“那不还是可以考艺术生的嘛。”许建国说，“以小轻的美术功底，考个艺术生不难。”

许轻附和地点头，就是就是！

许老爷子也坐不住了，拄着拐杖站起来：“儿孙自有儿孙福，素珍啊，别那么死心眼。”

汪素珍泄气：“行，你们爷仨儿一伙的，我说不过你们。”说完，她抱着萝卜坛子就进了厨房。

许轻笑嘻嘻地凑到许建国身边：“爸。”

许建国摸她柔柔的头发：“没事，你妈不同意，爸同意。”他随即一想，神态忧愁，“你学琴要多少钱，爸的钱都上缴给你妈了，私藏的小金库也不知道够不够。”

许轻嘿嘿一笑：“您到时候给我买把琴就行。”

许老爷子宽抚他们：“没事，爷爷这儿有。”

许轻心头一暖。家人就像这般，有人叮嘱给你压力，有人安慰给你宠溺。

周日，许轻一早就收拾好，带着蒋晨给的地址就找了过去。

地址不算偏，在清河镇老街一带，近两年因为清河镇政府改迁政策逐渐实施，老街这块的居民陆续开始搬离，只剩零零星星十几户。

老街的胡同透出沉沉岁月的味道，石头砌成的墙，坑洼不平的过道，两侧破败灰暗的旧房子，最高也只有三层的高度。

有人在窗台横了根棍子做支架，上面晾着刚洗好的衣服，空气中弥漫着潮湿的味道。

许轻摸索着找到了纸上的地址。

老房子采光不好，屋外的阳光不能完全照进来，只有几束光线透过破碎的玻璃窗爬进来，有浮尘在光束中飘荡。

许轻站在楼道台阶的拐角处，便听见持续传来的拨弦声。

琴声是从二楼第三个窗子那儿传出来的。

许轻挪着步子过去，门没关紧，透过缝隙许轻看到少年坐在沙发上，双腿交叠，脚上的拖鞋要掉不掉地悬在脚尖，姿态慵懒地信手拨弦，但弹出来的曲调却悦耳迷人。

男生随着曲调轻哼，依旧是漫不经心，歌词从他的嘴里出来，好听又缠绵——

Where you go（任凭天涯海角）

Whatever you go（无论你做什么）

I will be right here waiting for you（我会一直在这等着你）

Whatever it takes（不论付出多少代价）

Or how my heart breaks（无论我多么心碎）

I will be right here waiting for you（我会一直在这等着你）

……

一首歌唱得断断续续，甚至很多歌词都是被鼻音带过，许轻听不懂歌词的意思，但并不影响她欣赏这首无比美妙的音乐。

这是她第一次听见宋时唱歌，宋时的嗓音低沉，懒洋洋的哼唱像一只慵懒的猫在人心头挠了一下，痒痒的，又带着诱惑。

这样子的宋时拥有一个完整的世界，那个世界里没有别人，只有音乐和自由。

有冷风吹来，带起一阵寒意，可许轻藏在围巾里的半张脸都热得发烫。

此时此刻，此人此景，让她沉迷和陶醉。

她总算明白，为什么这段日子的心情就像坐过山车一样高低起伏，为什么当她看见英语竞赛名单时会心生芥蒂，为什么明明那么困难却还是拼命地想要征服那些让她厌倦的英语单词，为什么她心里始终空落落的，为什么想要学吉他……

这一切都在现在有了答案。

她攥紧衣服的下摆，脑中有无数种想法在交织翻腾，唯独一个认知却越来越清晰——

那个站在柳树下的少年，那个站在台上弹着吉他闪闪发光的少年，如今和她只有一门之隔的少年，她很喜欢。

第四章

TASHIXIAOWENNUAN

两个人的初雪

1.

门突然被拉开，许轻吓了一跳，缩着脖子往后退，在对上屋内宋时看过来的视线后，更控制不住心虚，使劲把自己红彤彤的半张脸往围巾里面塞。

陈斗顶着张油叽叽的脸站在门口，他也被吓了一跳，下意识地往许轻身后看，没看到自己想看到的人，略带失望地问："许轻？你怎么在这儿？"

许轻还没想好理由，转了转眼珠，然后磕巴地说："其实……是有人介绍我过来的。"

陈斗根本没听懂，也没想懂，只是满眼期待地问："就你一个人来的？"

许轻"嗯"了一声。

陈斗彻底失望了，侧身让许轻进来："你先进来吧，老大在。我去上厕所，憋死我了。”说完颠着小步子就去了外面，临走时还不忘贴心地关上了门，好像生怕别人知道里面有人似的。

屋子里恢复安静，许轻站在门口，手指搓着裤子，不知道该说什么。

“这屋里没有卫生间吗？”情急之下，她用了一个特别笨的开头，下一秒恨不得咬舌头。

“停水了。”宋时言简意赅，摸过茶几上的打火机，漫不经心地按着，明火忽明忽暗。

他的手指修长，手指微屈，指关节处的骨节明显，带着迷人的性感。

许轻强迫自己把视线挪开，局促不安地打量屋内的环境，屋子不大，是独立的一个格局，没有隔断，左侧有个玻璃门，应该是卫生间。

两张单人折叠床、三台电脑、一张棕色的沙发和一张深蓝色的茶几，就是房子里全部的东西了。

墙角搁着两把吉他，一把纯木色，一把黑色，黑色的那把还连着一条长长的线在电脑音箱上。

“你打算在那儿站到什么时候？”宋时冷不丁出声。

“啊？”许轻吓了一跳，赶快收回视线，看向宋时。

“坐啊。”

许轻快速扫了一眼屋内，除了两张床，就是宋时正坐着的沙发，她犹豫片刻，脚步往电脑那边走去。

“你干吗去？”宋时又问。

许轻拘束地指着电脑前的椅子说：“拿椅子。”

宋时扯着嘴角：“不用那么麻烦。”

许轻无奈，明明是你让我坐的，现在又嫌我麻烦。

宋时拍了拍屁股底下的沙发：“坐这儿来。”

短短几秒之内，许轻给自己进行了强大的心理建设，慢吞吞地走了过

去，好不容易磨蹭到沙发边，宋时受不了地伸手一拽把她拉坐在沙发上。

许轻短促地“啊”了一声，然后又迅速隔着围巾捂住了嘴。

宋时挑眉：“你不热？”

屋子里有暖气，又有大片的阳光洒进来，室内气温很高。

许轻额头上开始浮现薄汗，不知道是热的还是因为紧张。

宋时不客气地伸手准备卸下她脖子上的围巾，许轻急忙往后仰，说：“我自己来。”

宋时停手，也不勉强。

沙发是两人座，所以俩人几乎是挨着坐的，许轻面色潮红，只觉少年身上的味道在空气里盘旋，她一边卸围巾，一边心脏扑通扑通乱跳。

“你怎么找到这儿来的？”宋时靠着沙发，想到什么似的“嘶”了一声，“该不是跟踪我了吧。”

许轻辩解：“我才没有那么变态呢。”

她把围巾叠好放在茶几上，又将羽绒服的外套拉链拉开。

她说：“是一个朋友介绍我过来的。”

宋时挑眉猜测道：“蒋晨？”

只有这个朋友三天两头给他塞人，顺便给自己的琴行做一个推销。但是这些人学着学着都走了，一是因为宋时并不是开班的，只能偶尔指导两下，人家受不了宋时的态度就走人了；二是三分钟热度，发现学了一阵子也只能简单弹出些曲子，坚持不下去就走了。

前两天他接到蒋晨的电话，说介绍一个人来他这儿。这种电话接多了，所以他也没当回事，不过他怎么也没想到这个人竟然是许轻。

许轻眨眨眼：“你认识蒋晨？”她把字条拿出来，“那个老板说这里可以学吉他，还说是他朋友，你也是在他朋友这儿学的吗？”

宋时接过字条，淡淡开口：“没有，我就是他朋友。”

许轻惊讶，那个吉他店老板起码三十岁了，她怎么也不会想到宋时竟然会和他是朋友。

“你想学吉他？”宋时问，“为什么？”

许轻有那么一刹那的失神，竟然不知道怎么回答。脑子里有一闪而过的回答，却怎么也不能说出口。

——因为喜欢你，你喜欢的东西我也想喜欢，就这么简单。

“因为……”许轻斟酌着说辞，“不因为什么，就是想学了。”

宋时压着目光瞅她。

许轻被看得有些窘迫。

“你能不能教我？”许轻试探地问。

“行。”宋时爽快地答应，随后又补充，“但是在我这学琴要满足一个条件。”

许轻歪着头看他：“什么条件？”

宋时凑近，带过来一阵温热气息，混杂着淡淡洗衣粉的味道，在这个小小的房间里被无限地放大。

许轻听见他说：“得听话。”

许轻最近变得很忙，经常见不到人，程瑶都颇有微词了。

周五放学，陈杰松问她俩周末要不要一起去图书馆温习功课。

“不了，你和程瑶去吧。”许轻收拾一下把笔装进笔袋。

程瑶噘着嘴按住她的手：“说说看，你最近在忙什么？我现在约你比约领导人还费劲。”随即，她眨巴眨巴眼，捧着脸故作惊讶，“难道你有新欢了，我要沦为糟糠之妻了？”

这教科书般的演技，让站在一旁的陈杰松终于忍不住，笑出了声。

许轻轻轻地一拍程瑶毛茸茸的脑袋：“你以后学表演吧，全身都

是戏。”

程瑶撇撇嘴：“你别说，我还真考虑过，不过是舞蹈演员。”

许轻赞同地点点头：“这个想法不错。”

“我们明天去溜冰吧。”程瑶兴奋地提议。

许轻拒绝：“你俩去吧，我真的有事。”

程瑶瞬间化身撒娇小能手，一个劲往许轻身上蹭：“你是不是不爱我了？”

许轻可担不起这个罪名：“爱你呀。”

“那你最近到底在忙什么，都不告诉我，你是不是爱上别人了，嗯？”程瑶追问。

走廊里回荡着篮球砸地的声音，急促的脚步声此起彼伏。

“喂，陈杰松，走不走啊？”有男生在六班的班级门口探头。

陈杰松回头：“马上走了。”

“一会儿清河街篮球场见啊。”那男生说。

“知道了。”陈杰松答应，随后对程瑶和许轻说，“我先走了。”

许轻和程瑶双双点头。

“喂，你最近到底在忙什么呀？连我都要瞒着？”程瑶不死心，靠着许轻的肩膀悄悄地问。

其实许轻一直很犹豫，她做人做事向来干脆果断，在其他人追星追得火热的时候，她的生活只有学习。

但是生活本身就有很多意外，在不知道的某一个瞬间，有个人悄无声息地走进她心里，当自己发现的时候，为时已晚。

宋时是第一个让她感觉到心跳的人。

她学吉他也就是想知道，喜欢的人所喜欢的东西，到底是个什么感觉。

“其实我最近在学吉他。”许轻还是交代了，她可以隐瞒小心思，却不能欺骗程瑶。

因为程瑶是她唯一的朋友。

“你不是不喜欢音乐吗？”程瑶疑惑。

许轻愣怔，不知道怎么解释。

“是不是因为宋时？”程瑶一脸“我已经看穿你”的八卦兮兮的笑容。

许轻不说话，微红着脸继续收拾东西，拉上书包拉锁。

程瑶太了解许轻了，她这个人少言寡语，不想说或者不能说的时候通常就用默不作声来对付。

“许轻，你别傻了。”程瑶忽然认真道，“且不说我们现在才高中，以后的事太多未知，而且宋时本就是万花簇拥的对象，你喜欢谁不好非要喜欢他。”

许轻看着桌角用涂改液画的涂鸦，还有密密麻麻的黑笔字，有些失神，但是思绪难得清明。

年纪太轻的时候，无法克制情感，喜欢一个人会把他的名字在纸上写了一遍又一遍，会把他喜欢的东西看了一遍又一遍。

教室里很安静，能听见很远的操场上传来的喧嚣声。

“瑶瑶，你喜欢那个大神吧。”许轻突然问。

程瑶每次打游戏的时候都特别开心，比起一起打BOSS刷怪，她更喜欢在频道里和那个游戏大神聊天，她无法控制内心的欣喜，总是不断提起大神多么厉害、多么幽默。这不是喜欢是什么？

程瑶顿时脸红，支支吾吾：“那个……不是……其实……”

“你会网恋吗？”

“当然不会。”程瑶立刻说，“网恋不可能有结果的呀。”

“但是你还是控制不住想靠近他，对吗？”许轻对上她的眼睛，忽而一笑，“我现在就是这样。”

程瑶不可置信地看着许轻。

“你说的我都明白，你是为我好，不想让我浪费感情和时间。”许轻此时像一个成熟的大人，理智分析自己的感情，“就算他以后永远都不会喜欢我，我也想在能看见他的时候多看他，能听见他的时候多听他，就这么简单。”

程瑶抿着嘴，不再说话，目光投向窗外，远方。

此时窗外的天是青灰色的，有乌云伴着风。

“你说今年的初雪，怎么还不来呢？”许轻喃喃自语，不知是对谁说。

教学楼的走廊上，男生靠着灰白色的墙壁，低着头，单手拽着书包，干净利落的短发挡不住眸里带着的暗淡的落寞。

校服里的手机在振动，是朋友发来的催促短信。

“陈杰松，你怎么还不来？”

2.

周六上午许轻睡过头了，因为心里装着事情，前一晚，她躺在床上翻来覆去睡不着，后来也不知道数到第几千只羊的时候终于有了睡意。

明明定了闹钟，但还是没醒过来。

快速洗漱后，穿衣服的时候她又犯难了。

本来她冬天衣服就少，几件外套都被汪素珍洗了，羽绒外套只剩昨天穿过的那一套，换作从前，她是完全没有这方面的计较的，但是现在……

汪素珍拿着拖把推门进来，看着许轻坐在那儿一脸发愁的样子，不禁问："你坐那儿干啥呢？"

"妈，我还有没有能穿的外套啊？"

"那不是有一件吗？"汪素珍指着椅子上搭着的脏外套。

"我是说干净的。"

"哦，我昨天都给你洗了，在柜子里捂的时间太长都有霉味了。"

"哦。"

"要不你穿你爸的衣服出去。"

许轻扶额，穿许建国的衣服去见宋时，回头肯定会被嘲笑的。

她想了想，跑出房间。汪素珍瞅了一眼自家闺女的背影，无奈地摇摇头。

阳台晾着一排衣服，北方冬天干燥寒冷，衣服晾在外面很难干透，许建国特地在房子重修时在大厅多修了个阳台，室内的暖气和透着玻璃的阳光结合在一起，衣服干得比较快。

许轻把自己的衣服挨个摸了个遍，都带着未干透的潮气，这要是被十二月的冷风一吹，肯定透心凉。

许轻咬咬牙，算了，豁出去了，冷就冷吧。

她穿着干净的白色羽绒服就这样不顾一切地冲进十二月的冷风中。

去老街的这段路，许轻是哆嗦着过去的。

老街很安静，只有几条流浪狗在发黑的墙角闻来闻去寻觅食物。

许轻熟门熟路地上楼，出租屋的门是开着的，她先是探头看了一眼，见里面没人，便指尖抵着门轻轻推开。

"怎么才来？"慵懒的声音淡淡传来。

许轻下意识地哆嗦了一下，不知道是太冷了还是因为宋时的突然

出声。

宋时躺在折叠床上，头顶的头发被压趴了，脸上还有被压的红色痕迹。

许轻干巴巴地笑："你醒啦？"

宋时双手搓了搓脸，甩甩头让自己清醒一些。

"是不是我吵醒你了？"许轻咬了咬嘴唇，不好意思道。

是的，她迟到了。

"等你等得都睡着了。"宋时站起来，漫不经心地说。

他在等她。

许轻的胸膛里又是一阵电流闪过。

"喂，想什么呢？"

"没什么。"许轻下意识地找了个借口，"就是感觉有点冷。"

这老房子还不是地暖，银白色的立式暖气片贴着墙壁，散发着热量。

"冷吗？"他伸手探了探暖气片，很热，于是对许轻说，"你过来我看看。"他说得太自然，就好像他俩关系很亲密一般。

许轻紧张，心脏仿佛提到了嗓子眼。

她身上是冷的，衣服是潮的，她觉得太尴尬了，所以犹豫半天都没敢过去。

宋时见她不动，迈着长腿几步跨了过来。

许轻下意识后退了一步，宋时隔着羽绒服拽上她的手腕，浓眉微皱："你衣服怎么这么湿？"随后又抓她的手，"怪不得你说冷。"

许轻用力抽回自己的手，干干巴巴地解释："没事，我来的时候不小心摔地上了，蹭到水了。"

话才出口她就后悔了，真是蠢到家！寒冬腊月，北方零下二十几度，地上那还会有水？

宋时扯着嘴角不拆穿她，声音淡淡：“脱了。”

许轻被吓着，瞪大了双眼，傻乎乎地问：“啥？”

宋时毫不在意地又说了一遍：“把外套脱了。”

“干……干吗？”许轻眨巴着双眼，一瞬间红了脸蛋。

他本意是想让她换件干爽的外套，结果意外地看到许轻明显误会了的可爱模样。宋时觉得有趣，故意说得不清不楚，语言里带着模糊不清的暧昧气息：“脱衣服还能干吗？”

“不……不行。”

宋时眉眼带笑：“什么不行？”

许轻也不是什么都不懂，程瑶看的那些少女言情小说她也看过，但是她也很清楚，那些都是禁忌。

“反正就是不行。”她脸红得像是要滴血，只能翻来覆去地说着这一句话。

宋时笑出了声，那笑声像山林清脆的鸟叫，像隧道中呼啸而过的风声，像悬崖边上碎石滚落的声响。

“我就是想让你把湿衣服换下来。”宋时的声音里还带着浅淡的笑意，“为什么不行？”

许轻咬舌头的心都有了，自己一天到晚的瞎想瞎误会……这次真是丢脸丢大发了。

“哦……哦。”许轻尴尬地笑了笑。

“你误会成什么了？”宋时故意问。

“没有。”许轻赶紧解释，“我想的就是这样。”

她又囧又臊，恨不得找条地缝钻进去。

“那你不脱，”宋时故意停了一下，继续说，“是打算让我帮你？”

“不是。”许轻否认，“我自己来。”

宋时就站在离她不远的地方，她甚至能感觉到男生身上的热气在源源不断向她袭来。

她脱掉了自己的羽绒外套，里面黑色的紧身羊绒毛衫把她瘦削的身材凸显出来，还是正在发育的身体，并没有那么玲珑有致。

一道阴影兜头而下，许轻身上多了件衣服，带着对方的体温和气息，许轻只觉整个身体都被这股暖意覆盖。

宋时把自己的羽绒外套套在许轻纸片一般的身体上，许轻比他矮太多，她的头刚好顶在他下巴处。

此时俩人挨得很近，呼吸可闻，许轻盯着宋时略微耸动的喉结，闻着他身上淡淡的洗衣粉味道，不禁翘起嘴角。

“下次别那么傻了。”宋时退开，站在她面前说，“穿什么不是穿。”

许轻根本没细想他话里的意思，只是傻傻地答应。

有影子顺着窗户上的玻璃往下飘，许轻三两步走到窗户边上，仔细探着目光瞅了瞅，欣喜地回头：“宋时，下雪了。”

宋时也向外面看去，却没挪动步子。

许轻再次看向窗外，身后的男生看着女生的背影，她仰着毛茸茸的脑袋，黑色的柔发耷在他的衣服上，宋时的心里像被柔软的棉花撞了一下，柔软微痒，带去不为人察觉的波动。

“是今年的初雪呢。”良久，他听见女生说。

3.

进入期末的备考阶段，平常哄闹的班级一下子变得安静起来，只有个别几个彻底放弃的学生不是逃课就是躲在最后一排的角落里睡大觉。

许轻写英语试卷写得有些疲惫，抬起头准备休息一下眼睛。她攥着手中的笔看向窗外，雪茫茫的一片，从操场到树枝，从楼顶到台阶，都是一片银白色的世界。

这是那场初雪留下的印记。

“你周六还要去吗？”程瑶无聊地按着笔的按钮，安静的教室里发出“嗒嗒”的声响。

许轻低头看着单词，点头：“去呀。”

“那你也带我去凑凑热闹吧，陈斗说没事也让我去呢？”程瑶说。

许轻笑：“他还真是什么都和你说啊。”

程瑶被说得微红了脸：“没有，就是偶尔提起的。”

“这是司马昭之心，不可不知。”许轻笑说。

“你再开玩笑，我就不理你了。”程瑶故意负气地说。

“好好好。”许轻哄她。

“老大，你最近看没看到这个比赛？”陈斗拿着手机给宋时看。

宋时正悠闲地靠在窗台上看风景，对面班上的那个女生，笑起来特别好看。

如果女孩子都是花的话，那许轻一定是昙花，不容易让别人看到的美丽，却自带神秘的色彩，忍不住会被她吸引。

“老大，你看什么呢？”陈斗顺着宋时的目光抻脖看去，看见对面班上两个姑娘在打闹说笑，他了然地露出贼兮兮的笑。

不过两三秒后，他就笑不出来了，因为他看见陈杰松过去了。

“这人怎么老是缠着她俩。”陈斗气道。

“他是谁啊？”宋时问。他一向记不住什么人，尤其是脸。

“陈杰松。”

宋时眉头微皱，哦，原来就是上回在书店的人。

人是最敏感的，那个陈杰松态度温和、谦逊有礼，但一看就是个小心思特别多的人，就冲他站在两个姑娘面前却下意识总看许轻，宋时就大致明白怎么回事了。

“你刚才说什么？”宋时找回话题。

陈斗把手机递过去：“哦，我说这个。”

宋时低头看了看：省级计算机创新比赛。参赛形式不限，只要是与计算机有关，无论是小程序还是系统，只要有创新理念就有机会获得前三名的奖金。

这个比赛是省里面举办的一个小活动，目的是为了发掘具有计算机天赋以及热爱计算机的青少年。

自从初三那年宋时在神棍网吧结识杨宇，他便对计算机产生了兴趣，经过杨宇的指点，加上他几乎废寝忘食地学习，总算可以编出初级代码，他一直需要一个机会验证一下能力。

这个比赛的出现，无疑是一个好机会。

“不过我们年龄不够，这上面写的是满十八周岁的学生或者社会人员可参加。”陈斗惋惜。

“参赛人员只要符合法定年龄就可以，又不需要见到真人。”宋时漫不经心地说了一句。

陈斗瞬间领悟：“你的意思是说，我们用别人的身份去参加？”

“东西是我们做的，至于署名是谁又有什么关系呢？”宋时看了一眼对面的女孩，不带任何情绪地说了一句，“只要最后得到自己想要的就行。”

周末，程瑶和许轻一起去的老街。

第一个炸翻天的人是陈斗。

“你怎么突然来了？”陈斗激动得语无伦次，“不是，我是说你真来了，我那天和你说的时候以为你就是听听，根本没放心上呢。”

程瑶被他乱七八糟的说辞和兴奋的样子弄得不好意思了：“你都说了，我不来不是太不给面子了。”

宋时瞥了他们一眼，抓起沙发上的羽绒外套，拽了一把许轻：“陪我出去一趟。”

许轻根本来不及拒绝。

走到小巷里面的时候，她才后知后觉地问：“我们不练琴了吗？”

许轻正式练吉他也有一个月左右了，但是现在连左手按弦右手拨弦都配合不协调，还是练习得太少的缘故。

“陪我逛逛。”他答非所问。

“可是……”许轻指指出租屋，意思在说那程瑶和陈斗怎么办？

“有电灯泡是非常不爽的事情。”宋时一语双关，不知道他的意思到底是说谁是谁的电灯泡。

“哦。”许轻讷讷，“考完试我要去美术班上课了。”

“所以呢？”

“所以，”许轻舔舔唇，“所以我可能要和你重新协调一下时间。”

宋时笑：“我还以为你想说你不来了呢。”

许轻心想，怎么可能。她不知道有多想来，这是她第一次心甘情愿周末早早起床，练习结束故意磨磨蹭蹭不想走。这种感觉有点像入魔了，她为此欣喜，也为此烦恼。

“没有，我是想说，你也有那么多事情要做，”许轻微微顿了一下，接着说，“也不可能一直等我。”

“许轻。”宋时突然叫她的名字。

“啊？”她抬头看他，因为逆光她看不清他的表情，镀着金色光边的

黑色轮廓，让眼前这个人显得有些不真实。

他吐着白雾，说出的话让人心动：“你随时来，我都等你。”

老房子里。

陈斗傻笑挠头：“你坐啊。”

他没皮没脸惯了，但是在程瑶面前反而不好意思扭捏起来。最放得开的人都放不开了，自然也影响了在一旁同样不知所措的程瑶。

“也不知道老大突然出去要干什么？”陈斗没话找话。

“嗯。”程瑶轻声应着，看到电脑的游戏页面，忽然惊喜地问，“你也玩这个？你哪个区的？”

陈斗想起什么，一脸惊慌地扑过去用身体挡住电脑屏幕：“没什么，就是瞎玩。”

“没事，我厉害。”程瑶很不自觉地夸自己，“而且我还认识一个大神，回头介绍给你认识。”

陈斗干笑：“好……好呀。”

“你挡住干什么，让我看看。”程瑶伸手推陈斗。

陈斗急得汗都出来了，但最后还是认命地让开了。

程瑶一看游戏 ID，瞬间沉默下来。

女生盯着电脑，男生盯着女生的背影。

“你怎么不告诉我？”程瑶转过来，直视着陈斗。

陈斗默不作声。

“原来你就是带我的大神。”她问，“你什么时候知道是我的？”她看到了陈斗在游戏里给她的备注是“瑶大人”。

“就是网吧那次，你忘记关游戏，我就看见了。”陈斗解释。

“那你怎么没跟我说？”她说话的时候带了一丝自己都没察觉的撒

娇意味。

陈斗嘿嘿傻笑："是谁不一样，反正你玩得开心就行。"

程瑶笑："傻子。"

陈斗挠头嘿嘿嘿。

屋外寒风呼啸，屋内热气围绕。

——所有的默不作声，都是因为很喜欢你。

——真的，很喜欢你。

4.

期末考如期而至，除了英语这一科之外，许轻都有把握能考出正常的水准。

宋时送她的那几套试卷她都做完了，可还是不太有自信，毕竟她本身基础就弱，高中的课程也要比初中的难太多，英语是一门需要日积月累才有突破的科目。

写完英语作文，许轻抬头看了一眼挂在黑板上面的时钟，距离考试结束还剩半个小时。宋时是不可能提前交卷的，尤其是英语。宋时应该是在自学计算机方面的东西，上次杨宇托她送来的那些书，就有不少是英文原版的资料。

铃声响起，停止考试。

许轻收拾东西的时候，程瑶就跑到这个考场来找她。

"今天放纵一下吧。"程瑶眼底闪着光，"打游戏、溜冰、看电影，你选一个吧？"

"我想回家睡觉。"这几天熬夜温习，她严重睡眠不足。

程瑶虽然不乐意，但看许轻眼底那明显的黑眼圈，也不再强求。两个人并肩走出去，许轻在走出教学楼的时候脚步顿了一下。

“怎么了？”程瑶问。

“我先去趟四班。”许轻说。

程瑶扶额：“姐妹，你至于吗？”

“至于什么？”许轻不解。

“你要不要这么迫不及待地见你的心上人啊。”程瑶声音不小，引来不少人的注目。

“你小点声。”许轻拉她的胳膊。

程瑶放低了点声音，吐槽的话依旧没断：“人家都说一日不见如隔三秋，你考试之前不是刚见过。”

“行啦，我不和你贫，我有正事。”她要和宋时说一声时间上的安排，也是为了配合宋时的时间。

许轻和程瑶来到四班门口，这个时间考完试的学生都回家了，许轻也是想碰个运气，她并不确定宋时一定在班级。

还没进四班，就听见一阵撒娇声。

“宋时，你都放我多少次鸽子了，这次说什么都不许了。”是方荷。

宋时没说话，倒是陈斗在一旁帮腔：“哎呀，你别缠着了，老大很忙的。”

“不管忙什么你都带上我一个啊。”方荷说。

什么玩意儿？

许轻静静听着，表情没什么变化，倒是程瑶按捺不住了：“这么能撒娇，我鸡皮疙瘩都起来了。”说着还搓了搓胳膊。

许轻笑了。

“你还笑。”程瑶不可置信，“都要被人抢了。”

许轻扯了一下嘴角，自嘲般：“什么抢不抢，本来也不是我的。”

里面的方荷还在轻言轻语地磨：“你答应我的事情还没做呢。”

许轻的脚步仿佛注了铅，竟然有些抬不动，只是几秒，她便调节好心底异样的情绪，抬手敲了敲门。

她笑："不好意思，打扰一下啊。"

三人闻声看过来，许轻和程瑶背着书包站在那儿。

宋时眼睛里瞬间带上一丝若有似无的笑意，闪着光。

"你来啦。"他和许轻打招呼，自然得就像他们有约，他们关系不一般。

"嗯。"许轻走进去。

陈斗已经第一时间黏到程瑶身边了，像吃了兴奋剂一般不停嘚嘚。

"宋时，她是谁啊？"方荷挑着好看的眉目问。

"她啊。"宋时带着笑意的声音故意拉得很长。

"行了，行了，你还没答应我的事呢！"方荷突然很没礼貌地转了话题。

许轻见状，感觉自己也是怪多余的，于是说："不然我下回再说吧。"

"你说你的。"宋时说。

本来她想说不如把学吉他的时间挪到傍晚，这样她不耽误美术课也能见到他，宋时白天也有时间自学计算机，两不耽误，最重要的是能满足她那点小小私心。

但是现在她心里繁复万千，看着他身边娇俏的方荷，觉得做啥都没意思了。

许轻思索一会儿说："我昨天和美术老师沟通了很久，可能不能天天过去了。"

"那你什么时候有时间？"宋时看似玩笑道，"该不会想见你一面

还要提前预约才行吧？”

许轻连忙解释：“我没那个意思。”

“你突然这样，我会认为你在和我赌气。”宋时隐晦地说。

许轻迟钝了，她有什么好和他赌气的，不过就是不想因为自己那点小心思而耽误他太多时间而已。

“美术班时间是周六和周天的上午。”

“那就周一到周五，时间随便挑。”他说。

“可你不是还要……”她知道他挺忙，好几次都看见他倒在出租屋的折叠床上睡觉。即使是未放假的时候，她之所以选下午的时间，也是因为想让他用教她练琴的借口顺便可以休息一下。

本来只是商量训练时间的事，在其他人看来却成了喂狗粮的无耻行为。

“宋时，现在都放寒假了，你答应我的事情什么时候兑现啊？”方荷被无视后，大小姐自尊心受不了，说话阴阳怪气的。

“哎哎哎，老大什么时候答应你了？”陈斗不满地插嘴。

“要你管。”方荷瞪了陈斗一眼。

见这俩人就要杠上了，程瑶戳了戳陈斗的手背，示意他别管闲事。

陈斗瞬间心里痒痒的，鼓足了勇气伸手钩住了程瑶的小手指。

“方荷，我是真的有事，能不闹了吗？”宋时的声音毫无波澜，但是字面意思已经是一种无声的拒绝，既不会驳了方荷的面子，自己也能脱身。

但是显然方荷并不是洒脱的主儿，装傻的能力还真是无人能敌。

“行，那等你有时间。”方荷故意慢吞吞地收拾东西，带了点委屈说，“那我先走了。”

宋时点头，示意知道了。

5.

方荷走后，陈斗就开始一个劲叨叨。

“最近班花怎么缠你缠得这么紧啊，老大。”陈斗说，“以前最多也就隔三岔五地来，现在是天天来，而且你发现没，班花最近总是找一些无聊的理由，她不是最不喜欢吉他吗，还嫌弃弹吉他手指会长茧子，她也就是仗着你们俩家关系好就无法无天了。”

陈斗以前还是很看好宋时和方荷的，但是如今大势转变了。且不说他看出来宋时对许轻存的心思不太一样，就看在程瑶的面上，他也要倒戈相向站在许轻的阵营里。只不过就是看不出许轻的心思。

有句词怎么唱来着？

对，女孩的心思你别猜，猜来猜去你也不明白。

他猜程瑶的心思就够累了。

“那，我先走了。”许轻对宋时说。

宋时侧着脸，淡薄的光打在他的脸上，形成一个圆润的银色光圈，透过窗户还能看见外面地上的残雪，混着黑色的泥土。

许轻也不知道他听没听见，默了一会儿和程瑶一起离开了。

教室一时之间恢复安静。

宋时眼波浮动，浓密黝黑的睫毛动了两下。

陈斗眼巴巴地看着程瑶离开的背影，又瞄了瞄宋时，悄摸摸地跟程瑶挥了挥手。

寒假第一堂美术课，许轻上得心不在焉。

蒋老师在黑板上面讲人像素描的勾勒技巧：“这个地方力道要轻柔一点，不然画出来的线条会生硬不自然，人像素描讲究的是立体。你们自己尝试着先画一下，一会儿下课之前我要检查。”

许轻对着白纸愣神，脑子里不知道被什么乱七八糟的东西给塞满了，胀胀的。

“许轻。”蒋老师唤她。

许轻“啊”了一声回神，意识到自己走神，立刻承认错误：“对不起，蒋老师。”

美术班的老师蒋怡是一位单身母亲，年轻的时候学美术，后来独自在清河镇开了个美术特长班。汪素珍因为偶然的一次机会结识了蒋老师，后来便安排许轻在这学习美术，一学便是四年。

“不喜欢画人像？”蒋怡问。

许轻摇头：“不是的，蒋老师。”

“那么是有心事了？”蒋老师向来待许轻很好，两个人亦师亦友，可以聊很多事情。

“没有。”许轻攥着笔的手耷拉着，说话也有气无力。

蒋怡了然于心，眯着眼笑：“你们这个年纪的女孩子心里都藏着小心思。不过这也没什么不好，说明你开始长大了。”

许轻默然，垂着眼眸。

“好了，你先画着，等下课之后老师再和你好好谈。”蒋怡摸摸她的头发说道。

对于许轻来说，画画和做木雕的时间是过得最快的。

当她画完的时候，蒋怡已经在宣布下课了。

“你们在右下方签上你们的名字，下节课老师会挑几张好的和不太好的给你们做对比，这样下次你们画新作品的时候就知道怎么改善了。下一堂课是周六上午九点，不要忘记。”蒋怡一边收作业一边说。

同学陆陆续续地离开，许轻签好自己的名字，犹豫了半天才走上前递给蒋老师。

蒋怡停下手里的动作，仔细看许轻递过来的画纸。

画的是一个男生，眉目干净，眼睛深邃，鼻子硬挺，脸颊的线条勾勒得十分到位。少年身穿简单的白色半袖校服，一侧还有半把吉他。

蒋怡问："他是你的心事吗？"

许轻惊讶："老师，您怎么知道的？"

"老师也年轻过，都是那个阶段过来的，又怎么能看不出你的心思呢？"

许轻垂着眸看自己的画。

"老师画的第一幅画就是喜欢的人。"蒋老师眼神温柔，语气中透着岁月的悲伤，"不过可惜，我们没缘分。"

"他是乐乐的爸爸吗？"乐乐是蒋老师的女儿。

没有回答，但是答案已经不言而喻。

年轻时候的蒋怡爱过一个少年，她暗恋他很多年。男生是风靡校园的学霸，她只是学校里一个长相平凡的女孩，只能远远看着。

她为了能和他上同一所大学拼命努力，直到高二下学期期末考，蒋怡意识到不管怎么努力都赶不上他，她才决定兵行险着去学美术，用艺术分来平衡自己文化课的不足，最后她成功和他考进同一所大学。

也许是命运的倦怠，他们走到了一起，结了婚有了乐乐。

然后命运的手翻云覆雨，她爱的人身患绝症，从此与她天各一方。

"蒋老师，您后悔吗？"许轻不由自主地问。

她没有等到蒋怡的答案。

第五章

TASHIXIAOWENNUAN

吃醋的那点小心思

1.

自从美术班回来后，许轻心里始终揣着事。

她陪老爷子在院子里休息，坐在竹摇椅上面望着天。

“小轻，你上次不是说对你爸手里正在做的花雕椅感兴趣吗，怎么不去瞧瞧？”老爷子喜欢在院子里喝茶，就算是冬天也喜欢在院子生个炉子煮茶。

许轻拿起紫砂壶给自己倒了一杯，淡绿色的液体顺着茶壶鼻口流出，据说这是老爷子南方的朋友寄过来的顶级西湖龙井。

许轻端起茶杯闻了闻。

嗯，一股……茶味。

“怎么了，大孙女？”老爷子吮了口茶，然后轻声“啧”了一声，似在回味弥漫于口腔里的茶香。

“今天想陪您喝喝茶，看看天。”许轻故意老气横秋地说。

老爷子欣慰一笑：“还真是难得。”

许轻能老老实实待在家里什么也不做还真是难得的事，画画、雕刻、游戏，甚至哪怕是和程瑶出去疯玩，都不会老实地像今天一样什么也不做，只是坐着望天喝茶。

“今天没和程家小丫头出去玩？”老爷子问。

许轻摇头。

程瑶最近知道了陈斗就是带她玩游戏的大神后，寒假基本天天窝在家里打游戏，要不就和陈斗去网吧。他们俩玩得不亦乐乎，许轻不想凑热闹。

她叹了口气，吐出的白雾瞬间消失在冷风里。

她换了个更舒服的姿势靠在摇椅上，双手揣进羽绒服里取暖。

她思绪乱飞。

明天便是去出租屋学吉他的日子，如果和往常一样，她一定迫不及待明天的到来，可是她现在希望时间能过得再慢一些。

自从放假之前在班级与宋时见过一面后，她总觉得自己做的事情好像有些不可理喻，她信誓旦旦地对程瑶说的那些话，如今有些打脸。

她真的不在乎吗？

那为什么她看见方荷还是忍不住心里的酸涩？

她真的就只是看见他听见他就能满足吗？

如果不能，她又该怎么办？

欲望可以让人变成魔鬼，她不想让自己变成那副可恶的嘴脸，哪怕不会被人发现，她从内心都接受不了这样的自己。

一向天不怕地不怕的许轻，此时却像个胆小鬼一样很害怕见到宋时。

如果暂时不能面对，也许只能选择逃避。

她掏出衣服兜里面的手机，想给宋时发个短信借口自己明天有事不

过去了。

好不容易打完一段话，她忽然自嘲地轻笑出来。

原来这么久了，她连他的电话号码都不知道。

第二天起床的时候，许轻感觉脑袋昏昏沉沉的，汪素珍进房间看见她脸蛋特别红，给她量了体温。

三十九度，发烧了。

许轻本想吃个药睡一觉就算了，但是耐不住老爷子心疼，硬是被送往了医院挂吊瓶。

寒冬是流感的暴发期，医院里到处都是人，许轻坐在医院走廊的塑料椅子上，因为凉，她特意把羽绒服往下抻一抻垫在屁股底下。

周围充斥浓重的消毒水味，许轻鼻子堵得难受，使劲吸了好几下，引起一阵咳嗽。

“先打个退烧针吧，然后再挂两瓶点滴。”护士说。

汪素珍拿着挂号单去缴费。

护士念她名字的时候，许轻眼睛还眯着，因为发烧的原因，感觉整个身体都是浮肿的。

“许轻。”护士喊。

许轻拖着沉重的步子，晃晃悠悠地进了屋子里。

护士举着针对许轻说：“把裤子扒下来。”

吓得许轻一个激灵就清醒了。

“哈哈哈……”程瑶的声音从电话那边传过来，“我记得你小时候只要是去医院打屁股针就会哭。”

许轻从小最怕的就是打屁股针，每次汪素珍带她去医院，那些护士要扒她裤子她就哭。不过最后还是会被强制性地扎上一针，然后为了哄她，汪素珍就会给她吃糖球。

许轻趴在床上：“你说为啥一定要打屁股针呢？”她鼻子不通，说话带着浓浓的鼻音。

“估计是屁股的部位好吸收吧。”程瑶笑着胡扯。

“你再笑，等见了面小心我拔你牙。”许轻威胁她。

“好好好，我不笑了。”程瑶示弱，随后说，“难怪陈斗说你没去练琴，原来是去医院了啊。”

听到熟悉的名字，许轻也一阵心塞，今天一天都在医院昏昏沉沉地度过，难得没有想起这个人，被程瑶提起，瞬间低落。

“嗯。”许轻答应，心想，她没告诉他就突然没去找他，会不会太过分了？

算了，不管了。

许轻吃过感冒药，眼皮开始不自觉地往下耷拉，程瑶的声音透过听筒传进她耳朵里就像被过了筛子一样，断断续续、模模糊糊。

“喂，阿轻。”程瑶喊她，“你睡着啦？”

沉重的呼吸声从听筒里传出来，程瑶向坐在旁边的人示意，宋时点点头。

程瑶挂了电话。

“你这么晚让陈斗把我叫出来，看样子是真的担心阿轻啊。”程瑶故意这么说道。

宋时倒是很坦然：“她放了我鸽子，我总得知道原因吧。”

程瑶撇撇嘴，对着身边的陈斗说：“你把我叫出来的，你得负责送我回去。”

陈斗那是巴不得，语气是相当谄媚：“那是当然，小的一定安全送公主回去。”

程瑶满意：“这还差不多。”

陈斗抬起手臂，摆出恭请的姿势：“走吧，公主。”

2.

后面几天是许轻自己去医院挂吊瓶的，汪素珍和许建国因为工作不能陪她，许老爷子想陪，被许轻制止了。

她一个人在医院走廊坐着实在无聊，拿出手机玩“跳跳跳”。中途护士给她换了一次药，她抬头看着好不容易快没的药瓶子又重新变成一瓶满的，心中欲哭无泪，她快坐不住了。

吸气没吸好，再加上医院气味难闻，她不住咳嗽。

“要不要喝点水？”好心的护士问。

许轻咳得说不出来话，摆手示意护士不用了。护士走后，她咳嗽依旧没停下来，整个走廊都回荡着她的咳嗽声，她摸着自己的喉咙，总感觉那儿痒痒的，难受极了。

身边有人靠近，浅淡的阴影罩住了她半个身子。许轻没在意，以为是哪个病人被安排在医院走廊挂吊瓶。

后背被人轻轻拍着帮她顺气，那温柔有节奏的力度让她心下一麻，犹豫着没有回头，她直愣愣地看着地上的阴影，一个干净利落的剪影，突然脑子一炸。

他怎么会来？

注意力被分散，许轻居然不咳了。

“舒服了没？”依旧是那漫不经心的说话节奏。

“嗯。”那只大手还覆在后背，一阵酥麻的温热从后背开始弥漫散开，流向她的四肢百骸。

她僵硬地侧过身："你怎么会在这儿？"

"来看你。"宋时答得坦然。

许轻不知道怎么接话，只能默不作声。

一阵尴尬。

"你没什么和我说的？"宋时问。

许轻垂着眼眸不敢看他，心想他现在一定是因为自己擅自放他鸽子的事在生气。

"对不起啊。"她说。

浓浓鼻音使她声音带上点奶气，宋时不由得多看了她几眼。

少女的碎发毛茸茸地蓬松着，白嫩的脸蛋覆上淡淡的粉红，看上去柔软又甜美。

宋时突然想起前两天程瑶和许轻通电话时有关于"屁股针"的爱恨情仇，轻笑出声。

许轻奇怪地侧目："你笑什么？"

宋时勾着嘴角："没什么，我等你。"

俩人就这样一直坐到了护士来拔针，她对吊瓶一向没有畏惧，就在她看着护士为她拔针的时候，眼前突然一黑，眼睛被温热覆盖。

许轻一动不动，其实她想说我不害怕，但是嘴唇嚅了嚅，最后什么也没说出口。

出了医院，寒风扑面而来，冷不丁吸入冷空气，喉咙里那股痒又开始作乱，许轻极力忍着，还是挡不住一阵剧烈的咳嗽。

感觉快要把肺给咳出来了。

“这个给你。”

宋时从羽绒服兜里掏出一个白梨。

许轻惊讶了，还有这种小惊喜？

白梨止咳，小时候许轻只要一咳嗽就会吃白梨，冰冰凉凉、甜滋滋的。

只不过这个白梨是温热的，估计宋时放身上揣了挺久。

许轻捧着梨，心也甜了。

“太沉了，懒得拿，剩下的在老房子里。”宋时说。

言下之意，你想吃梨，就得过来找我。

许轻红了脸，也不再接话，只默默地握着梨心里莫名雀跃。

街道两侧的树干已经缠上了彩灯，清河镇的每个角落都开始张灯结彩，一派新年的喜庆气氛。

“走吧。”宋时说。

许轻和他并排走着，后来宋时把她拉到自己身侧，侧面袭来的风被高大的身躯挡住，她缩在他的身边第一次觉得这冬日的寒风竟然带着一股暖意。

3.

许轻再次去找宋时的时候，感冒已经好得差不多了。

那天是小年，北方小年兴吃饺子，汪素珍亲自在厨房揉面包饺子。

等饺子吃完差不多已近傍晚，许轻突然心血来潮，想去宋时的出租屋找他。

拉开门，汪素珍在身后问她天黑了要去哪儿。

她想了想，说：“去吃梨。”

汪素珍摇头感叹：“这孩子，一天都不消停，这病才好，家里就有梨还跑外面吃什么梨啊。”

“你就别管了。”许建国磨着木材，“清河镇哪有她没去过的地方，她闭着眼睛都能摸回家。”

天蒙了一层灰色的面纱，老街的路灯坏了，也没人来修。许轻轻车熟路地摸进了老房子门口。

门依旧虚掩着，里面的灯是亮着的。

“你来了。”又是熟悉的开场。

宋时坐在电脑面前，修长的手指在键盘上噼里啪啦地敲。

“你怎么知道是我？”许轻用脚尖蹭了蹭深灰色的水泥地面。

“来这个地方找我的人只有两个。”宋时说话的声音和敲键盘的声音合在一起，“你来的时候，我能感觉到。”

除了一天到晚咋咋呼呼的陈斗，只有许轻才会来这里找他。

“我来吃梨的。”许轻被这句话撩得一阵羞赧，看到茶几上的塑料袋装着很多黄灿灿的梨，于是自顾自地过去，想借别的东西转移自己的害羞和紧张。

宋时打下最后一个英文字母，起身过来。

许轻下意识为他让出一块地方，啃着雪白水嫩的梨肉。

宋时就那么靠在沙发上盯着吃梨的许轻。

许轻被盯得有些窘迫，忍不住开口：“你老看着我干吗？”

宋时忽然拉着她站起来：“我带你去个地方吧。”

许轻看了一眼漆黑的窗外，问：“去哪儿？”

“去了你就知道了。”

清河镇的繁华都集中在清河街这一地带，只是现在过节，大部分商

铺都早早关门了，难得如此安静、冷清。

吉他店大门紧锁。

“这不是蒋晨的吉他店吗？”许轻侧头问宋时。

宋时轻车熟路地从门口盆栽底下摸出把钥匙，打开套在门把手上面的锁。

“宋时，你干吗？”许轻紧张到不知所以，这样会被抓的吧。

“你干吗带我来这儿？”许轻问。

“你这么晚来找我肯定不是吃梨那么简单吧？”宋时似笑非笑地反问。

许轻面上一热，岔开话题：“你和蒋晨是怎么认识的？”

这是许轻一直挺疑惑的事，毕竟俩人有着不小的年龄差。

“他是我哥的朋友，两年前来的清河镇。”宋时说。

宋时有哥哥？许轻从来没有听人说过，他在学校也算是小有名气，却没有人提过他还有个哥哥。

“那你哥呢？”许轻问。

宋时脸色一顿，抿了抿唇，好半天才说：“他离开这儿了。不会再回来了。”

宋时的语气里带着愤慨和绝望，那是许轻没见过的样子。

“这个是什么？”许轻好奇地拿起收银台上的书，边翻边问。

“这木材……”

“这是玫瑰木。”宋时说。

玫瑰木？许轻心想怪不得这么眼熟，这不是之前许建国接到的那份首饰盒订单的原材料嘛。

“就是已经濒临绝种的那个？”许轻再次确认。

“你知道？”宋时诧异。

“之前在网上看过信息，说是巴西玫瑰木已经停产了，但是嫁接种殖的海南玫瑰木还在生产，但是因为难以培育，所以也属于稀少的木材种类。”

“哟，小丫头懂得还真多啊！”门口传来微醺的声音。

宋时和许轻同时转身，蒋晨带着几分醉意靠在玻璃门上。

“没想到你一个小丫头片子，懂得还不少。”他步子不稳，晃悠进店，不似那天见到的温和有礼的男人，此刻他身上带着难以察觉的戾气，说话也轻浮了几分。

“阿时。”蒋晨靠过来，带着些哽咽，“我难受。”

“你上去睡觉吧，有什么事情明天再说。”宋时连拉带拽地把他弄到了二楼，这个门市房与二楼卧室相通。

“他没事吧？”宋时从楼上下来，许轻担心地问。

“没事。”宋时下意识地摸衣兜，但是想了想忍住了。

“你给我讲讲手工吉他的事吧？”许轻说，“还有玫瑰木的事情。”

宋时随手拿起一把吉他：“玫瑰木一般用来做吉他的指板，这样音色比较好，而且玫瑰木抗磨，所以相对来说使用寿命会长一些。它和松木搭配的话会使琴的音色更好。”

许轻目光从吉他上移开落到少年的侧脸上，宋时两鬓的头发长了一些，紧贴在耳根处，鼻梁高挺，五官立体，薄唇不断张合发出低沉好听的声音。

她有些溺水的感觉，移不开眼。

宋时讲述完，转头便对上许轻的眼睛。

吉他店的暖橘色灯光洒满在房间的每个角落。

“你干吗这样盯着我？”宋时笑着问。

她的理智像是失踪了，没有半分犹豫，她说："你真好看。"

4.

上次蒋怡让她画的素描，许轻拿回了家，她看着纸上黑白的人像，想起那天在吉他店里发生的事。

心里突然有了一个急切的想法，她把画纸卷起，到院子里找许建国。

"爸，上次那个人家……"

"怎么了？"许建国专心锯着胡桃木，声音夹杂在嘈杂声里。

"那个玫瑰木有没有剩下的？"许轻问。

许建国放下电锯，抬头瞅着自己的闺女："你要这个干啥？"

许轻吸了吸鼻子："没事，就是好奇。"

"仓库里应该还剩些边角料。"许建国摘下手套，拍去身上的木屑，从兜里拿出仓库的钥匙，"去拿吧。"

许轻接过，边笑应着边去了后院仓库。

如果订货的客人不要的话，剩余的边角料基本都会被许建国收在仓库里面，偶尔用来做替补，要不然就留给许轻用来做木雕练习。

许轻做的木质小物件都是用边角料做成的。

她打开仓库的锁。仓库常年存放木材，里面是浓郁的原木气味，好在北方气候干燥，木材不容易发霉腐烂。

许轻随手翻开一块白松，底下是红色底纹的木头，艳丽醒目。

正是她寻的玫瑰木。

玫瑰木的边角料剩得还真不少，足足有五六寸长，许轻想起吉他指板好像也就差不多是这个长度。

也许她可以尝试用玫瑰木做一把纯手工吉他。

想法总归是想法，即使她会做木工活，可是做吉他这么专业的事，她是一点都不懂的。

她决定先做个小模型试试。

她用锯刀切下一小段的玫瑰木，便出了仓库。

她有一套专业刻刀，是许老爷子送给她的生日礼物，老爷子做专业木工几十年，送的刀也是极品。

许轻上网随便找了张立体吉他模型图，先把模型勾勒在纸上，然后画了个分解版。

电话响起的时候，许轻正头戴单只放大镜拿细长银色雕刻刀对已经基本成型的吉他雕琴弦，因为是比较细致的部位，所以费时间。

“喂，什么事？”她以为是程瑶，所以也没看来电显示直接把手机夹在了脖子处，歪着头，语气随意。

“没事啊。”那边的声音带着浅浅笑意。

她被宋时的声音惊到了，右手一抖，银色的刻刀在木头上打了一个滑，刺中她握着小吉他的左手手指。

许轻疼得“嘶”了一声，握住手，手机也跌到地板上。

她连忙捡起手机“喂”了一声。

“你怎么了？”宋时问。

“没事。就是不小心弄掉了手机。”

这个时候许轻的脑子是混乱的，她不问为什么宋时会打电话给自己，也没有问宋时是怎么知道自己电话的。

她就攥着手机，什么话也没说，房间里很安静，她好像听到了对面人清浅的呼吸声。

“我是提醒你明天记得来上年前最后一次课。”宋时说。

“哦。”许轻盯着左手手指，血珠已经渗出来。她明天还能按琴弦吗?

“许轻。”

“啊?”

他顿了一下,随后淡淡笑了:“晚安。”

“晚安。”

夜朗星稀。

许轻很快进入梦乡。

她的梦里有个桀骜不驯的少年,站在她面前,熠熠生辉。

5.

“老大,参赛作品你准备得怎么样了?”陈斗一边在键盘上十指如飞一边问。

宋时敲着代码,看着电脑敛眉思索:“差不多了。”他顿了一下,“不过……”

陈斗也把注意力从游戏上面移开,侧头看宋时:“不过什么?”

宋时眯着眼睛想,他现在学习的代码还是太基础了,他需要学更高层次的编程。

“不过怎么了吗?”陈斗都快急死了。

宋时转过头,看了一眼陈斗的电脑,又转回来接着敲键盘:“不过你已经死了。”

“嗷!”陈斗反应过来,他的水晶早被人给推没了,耳机里是程瑶声嘶力竭的号叫声:“陈斗,你在搞什么?”

陈斗嘴角僵了僵,瑶大人生气了,后果挺严重。

许轻来的时候就看见陈斗一脸小媳妇样儿。

她抿着嘴笑。

“来啦。”宋时头也没回。

“什么来啦？”陈斗云里雾里，然后侧过头就看见站在身后的许轻，立刻摆出一副受惊的模样，“许轻，你走路都不出声的吗，我快被你吓死了。”

许轻想起上一次她来出租屋，宋时也是没回头便知道她来了，他说能感受到她。

想到这里，许轻脸有些隐隐发热。

宋时笑了笑没说话，他是看到了屏幕上映着开门的身影才知道的，何况许轻每次来他总是能闻到她身上有股淡淡的气味。

说不上来是什么味道，好像是木香，浅浅淡淡，特别好闻。

陈斗很有自知之明，许轻来了之后他就闪了。

许轻拿起琴坐在沙发上，她隔着琴弦摸着指板，突然想起玫瑰木。

“今天我们练什么？”她对节奏不敏感，接受的能力也不强，和宋时也学了一段时间了，现在才勉强能弹出一些基本乐谱，还吭哧吭哧、断断续续的。

“今天我们弹个简单的吧。”许轻主动提议。她的手指还疼，为了不让宋时知道，她特意没有贴创可贴，现在按着硬硬的弦，一阵刺痛从指腹上蔓延开。

“就把之前我教你的几首简单曲子弹一下吧。”宋时说，“吉他其实就是熟能生巧的乐器，没有特别多的技巧，只要勤加练习，每个人都可以学会。”

“就像画画一样。”许轻很自然地接了一句。

她并不是一个有天分的人，哪怕是她一直引以为傲的美术功底，其实也是花了蛮多心思和时间的。最开始，她连静物的边线都画不好，日复一日地练习，才有了现在。所以这个道理，她比谁都清楚。

“对。”宋时肯定她。

许轻比以往弹的每一次都要难听，她按不住弦，只要一用力，手指就疼得厉害。

手指的伤口未愈合，开始慢慢渗出血珠。她心虚地瞄了一眼坐在旁边的宋时。

宋时心里一惊，抓过她按在指板上的手，说：“我来。”

被他触碰到的手像是触电般缩了回来，宋时往她的方向挪了挪，俩人挨得很近，宋时左手按在了指板上，五指弯曲，快速地换着品弦的位置。

“我来按，你来弹。”他说。

俩人一个按品，一个拨弦，意外地合拍。因为靠得近，他身上的体温源源不断地朝许轻袭去，热得许轻面红耳赤。

老房子里，俩人弹奏同一把琴，乐曲踏着浮尘，向更远的地方飘去。

许轻双手托腮，盯着桌上的书发呆。

这是她离开的时候，宋时送她的。

宋时说：“我最近要出一趟远门，开学之前暂时不会回来，这本书给你自学，出租屋的钥匙你可以管陈斗要，琴我就放在这里。”

许轻叹了口气，翻开那本《自学吉他三月通》。书的内容很基础，大部分是流行音乐，还有些简单民谣。

许轻看着挂在台灯上已经是半成品的吉他挂件，若有所思。

她要以什么名义送给宋时呢？

或者说，她要怎样隐藏自己的小心思把东西送出去？

宋时是个聪明的人，做事也很果断，虽然那么多女生喜欢他，但他从没有一次给过人希望和机会，不喜欢就会直接拒绝然后避开。

谁也不例外。

她算是一个例外吗？

她不知道。

但可以肯定的是，她对宋时的喜欢越来越深，就像一个无底洞，没有尽头。

春节前最后一节美术课，蒋怡在下课收拾画具的时候叫住了许轻。

“你上次画的那幅素描，老师想贴在招生办的玻璃墙上做展览，你愿意吗？”

许轻若有所思，那幅画是她的心事啊，这样大庭广众地被人展览，她还是有些犹豫的。

蒋怡看许轻低着头不吱声，于是解释说：“没关系，你不愿意老师也不勉强你，只是因为你现在是美术班里画画最好的学生，素描展览的想法是招生的老师提出来的，说是为了加大招生吸引力。”

蒋怡这么一解释，许轻倒是不好意思了，顿时觉得自己有些不太懂事，反正就是一幅画，也没人知道是她画的，就算挂出去又能怎样呢。

“蒋老师，那幅画我下次给您拿来。”许轻说。

“没关系，过完年之后再说。”蒋怡笑，“老师谢谢你。”

那幅画说不上有多优秀，但是许轻功底不错，再加上画那幅画的时候是用了十二分心思的，所以那幅画展现出来的东西是有感情的，惟妙惟肖，且十分传神。

许轻准备离开教室，蒋怡再次叫住她。

她回头，蒋怡坐在椅子上，头发散在肩膀两侧，上了年纪的女人身上散发的是历经千帆后的坦然和淡定。

窗户上结了一层薄薄的冰花，清冷的夜色里淡淡的光照映在蒋怡脸上。她说："我不后悔。"

许轻听到了不久前她问的问题的答案。

——因为遇见过，所以不后悔。

是的，不管时间过去多久，遇见宋时，她不后悔。

第六章

TASHIXIAOWENNUAN

我的过往只说给你听

1.

清河镇里居民以老人居多，老人们格外看重过年的气氛，所以年味格外重。许家每年都是郑重其事地准备，爆竹、对联、年夜饭、包饺子缺一不可。

许建国每天往家里拉爆竹，汪素珍采购年货，许轻也没闲着，家里的对联和红灯笼都是她负责去买。

程瑶在家闲不住，这几天打游戏太勤被母亲给抓了，勒令不许她碰电脑，网吧又因为春节停业，所以程瑶只能来找许轻。

“过年太麻烦了。”程瑶跟在许轻的后面喋喋不休，“这些玩意儿每年都要贴，翻来覆去都是那两句话，灯笼挂那几天就撤了，年夜饭也是麻烦，做了一桌子菜也吃不下几口，还有那些爆竹，噼里啪啦吵得人都睡不着觉。为什么春节就不能不搞这些东西呢，一群讲究形式主义的大人。”

“你再磨叽，我就把你送回家。”许轻听得耳朵都要起茧了，威胁道。

“别呀，我是特意来找你的。”程瑶一脸讨好，“咱俩都好几天没见了。”

许轻才不信她呢，瞥她一眼，毫不留情地拆台：“被阿姨发现了才来找我，你这是拿我当挡箭牌呢？”

程瑶心虚地笑了笑，自从和陈斗“相认”了之后，俩人几乎天天黏在一起，当然，只是在游戏里。以前和许轻像连体婴一样，现在快有两个星期没见了。

“我这不是给你多留点私人时间嘛。”程瑶很不要脸地辩驳，“我可不想当你和宋时的电灯泡。”

许轻懒得理她，装好对联和福字，她带上一对红灯笼，转身离开了杂货店。

太阳的余晖铺洒在清河镇的小街道上，俨然有一种漫步人生路的悠闲错觉。

“克制一下你的游戏瘾吧，不然被阿姨发现了，不是怀疑你网恋就是怀疑你早恋。”

程瑶网瘾不大，许轻比谁都清楚，但是最近她天天对着电脑，无非就是因为陈斗。

她伸手搂住程瑶：“下学期要文理分班了，收一下心吧，该思考一下这个大问题了，以后时间还长着呢。”

这话是对程瑶说的，也是对她自己说的。

程瑶难得没有回嘴，重重地点了点头。

许轻有守岁的习惯，这是许老爷子强制的，说是辞旧迎新，讨个好兆头。

许建国和汪素珍都熬不了夜，老爷子的身子骨能熬到“春节联欢晚会”结束就已经到极限了。

电视里在播放晚会的节目，许轻坐在客厅沙发上，在虚晃的光线下继续雕刻她的半成品。

手机在茶几上振动了几下，估计是各种群发的新年短信。她不甚在意，除了程瑶和陈杰松她回复了一下，剩下的直接无视。

手机还在锲而不舍地振动，许轻意识到不是短信便把手机摸了过来，来不及看来电显示便直接接了。

那边没有说话，许轻忽然想到宋时，空气仿佛凝滞，心脏在胸口胡乱扑腾。

“怎么还没睡？”宋时说话了，带着笑意。

“我要守岁。”许轻问，“你呢，怎么也没睡？”

自从宋时和她说离开之后，他们一直没联系，再次听见他的声音，她有种恍如隔世的错觉。

“你什么时候回来？”一阵良久沉默后，许轻情不自禁地问出来，连自己都没有意识到这话就像恋人之间询问归期。

“过完年就回去。”宋时此时一个人走在回旅馆的街上，周围连路灯都没有，一片黑暗。

他很久没有在清河镇过过年了，也很久没有陪父母过年，每逢过年他一定会来邻省找宋奇。

宋奇就是宋时的哥哥。

“等我回去找你。”宋时说。

“好。”许轻心里揣着很多疑惑，不过她还是克制不住说，“我等你。”

意外的惊喜让宋时渐渐勾起嘴角。

“许轻。”他叫她。

“啊？”许轻慌忙回应。他随随便便叫一声她的名字，她都紧张。

“新年快乐。”他说。

晚会正好也在做跨年倒计时，许轻在主持人的倒数计时里，紧握着听筒，轻声说：“新年快乐，宋时。”

好像是第一次认真叫他的名字，带着浓浓的喜欢。

天依旧是黑的。

2.

过完正月十五没几天就要开学了，在那之前许轻把那张素描送到了美术班。

蒋怡问她分班的事，许轻已经决定学理了。一则，她文理科都不错，唯一偏科的是英语，所以她无论报考哪个都无所谓；二则，她知道宋时热衷于计算机，所以宋时一定会报理科，她不想离他太远。

“我听你母亲说，你偏科英语？”蒋怡问。

许轻点头。

蒋怡问：“有没有想过报考艺术生，考美术艺术生以你现在的基本功还是很有把握的。”

“我没想过。”许轻坦然。她学画画是兴趣，从来没想过要成为以后的专业。

“你可以好好想想，毕竟主科偏科对于只参加高考的统招生来说比较吃亏，老师也是给你一个建议。”蒋怡笑。

许轻点头：“谢谢蒋老师。我会仔细考虑的。”

三月一日，清河高中正式上课。第一天基本不会讲什么课，就是换新教室、打扫卫生、领教材，同学们热热闹闹地联络一下许久不见的感情，一天就这么过去了。

文理未分班之前，各科老师都不会有任何变动，刘佳还是六班的班主任。

期末考试陈杰松仍是年级第一，刘佳还特意表扬了他满分的数学，并且三番五次地叫他去办公室谈话。

程瑶和许轻见状心中明了，文理分科在期中考后便会进行，陈杰松喜欢文科，但他是难得的全能选手，班主任及学校领导都希望清河镇可以出一个理科状元。

这也是陈杰松目前最大的压力。

“你到底是怎么想的？”程瑶问。

陈杰松无奈地摇头，其实他也不知道，一方面是父母和老师的意愿，一方面是自己的意愿。他也难免犹豫，有梦想是好事，但是不代表喜欢的路就是最好的，没有谁能保证选了自己想要的，未来就一定能顺畅。

文理分班只是长长人生中一个小小的岔口，但确实是青春期最致命的烦恼。

班里乱哄哄的，刘佳临时被教导主任给叫走了，班长根本就挡不住同学们之间一个多月未见的热情，哄闹的海浪越来越响。

“你们都决定好了吗？”陈杰松问。

程瑶趴在桌子上闷闷不乐：“我肯定报文科，理科根本就是想要我的命。”

程瑶决定考舞蹈学院，文化课并不需要多逆天的水准，文科只要背一背，比理科好拿分得多。

陈杰松看向许轻，许轻倒是一脸淡定。

“你和程瑶一样？”陈杰松问的时候，心里不免想起他今天在办公室听到四班班主任和刘佳的谈话。

是关于宋时。

宋时也是四班名列前茅的学生，虽然不如年级第一的陈杰松，但毕竟也是重点对象。

宋时报理科已经是铁板钉钉的事情了。

“我报理科。”许轻说。

陈杰松垂着眼没说话，明知道答案，却在亲耳听到的时候心里还是有些堵得慌，像被棉花塞住了一样，闷闷的。

程瑶惊讶极了，拉着许轻问：“你什么时候决定的，我怎么不知道？”

许轻叹息，其实她自己都不知道什么时候就这么坚定地做了选择，而且从不曾动摇和犹豫。

“可是理科得分不容易，你英语还偏科，想过没有？”陈杰松说出许轻的死穴。

“我想过了，我会考美术生。”许轻说。蒋怡和她说的事情，她认真地考虑过了，如今这是最好的选择。

“你想好了就行。”陈杰松没有再多说。看样子，她已经决定好了。

程瑶揽着许轻的胳膊，语气里带了点惆怅：“高三的时候我们要分开一年啊，你要去学美术，我还要去学舞蹈。”她把脑袋靠在许轻的肩膀上，撒娇，“我舍不得你。”

她俩从小结伴，幼儿园一起捏泥巴，上厕所也要手拉手，这许许多多求学的日子都是俩人一起度过的。

“还有一年呢，你的情绪来得不要太早哦。”许轻笑她多愁善感。

程瑶靠着她、揽着她怅然若失，陈杰松若有所思地看向窗外。

有些人早已经有了决定，有些人依旧在路口徘徊。

他该何去何从？

早春的枝芽已经冒了头。

春天来了。

3.

开学两个星期了，宋时都没有来上课，众人议论纷纷，说法不一。

“你说他是不是被学校开除了，有同学在过年的时候看见他出现在邻省监狱门口，我怀疑他是惹了事。”

许轻路过四班的时候听见靠墙的同学在议论宋时，忍不住停下脚步。

“不能啊，宋时平时就是再拽，也不是会犯罪的那种人吧。”

“怎么不会，他初一的时候就和人打架，还进过派出所，而且那时候他就经常不上课，有人说他是去了监狱。”

“会不会是他有朋友在监狱里面？”

“我听说……”那人声音小了好几个度，“好像是他犯了事，然后让别人替他顶罪，你知道宋时他爸有那个能力的。”

……

许轻听不下去了，抬脚离开。

这一节课是英语课，依旧是吕老师带班，许轻听着长长的大段英语口语，心中烦闷。

插在衣服兜里面的手指滑着手机的键盘，一遍又一遍，心中就像被海浪冲刷，燃烧的欲望越来越强烈。

“许轻。”

许轻的心思还在指尖的触感上，脑子里不断地想，要不要打电话？

除夕那天夜里的最后通话里，他让她等他的。

“许轻。”

被人用胳膊重重捅了一下，许轻才缓过神来，不明所以地去看程瑶。

程瑶一个劲使眼色，许轻正在思考她什么意思，讲台上面传来吕老师严厉的声音：“许轻，你发什么呆呢？”

许轻一下子清醒，连忙站起来。

“你说你，英语本来就不好，上课还不认真听，我叫你那么多声了，你脑袋里面一天天都在想点什么呢？”吕老师放下手中的英语书，从讲课变成了说教。

许轻听着，没敢说话，犯了错最好的解决方式就是承认错误，低头认错。

“马上就分班了，这决定你们以后报考专业的走向问题，英语是主科，你还不好好听，你是想复读，还是不考大学了？”

许轻站着，手指在衣服兜里摩挲着手机键盘。

她现在什么都不想，只想知道宋时到底在哪儿。

“老师。”许轻主动承认错误，“我错了，您继续讲课吧，别因为我耽误了大家学习的时间。”

吕老师对她的态度还算满意，拿起英语书说：“你把我刚刚说的那篇英语阅读给我读一遍。”

许轻没听课，自然不知道读哪一篇。程瑶很默契地用手指了出来，许轻磕磕巴巴读完了。

下课的时候，程瑶好奇地问许轻怎么了，许轻问她陈斗在不在学校。

“在呀。”程瑶说，“刚才他还给我送饮料来着。”

许轻没解释，直接去四班找陈斗，程瑶也跟了上去。

许轻连招呼都没打直接进了四班，拉着陈斗就出去了，引起了四班一阵不小的骚动。

有人打趣:"陈斗,你艳福不浅啊。"

陈斗嘻嘻哈哈,叫他们小声点。

教学楼门口。

陈斗眼睛长在了程瑶身上:"我买的饮料好不好喝?"

程瑶害羞地没吱声。冰糖雪梨,都快甜死了,不过她很喜欢。

俩人眉来眼去的,当许轻不存在。

许轻开门见山地问:"宋时怎么还没来上学?"

秋波还没送出去呢,陈斗突然变了脸色:"老大明天就来上课了。"

许轻急了,追问:"他是不是出什么事了?"

陈斗不好说什么,只能别别扭扭地解释:"等老大来了你自己问他吧。"

那天放学后,不知道怎的,许轻鬼使神差地来到了吉他店。

蒋晨依旧一个人在店里,看见许轻来了,忙招呼。

"怎么突然有时间来?"蒋晨给她倒了一杯水,"不是已经开学了嘛。"

许轻随手拨了一下挂在墙上的吉他,她总觉得蒋晨有她心中所有疑惑的答案,所以她才会冒冒失失地找过来,可是真的到了,又问不出口了。

也许真的是她太鲁莽了。

陈斗说得对,她应该等宋时自己说。

她谢过蒋晨,转身就离开。

蒋晨看着姑娘的背影,突然有些哽咽。宋时这些天发生的事情,他

是最清楚不过的，他还记得宋时交代自己的话。

宋时说：如果许轻来吉他店，就说我很快会回去找她。

视线被一个挂件吸引，那是一个小吉他模型，挂在许轻的书包拉锁上。

“这是你买的？”蒋晨问。

许轻回头，意识到蒋晨是在问自己的模型，她摘下来在手里把玩：“这是我做的。”

蒋晨不敢置信，面前的女孩子还有这本事，这模型材质，玫瑰木错不了。

“以前阿时有一把玫瑰木的手工吉他。”蒋晨忽然感慨。

许轻静静听着。

“不过后来被砸碎了。”蒋晨收起飘远的心思，言简意赅地结束了话题。

离开吉他店的时候，天已经蒙蒙黑。许轻被蒋晨的三言两语带起了所有心思，她去仓库拿走了仅剩的一点玫瑰木边角料。

她记得宋时说过的，玫瑰木和白松搭配起来吉他的音质会更好。

她在台灯昏黄的光线下画设计草图。

她想为宋时做一把吉他。

这是她第一次想为他做点什么，有点大胆，有点放纵，但是她不后悔。

第二天，许轻是打着哈欠进的班级教室，她画图画到凌晨。实物和模型不一样，需要讲究材质、分量以及空间结构，所以设计图比较烦琐。

“宋时回来上课了。”她刚落座，程瑶就带着奇怪的表情过来告诉她这个消息。

许轻蓦地站起来，整个人瞬间都精神了，下一秒她冲出了教室。

到了四班门口，她突然犹豫了，半个身子贴着冰凉的墙壁，只露出一个头。

宋时果然坐在位置上，陈斗、方荷几人围着他不知在说什么，教室里闹哄哄的，她根本听不清楚。

好久不见，宋时的头发长长了，两鬓的黑色碎发软软地耷拉在耳朵尖，脸色也不是很好，瞅着总感觉他是疲惫而伤感的。

许轻为自己这样的认知而心惊，他明明是笑着的，他明明就坐在那里，她却在心里自动给他补了一层灰暗的光。

她捂了捂自己心脏的位置，将身体缩回来靠在墙上，那跳得激烈的心脏让她十分无措。

她和他此时只隔了不到两米的距离，她看着被众人围着的宋时，一时的冲动顿时化作了云烟。

纠结许久，她终究还是没有踏进去。

午休时间，男生去球场打球，女生大多跑去校外买零食，一般不到上课时间是不会回教室的。

程瑶和陈斗去校外买东西了。许轻在食堂吃过饭一个人回教室，路过四班时下意识地往里面看了一眼，果然看到宋时一个人坐在位置上，修长的双腿搭在前面的桌子上，身体软软地靠在椅背上，双眼眯着睡着了。

午后的阳光为他镀了一层金边。

许轻脚步很轻，坐在他身侧的座位上，趴在桌子上侧头仔细打量宋时，趴着趴着，自己也闭上了眼睛。

宋时是被热醒的，睁开眼睛先看到的是刺眼的阳光，偏过头躲开阳

光时便看见许轻的侧脸。

女生的脸蛋白嫩，双颊有些红晕，应该是被晒的，头发被胡乱抓在一起乱糟糟的，肥大的校服包裹下显得她小小一团。许轻身材偏瘦，个子不算高，穿短裙显腿长，少女感十足，宋时想象了一下她穿裙子的样子，应该会……很好看。

教室里特别安静，只有他俩，宋时也趴在桌上，阳光落在她脸上，能看到她脸颊上细微的绒毛，因为侧着睡挤压了一侧脸颊，她的嘴无意识地嘟起，肉肉的，带着粉色光泽。许是热了，她的额角有细密的汗。

宋时伸手拉过窗帘，遮住一片光亮，又重新趴下，看着睡着的、和平时不一样的许轻，渐渐勾起嘴角。

许轻醒来的时候先是一惊，赶紧去看宋时，宋时虽然也趴在了桌上但看上去并没有醒来。

她挪了挪已经麻了的腿，那种深陷沙漠的麻痹感让她忍不住“嘶”了一声，随即身边的人动了，许轻来不及反应，只觉肩膀上突然多了一个重物压下，她瞬间愣住。

宋时把头搁在她瘦削的肩上，他硬硬的短发磨蹭在她耳侧微微痒，她的鼻端充斥着男生身上的味道。

清爽的、干净的、阳光的，带着微微干燥的烟草味。

许轻面红耳赤地挺直着背坐着，一动不敢动，张口结舌地说不出话。

“让我靠会儿。”男生呢喃，声音沙哑，“陪我待一会儿。”

许轻不清楚他现在说的话是不是有意识的，不过她本能地就接受了，她没办法拒绝。

这世界上总有一个你拒绝不了的人，他轻轻的一句话，你便愿意俯首称臣。

4.

进教室之前，许轻特意去洗了个冷水脸，都无法让内心的潮热褪去。

“你做了什么亏心事吗？”程瑶一眼就瞧见许轻的不自然，笑得很邪恶地打趣。

许轻心虚地摸了摸自己的脸蛋，含糊其词地说：“晒的，这天太热了。”

为显得真实，她抓起一本书用力扇风。

程瑶明显不信，心里明镜似的，也没拆穿她，只是盯着她嘿嘿笑得意味深长。

许轻越发不自在了，她想起之前那个瞬间，四周都是安静的，唯独她的心跳声声如鼓，靠在她肩上的少年清浅地呼吸着，他们就那样一个直坐着一个斜倚着，整个世界都仿佛温柔了下来……

不能再想！许轻慌忙地去整理桌膛，把本就收拾得整齐的课本又拿出来再整理一遍，低着头以掩饰越来越热的脸。

看她这反应，已经猜得八九不离十的程瑶更确定了，她凑过去：“说，你和宋时中午干什么了？”

许轻心下一惊，书都快拿不稳了：“什么……什么也没干……我们能干什么啊？”

程瑶：“我闻到你身上有别人的味道了。”

“你个狗鼻子。”许轻推开她。

程瑶又把话题转了回来：“你老实交代啊，做什么坏事了！”

这话说得，怎么听怎么暧昧。

没亲也没搂……就是靠了一下……

“你别瞎想，什么也没发生。”许轻红着脸小声重复，“什么也没

发生。”

此地无银三百两呀！眼见如果再逼问下去，许轻估计得翻脸了，程瑶只得嘿嘿一声，自己去消化这个惊天的秘密。

她的好朋友，危险了！

放学的时候，宋时来六班找许轻。

他出现在教室门口的时候，班里瞬间就炸了，男生们起哄，女生们议论纷纷。

许轻几乎是逃走的。

程瑶笑得合不拢嘴，认识许轻这么多年，没见过她如此害羞的小女生模样，有种吾家有女初长成的欣慰。

逃出了教学楼，许轻总算松了一口气。她内心十分复杂，既享受他找来的快乐，又害怕被同学非议，一颗心被扯得稀巴烂。

“你怎么溜得这么快？”宋时漫不经心地跟上来，带着满满的笑意，“我都快追不上你了。”

谁要你追啊，许轻心中腹诽。

两个人站着不说话，许轻莫名紧张，侧过脸不敢去看宋时。中午的事留下的余震她还没完全消化，结果放学又来这么一出，她的小心脏着实有点受不了。

“这么长时间没见了，你就打算用沉默对付我？”宋时打破尴尬。

许轻突然红了眼。

学校里那些关于宋时的流言蜚语听得多了，她虽不相信但也一直惴惴，如今见到人，想说的话就像被堵住的洪流，什么也说不出来。

只是觉得委屈，替宋时委屈。

那是她喜欢的人啊。

宋时拉住许轻的手腕，说："我带你去个地方。"

男生的手指粗糙，磨着她的手腕有些刺痛，常年练琴的手指布满茧子，但是许轻很喜欢这双手。

特别喜欢。

许轻就这样被他拉着，不说话不挣扎，男生拉着她在前面走，她看不见他的脸，她盯着他黑色的发、宽阔的背，还有那双温热粗糙的大手，就这么跟着他走。

她想起之前程瑶借给她的某本言情小说里的一句话：人的一生中，总会有一个瞬间让你觉得是天荒地老。

当时她还觉得特别的矫情。

风从俩人的身侧拂过。

她现在希望，此刻就是天荒地老。

老街是万年不变的清静，几只徘徊在墙角的流浪狗为争食偶尔吠几声，还有三三两两传出的搓麻将的声响。

宋时拉着许轻上楼，外面太亮，衬得楼道越发阴暗。

许轻跟在后面，上一级台阶，她的心就更重地跳一下。她像游走在一个充满秘密的迷宫里，前方是不可预测的未知，而这个迷宫世界的谜底是有关宋时。

她缴械投降，只身进入他的世界。

宋时松开她的手腕，打开出租屋的门，侧过身让她先进去，再熟悉不过的环境，许轻今天却格外有些不适。

"你怎么带我来这儿了？"许轻回身，与她声音同时间响起的是关门声。

只要他在，这房子从来是不关门的，许轻莫名有些紧张。

宋时倒是很随意地直接坐在沙发上，双手搭在膝盖上，仰头望着她：“这房子是我哥的。”

宋时的家庭背景在学校是众所周知的，他父亲是清河镇的公务员，职位还不低。

对于宋时有哥哥的事情，许轻也是因为上次宋时无意提起才得知，不过她能看得出来，宋时不愿提起自己的哥哥，她更不会去碰他的伤疤。

“你上次不是说你的哥哥……”不会再回来了吗？许轻后半句没说出来，便低下头，默默绞着手指。

有关宋时的一切她都很好奇，但是她不敢轻易问，经过这么长时间的接触和了解，宋时表现出来的和内心真正的他是不一样的。

“我过年那段时间陪他住了一段日子。”宋时云淡风轻地说道。

许轻想起她听到的闲言碎语，说是为了顶罪才……不会的，不会有那么狗血的事。许轻不知道这时候该说什么，只是讷讷地站着。

宋时拍了拍自己身旁的位置，示意她过来。

许轻眨了眨眼睛，坐到宋时的旁边。

“许轻。”宋时突然叫她。

许轻紧张地“啊”了一声。

宋时轻笑：“别那么紧张，我又不会对你做什么。”

她尴尬地“哦”了一声。

“今天这些话我从来没对别人说过。”宋时难得认真，“你是第一个也是最后一个，你明白吗？”

许轻傻傻地点头。

5.

宋时的母亲身体弱不容易受孕，经过很多年的调养才怀上宋时，而宋奇是宋时父亲宋峰早年在已婚的情况下在外面和别的女人生的孩子，一个不能见光的私生子。

宋奇比宋时大七岁。

同父异母的孩子，按常理来说关系都不算好，但是宋奇这个人没什么心眼儿，对宋时这个弟弟也是掏心掏肺的好，所以宋时从小和宋奇关系就很亲近。

宋时喜欢弹吉他也是受宋奇影响。

初中的时候，宋奇喜欢上了音乐，自学了吉他不说，还在高中的时候组建了一支小乐队，偶尔会接一些小演出活动。

但是，宋峰觉得这是哗众起宠。他一生当官执政，思想固执传统，认为宋奇搞乐队就是不入流的混混行为。

宋奇为了能够让乐队继续下去，把自己母亲的房子改造成了练习室。

老街的这个房子就是宋奇母亲的。

乐队小心翼翼地保留下来，接了几个小演出后逐渐小有名气，此时宋奇也正面临高考。

宋峰知道后大发雷霆，强行禁止宋奇再玩乐队，甚至给宋奇办了寄宿，用全封闭的管理制止他。

但是，没有用，宋奇依旧会翻墙逃出学校，依旧会在酒吧接演出。

这些对立的情绪就像埋在土地里的种子，在破土而出的那一刻就再也控制不住，宋奇和宋峰的矛盾终于在高考前夕全面爆发了。

那是在宋家大院，宋峰指着跪在地上的宋奇，气得大骂：“你不好好学习，非要去搞那些不三不四的东西，你妈就是这么教你的？”

宋奇跪着，倔强地昂着头，他的目光像黑暗中的一只豹子，锋利、嗜血。

“我妈？”宋奇讥笑，“你在这个时候提我妈，不觉得扎心吗？”

宋峰和宋奇的母亲是婚外情。那时候，宋峰正处于事业上升的关键时刻，不能让他们娘俩曝光，每次都搪塞他们；宋奇的母亲也并不是那种非要破坏人家家庭的无道德第三者，只不过年轻时候的宋峰长相俊俏、能说会道，宋奇的母亲情不自禁就许了芳心。

直到宋奇的母亲因为癌症撒手人寰，留下的最后一个心愿就是希望宋峰能好好待宋奇，宋奇这才被接回宋家。

但是，毕竟宋奇的身世是不光彩的，宋峰担心影响仕途，所以是以收养朋友孩子的名义接宋奇进宋家的，大家自然不知道宋时其实还有一个亲哥哥。

“你立刻把这些东西给我扔了，好好回学校学习，不然你就给我滚，我就当没有你这个儿子。”宋峰气急之下下了死命令。

宋奇倒是一脸不在意，站起来，语气平静：“反正你也从来没有认过我是你儿子。”他眼里划过一丝伤痛，“那就当我们从来没有见过吧。”

宋峰气得跳脚，大骂他不孝。

自那天后，宋奇便再也没有去过学校。他简单收拾了自己的行囊，便离开了宋家。

宋时拉着他不肯让他走。

宋奇摸着宋时的头，也是万分不舍，若说宋家还有什么值得他留恋的，也就只有一个宋时了。

他把自己的玫瑰木吉他留给了宋时。

那天的记忆是灰暗的，宋奇离开了宋家，再也没有回来过。

直到两年后，宋家得到消息，宋奇因为伤人进了派出所。

宋奇这两年一直在邻省的酒吧驻演，和几个志同道合的人组了一支乐队，生活虽苦但好在自由，以梦想为生。

蒋晨就是宋奇在酒吧认识的朋友。

出事那天，宋奇演出，正好遇见几个在酒吧闹事的人拉着推销酒水的姑娘不放，非逼着小姑娘陪着喝几杯。

小姑娘不断推拒，几乎要哭出来了。

在酒吧推销酒水的大多数都是确实急着用钱的大学生，推销卖酒的活儿虽然不光彩，好在钱来得还算快。

宋奇不忍心，演出没结束就直接下台拉住了那几个闹事的人。

“都是出来讨口饭吃的。”宋奇说，“大家也不容易，别太过分。”

闹事的本就不是什么善茬，其中一人嚣张地一把推开宋奇：“你一卖唱的少管闲事，别以为抱了把臭吉他就能管闲事，爷在这儿混的时候你还在给别人提鞋呢！”

闹事的这几人喝得醉醺醺的，推开宋奇后拎着、扯着装满烈酒的玻璃杯就往小姑娘嘴里灌，手还不怀好意地在姑娘腰上游走。

宋奇看着被钳制住的姑娘那绝望的眼神，忍不住打算再次冲过去。

酒吧有相识的侍者拦住他：“这几人嚣张跋扈惯了，家里背景够硬，没人敢惹他们，我看你还是算了吧，别蹚这浑水。”

这句话深深地刺激了宋奇，他不由自主地想起了那个人，害了他母亲一生、还和他恩断义绝。

他们打作一团，宋奇寡不敌众，被打得鼻青脸肿，蒋晨就是这时候去帮忙的，也被打得缩成一团。

其中一个闹事的一边踢还一边骂：“狗东西，不知好歹。”

因为身份的特殊，宋奇从小活得就比别人敏感，小时候被人嘲笑是来历不明的小孩，长大后还被迫隐藏，他一直都活在阴影里，能看见光，却不能被温暖。

所以，他宁愿忤逆宋峰也要搞乐队，宁愿离家出走也不愿再被束缚。

他活得很是憋屈，但不代表他没有傲气。

他可以受三分委屈，但是绝不能受半点侮辱。

蒋晨注意到宋奇眼底瞬间沸腾的戾气，躺在地上捂着肚子拼命恳求：“阿奇，千万别。”

来不及了。

电光石火之间，宋奇抡起酒瓶砸向最前面的人。

四周一片惊慌失措的尖叫声，浓厚的血腥味四处散开，宋奇手上的酒瓶已经碎了一地。

分不清手上，地上是谁的血。

第七章

TASHIXIAOWENNUAN

你可以光明正大地看我

1.

宋峰是在宋奇被关进派出所一个星期之后才过去的。

见面的时候，宋奇眼窝深陷，沧桑破落。他双眼无神地蹲坐在看守所里，身上血迹斑斑的衣服已经干涸成可怕的颜色。他受伤也不轻，脑袋上、手上包扎着的纱布还隐隐透出血色。

他看见宋峰没有说任何的话。大概宋峰觉得此生最失败的就是有他这么一个儿子吧，他想。

宋峰见到他就破口大骂："你个不孝子，不学好非要瞎混。你知不知道现在你杀了人，要蹲监狱了。"

一旁同样被抓来的蒋晨心下一惊，抓着铁栏杆，急忙解释："叔叔，不是这样的，是他们先动的手。"

宋峰瞬间像是苍老了十岁，他叹息："不管谁先动的手，现在那个人死了，这是结果。"

宋峰在来这里之前，已经去了解了事情始末。

被宋奇用酒瓶砸了的人，因为砸到致命穴位当场死亡。死者的家庭背景雄厚，也表示一定要让伤害自己儿子的人付出代价，绝不私了。宋峰想救宋奇，磨破了嘴皮子甚至给人下跪了，对方就是绝不妥协。

他的大儿子从出生那天开始，他就没有好好关心教育，导致如今这个局面，他有过后悔，但为时已晚。

蒋晨心如死灰，一遍遍地强调："不是我们先动手的。"一想到自己要去坐牢，他怕得哭着不断重复，"不是我们先动手的。"

"蒋晨，算了。"蹲在那儿许久没有说话的宋奇终于开口，声音嘶哑难听，没有往日乐队主唱的风采。

"阿奇，我们要坐牢了。"蒋晨颓废地靠在灰白色的墙壁上慢慢滑落，绝望地把头埋在双臂当中。

宋奇淡淡地说："人是我杀的，与他无关。"他看向栏杆外面的宋峰。

两年不见了，宋峰的白头发多了不少。父亲望着他的目光充满悔意和无奈，但是已经来得太迟。

"爸。"宋奇喊他，"这是我最后一次叫你，有我这样的儿子给你光辉的人生抹黑了吧？"

明明是询问的语气，却带着肯定的态度。

他顿了一下，像是在下定什么决心："那人是我杀的，和我朋友无关，我愿意承担全部罪责。"

他紧紧攥着拳头，本来就未愈合的伤口再次裂开，有血顺着早已经浸透的纱布滴向水泥地，血液黏稠，在空气中拉出异常细长的红丝。

"反正你早就已经不当我是你的儿子了。"宋奇转过身，语气决断，"那就这样吧。"

宋奇拒绝再见，宋峰不得不离开。

之后，宋峰多方游走，寻找有利证据，法院对宋奇的判决从死刑改判无期徒刑。

至于蒋晨，因为宋奇承担全部责任，被判处有期徒刑两年，缓刑三年。

“那你是怎么认识蒋晨的？”许轻情不自禁地问。

“两年前，他来清河镇的时候认识的。”宋时声音低沉，“我哥的事情是蒋晨告诉我的。”

当年宋峰封锁了所有消息，就连宋时都不知道，他一直单纯地以为宋奇只是离家出走，终有一天还会回来的。

直到两年前在清河镇遇到正在卖唱的蒋晨，宋时一时来了兴致，当场和他切磋了琴技。

那时，宋时背着宋峰偷偷练琴，蒋晨见宋时年纪不大但技法已经很熟练，也是惺惺相惜，俩人便交了朋友。

后来才在蒋晨的口中得知宋奇经历的事，蒋晨在清河镇开了一家吉他店，宋时也把当年宋奇做乐队的老房子收拾了一下。

宋时已经连续两年找理由不回家过年了，都去邻省陪了宋奇。过年的这十几天，他每天都会去监狱探监，自然也就有了他经常进出监狱的各种版本的传言。

开学前几天，宋时回到清河镇，宋峰知道他去探监的事情后勃然大怒，硬是罚他不许出门，就连学校也不让去。

能够为宋奇争取到不判处死刑已经是宋峰能做到的极限了，既然结局改变不了了，那么他只能对外隐瞒宋奇的存在，而宋时这样频繁地出入监狱着实会让人非议揣测，甚至影响到他的仕途。

许轻安静地陪着宋时，耐心地听着他慢慢述说。

她突然想起蒋晨那次醉醺醺时所说的难受，想必他如今也活在对好朋友的愧疚当中。

她又想起蒋晨曾经说过，宋时有一把玫瑰木吉他，后来被砸了。

想必，也是因为被宋时的父亲知道了，一气之下砸掉的。

如此一来，许轻想做琴的想法又坚定了几分。

“在想什么？”宋时偏头问，空气里似有若无的都是他的气息。

许轻不禁红了脸，这股气息总是能让她联想到中午的事，那微热的触感、柔软的毛发以及浅浅的呼吸。

“怎么突然一句话也不说了？”宋时笑。

许轻眨眨眼，踌躇一会儿才开口：“那他还好吗？”

那个“他”，自然不必多做解释。

宋时淡淡道：“只要还活着，就还好。”

夜幕落下，许轻觉得今天太不可思议了，发生了太多的事、听到了太多让她震撼的消息，她一时间还消化不了，但也正是因为这些纷繁复杂的过往，她更心疼这样的宋时。

孤独的、忧伤的，却依旧还是充满希望的他。

他说：“只要还活着，就还好。”

这个世界上还有比活着更好的事情吗？

2.

许轻不再胡思乱想，但是随之而来的分班的事又拉着这群少年去往更纠结的深渊。

她这几天刷英语题刷得做梦都是英语对话了，对她来说，即使日后走艺考生的路线，文化课也不能落下，这是怎么也躲避不了的主科。

上学期宋时给她买的英语卷子她已经翻来覆去做了很多遍了，英语基础也扎实了不少，但毕竟落下的知识不是一天两天就可以追上来的，尤其英语对词汇量的需求是巨大的，她就是日夜不停地背单词做题目也还是要落后别人许多。

宋时和陈斗路过的时候正好看到抱着英语词典查单词的许轻。

“听说女侠打算报理科？”陈斗主动提起。

宋时意味深长地看了许轻一眼，什么也没说就回了班里。

“老大，你的程序搞完了吗？”陈斗追上来问，“还有你家老爷子没把你怎么样吧？”

陈斗只知道宋时被父亲限制出门自由了，其他内情一律不知。

“没事。”宋时言简意赅，“弄完了。”

小程序比赛的报名周期很长，正式评选要等到暑假才会开始，宋时因为年龄不够，是拿着宋奇的身份证件报的名。参赛的代码，他已经用邮件给主办方发过去了，现在只是等消息而已。

“宋时，吕老师找你。”刚从办公室回来的学习委员喊他。

宋时突然想到了英语竞赛的事情。最近事情太多，他差点给忘了。

“还有几天啊？”宋时问。

陈斗一头雾水：“什么几天？”

“竞赛？”

陈斗迟钝地“哦”了一声，翻出手机看日历：“就是下周一。”

那岂不是只有三天了。

最主要的是还要面对缠人的方荷。

宋时暗骂了一声，拽起桌子上面的外套，起身离开。

陈斗摸摸自己的脑袋，心想，老大最近这情绪起伏得有点频繁啊，不会是来“大姨夫”了吧？

宋时进英语组办公室的时候，正好瞧见了穿得粉嫩嫩的方荷，牛仔包臀短裙配蕾丝边雪纺半截袖，很是俏丽又少女，像一朵春日的桃花。

今天是周五，学校管制较松，只要早操的时候统一穿着校服检查完就行，所以很多女生都会在这天自己带一套衣服，然后等早操结束就去厕所换上。

不知怎的，宋时突然想起在学校永远只穿着皱皱巴巴校服的许轻，她装在偌大的校服里，感觉就是塞进去十瓶水也撑不起。

他想到这里，忽然心情很好地勾了勾嘴角。

吕老师见他到了，推了推挂在鼻梁上的金丝边眼镜，宽慰："你俩下星期要代表学校去参加英语竞赛，这两天放松一下心情，不要紧张。"

她递过来一沓资料，交代："这是历年作文集锦，你俩的词汇量我不担心，但是了解一下也没有坏处。"

方荷接过来，笑盈盈地道谢："谢谢老师。"

吕老师抬眼看着宋时，一米八几的大小伙沉默地站在那里，让坐着的她都感觉有点压力。

"宋时，你开学一直在请假，是生病了还是家里有事？"吕老师关心道。

宋时无缘无故两个星期没有来上课，班主任打电话到家里，宋家父母只说过几天就去也没解释原因。既然家长都这样了，班主任也不好再说什么。

"您放心吧。"宋时答非所问。

走廊上，方荷主动说话。

"我都好长时间没见到你了。"方荷把英语资料塞给宋时，甜甜一笑，"那天记得给我留个座位，我想坐你旁边。"

宋时没搭理她，径直走了。

陈斗和程瑶两人去商店买完零食一起回来的时候恰巧看到这一幕。

“真是够了。”程瑶看着咬牙道。

要不从一开始她怎么就劝说许轻让她远离宋时呢，一天到晚尽招惹些花花草草没完没了。

陈斗安抚她：“老大都没放在心上，你瞎操什么心。”

程瑶瞪了他一眼，给他一个背影后就走了。

陈斗感叹女人心海底针，忽然回过味来，立马慌了。

不是吧……

陈斗连忙追了上去，哭丧着脸，心中万分焦急——你可别对老大有意思啊……我抢不过他。

“你干吗？”程瑶气哄哄地回到座位，惹得正在写英语作文的许轻不禁抬头询问。

“你说我是说你眼光太好了还是太差了，天下少年多的是，你为啥就在一棵树上吊死？”想起刚才方荷的模样，她就替许轻抱不平。

“你到底怎么了？”许轻哑然失笑，知道她意有所指。

“还不是那个……”程瑶话说一半，“方荷”两个字还没说出口，就被闯进班里的陈斗给打断了。

“你来干什么？”程瑶斜他。

陈斗心虚地笑了笑，提起手里的一大包零食说：“还不是给你送吃的来了。”

“我不吃。”

“别呀。”陈斗急了，连忙把零食袋子塞给她。

程瑶冲他摆臭脸："你烦不烦？"

陈斗好脾气地说："别生气，老大就那个德行，你看我多好，我会对你好的，你想怎么样就怎么样。"

程瑶蒙了，这人怕是脑子抽风了吧，胡言乱语什么呢？

许轻在一旁偷笑，敢情是俩人在闹别扭啊。

"我看我还是先走吧。"许轻收拾自己的书，准备出去转转，给俩人留点空间。

陈斗投过来一个感谢的眼神，程瑶却一把拉住许轻。

"你走什么啊？我不还是因为你。"程瑶说。

陈斗傻了，许轻也瞪大了眼。

陈斗欲哭无泪，完了，这都是什么事啊？程瑶和许轻才是真爱，那他和老大不就都没戏了。

"我跟你说，我刚才看见方荷又在缠着宋时。"程瑶提起这事气就不打一处来，"你说你喜欢谁不好非要喜欢个桃花泛滥的家伙，而且还都是一些烂桃花。"

许轻自嘲地笑了笑，心想，方荷还算是烂桃花吗？那自己岂不是连烂桃花都算不上？

闻言，陈斗抚了抚自己的小胸口，还好还好，一切都是自己想太多，程瑶不喜欢老大也不喜欢许轻，自己还是有非常大的机会的。

他刚落下扑腾的小心脏，立马又被另一个消息给炸起来了——啥？女侠喜欢老大？

许轻这种冷静冰冷的性格，竟然……果然人不可貌相啊。

"原来你喜欢……"被人捂住了嘴巴，陈斗就只能发出"呜呜"的声音。

"你不说话没人把你当哑巴。"程瑶手上用了点力，警告哼哼唧唧的陈斗，“你要是敢出去瞎说，小心我剁了你。”

陈斗眨巴着眼拼命点头。

程瑶看他都有点窒息了，又得到了保证，这才松开他。

陈斗得到了自由，先是大口吸了两口气，然后用一种诡异的目光看着程瑶，后者被看得一身鸡皮疙瘩。

“你……你干吗？”程瑶捅一下陈斗的胳膊，“你傻了？”

陈斗笑了笑说：“你也不温柔点，这么暴力以后谁敢娶你。”

程瑶瞬间脸红，羞恼道：“你瞎说什么呢，谁……娶我也用不着你管，多管闲事。”

被骂的陈斗反而笑得更开心了。

许轻一哆嗦，夸张地抱臂抚了抚：能注重一下形象吗，这可是在班里。

“女侠，你放心吧。”陈斗说，“老大自有分寸。”

他是有八卦说不出，嗯，以他对宋时的了解，宋时对许轻这样已经是很特别的了，除了那个主动的方荷，宋时平时连跟女生说话都很少。如今意外知道许轻对宋时也……他挺按捺不住兴奋的。

许轻不明所以。

“放心个屁。”程瑶憋不住爆粗口，“今天班花给送吃的，明天校花约出去吃饭，你从哪儿看出能让人放心来了？”

陈斗不服气了：“那你看老大哪次是接受的？”

程瑶被问住了，好像宋时的确没有做出任何会让人误解的行为。

他俩已经从宋时身上重新转移话题了，两个人吵吵闹闹的却蜜里调油。

许轻捏着英语词典的硬壳边，心中起了涟漪。

3.

分班表在放学后被贴在了各个班级的告示栏中，许轻看着自己的名字和宋时出现在同一个班级，心中不禁十分欢喜。

程瑶去了文科五班，陈斗本来也想报文科，无奈父母逼着只能选了理科，只能有事没事多跑跑文科班了。

看到陈杰松的名字出现在文科班，许轻心里有惋惜也有感慨。

尽管学校领导、班主任、父母轮番对他进行劝说，他到底还是遵从了自己的意愿。

“你真想好了？”程瑶看到陈杰松的名字，赶紧过去问他。

陈杰松翻了翻没做完的习题卷子，淡淡地“嗯”了一声。

“下个星期五才要分呢，我还能和你们在一个班级多待两天。”陈杰松语气稍稍带着点苦涩。

他做出这个决定并不容易。对于他来说，这个选择意味着他选了一条更艰难的未来之路，也意味着他放弃了许轻，放弃能够和她朝夕相处的机会。

“不觉得可惜？”许轻问。

陈杰松终于抬起眼睛认真地看向她，漆黑的眼神中有迷雾渐渐散开，他笑了：“为了我自己的梦想，怎么会可惜。”

他的目光再一次落到许轻身上：“上次你俩一个要去学舞蹈，一个要考美术生，那时候我就在想，为什么我不能为自己的未来负责、而要听从大人的安排？也许以后进清华或者更高学府或者是功成名就，但是压抑着自己真正想要的始终都不会快乐。也许在热爱的沃土里开不出大家都认可的花，可那是我自己最想要的。同样的，衡量一个人是成功还是失败，金钱不是唯一的标准。”

一席话，许轻只听得内心隐隐滚动，有一股热流直冲眼睛，她真想为这个少年鼓掌，他是真的对自己的未来有打算并且做好了为之奋斗的准备的。

这个世界有太多盲目行走的人，只有少数人能够认清自己。梦想这个东西虚无缥缈，却不能否认它的存在，因为有它，更多人才能找到活着的意义。林语堂说："梦想无论怎样模糊，总潜伏在我们心里，使我们的心境永远得不到宁静，直到梦想成为事实为止。像种子在地下一样，一定要萌芽滋长，伸出地面来，寻找阳光。"

许轻想，陈杰松找到了自己的阳光。

走廊里安静至极，落针可闻。

她突然想到宋奇，那个被困在监狱终日不见美丽天空的人，为了自己的音乐梦也已经倾其所有，命运却不肯眷顾他一丁点……

"看什么呢？"低沉的嗓音，好像刚睡醒一般。

许轻的脑袋被人用下巴顶住，温热的气息喷洒在头顶，激起她皮肤上一阵酥麻。

"没……没看什么。"许轻低头躲过，转身便对上宋时的眼睛。

方才他的举动实在太暧昧了。不知道是不是许轻的错觉，自从上次宋时和她谈过心后，她总觉得他对她越来越亲密，一点也不考虑被人八卦的后果。

她有点囧，踟蹰了两下还是甩下宋时离开了。

放学后，许轻让程瑶先走了，自己一个人装着心事慢吞吞地收拾东西，走到学校公告栏处，再次驻足在分班表前，脑袋里总是回想起陈杰松说的那番话。

她没想到，宋时竟然也还在学校里。

"最近不要去练琴了。"宋时双手插着衣兜，忽然说。

“为什么？”

“英语竞赛。”宋时带着几分笑意回答，大概许轻自己都没意识到那句反问里带上的几分失望。

许轻抿着唇，心情突然有点低落。

宋时低头看着她黑漆漆的发顶，散落在两鬓的发丝柔软，不知道她用的什么洗发水，之前下巴搁她头顶的时候就闻到她发间的香味，像是橙花的香味，直到现在，那股清爽甜蜜的香气还一直萦绕在他鼻端。

他好想摸一摸。

他清了清嗓子，说："我就去两天，很快就回。"他停顿了一下，"以后你去蒋晨的店找我，不要去出租屋。"

最近宋峰不知道发现了什么蛛丝马迹，盯他盯得很紧。他不想让自己还在弄吉他的事被宋峰知道，最重要的是，他不想让许轻掺和到那些乱七八糟的事情当中。

许轻隐约感觉到，宋时是在特意向她解释。

是怕她误会吗？

怕她误会不练琴是事出有因，还是怕她多心误会他和方荷？

不管是哪一个，都不能影响之前变糟的心情瞬间变得好了许多。

特别特别好。

宋时看着许轻灵动带着笑意的双眼，终究还是没忍住，伸手揉了揉她的发顶，说："等我回来。"

许轻轻轻点头"嗯"了一声。

最近班级上的离别情绪弥漫得甚是浓烈，同学录也被争相传递。

"我会经常去你们班找你玩的。"有女生说。

"嗯，我们课间操还是要一起去厕所。"另一个女生说。

许轻一边听着一边轻叹口气，接着查自己的单词，心中感叹：也许你们只需要一个星期，就会找到新的上厕所的同伴了。

“你这人怎么这么狠心。”程瑶伸出胳膊捅了她一下，没好气的样子，“我们还有两天就分开了，你也不抱着我痛哭流涕一下。”

许轻白了她一眼，真的要这么做作吗？

见程瑶一副等着她表演的模样，她放下笔，叹口气：“来。”

许轻张开自己的手臂，像老母鸡一样把程瑶给揽到怀里，伸手在她背上轻轻拍了拍。

之前没觉得，但是一旦真的抱在一起，那种离别的伤感顿时侵袭上来。她不害怕程瑶会和其他人一样分别了就是陌路了，她俩那么坚固而长时间的革命友谊不是分个班就能摧毁的。只是这一刻，她们拥抱在一起，在那种伤感的情绪催化下，她觉得更要好好珍惜友谊，好好珍惜程瑶。

宋时是周三回学校的。英语竞赛中，他不负众望取得了很好的成绩，吕老师每天上课都是赞不绝口，简直快把他吹成大神了。

“不知道宋时的英语怎么学的，那庞大的单词量可不是一个高中生能有的基础。”吕老师又忍不住在办公室夸奖自己教出来的学生。

许轻刚好也被叫到办公室，便看见吕老师对方荷说话，方荷脸色不是太好。

“老师，您叫我？”许轻轻叩办公室门。

方荷侧开身子，红着眼看了一下许轻。

吕老师示意许轻进去，随后对方荷说：“方荷，这次比赛你主要的问题是单词量不够，没事多找宋时讨教学习方法，还有机会的。”

方荷低声应着，离开了。

“许轻啊。”吕老师在一沓试卷中翻出许轻最近随堂小考的试卷，“你最近英语有点起色，不过，这个水平应付高考肯定是不行的。”

许轻垂着脑袋，她何尝不知道英语在高考中不能达到一百二十分以上都属于拖后腿，她也想拿高分啊，可是好难啊！

她那九十分的卷面，着实有点丢人。

“你稍后分班会去四班吧，到时候可以多向宋时学学。”宋时已经快成为吕老师的口头禅了。

“老师。”许轻一脸诚恳真挚的样子，“您放心，我一定会多向宋同学讨教的。”

吕老师又说了几句，几乎每一句后都要带着夸一遍宋时，然后才放许轻离开。

许轻轻轻地关上办公室的门，刚刚松了一口气，就被旁边站着的人吓到了。

“你……你也是被老师叫过来的？”许轻问。

宋时耸耸肩：“我路过。”

他真是路过，正好瞧见了刚刚许轻说要向自己“讨教”的一幕。

许轻尴尬地笑了笑，应该不会这么巧，正好被听见吧。

宋时自然地摸了摸她的头，一脸“欠飕飕”的表情：“没事多跟我讨教一下，亏不着你。”

许轻默然，果然还是被听到了。

4.

分班那天，整个年级组都是乱哄哄的，走廊回荡着笑闹声和拖拉桌椅的声响。

刚分班，老师也不会特意安排座位，所以基本上都是自由选位、自由组合，同个班级的同学肯定会选择坐在一起。

程瑶和陈杰松收拾好自己的东西去了教室东边的文科教室，陈杰松是文科重点一班的，程瑶是五班。

陈斗已经凭借他那万年不变抄来的成绩名列前茅，可以留在四班兴风作浪。

理科班不分重点，每个班都有优等生。清河高中历年理科平均水平都是不错的，除了一个火箭班是为参加奥数或物理竞赛的学生单独列出教学的，其他的都是平均分配。如果陈杰松不去文科，那么他一定是这个火箭班里的核心人物。

宋时的成绩不算顶尖，不过也是那尖顶中的一员，而且又是省级英语竞赛冠军，学校有意让他进火箭班，被他拒绝了。

教室里尽是嬉戏打闹的声音，非四班的同学忙着找座位收拾自己的东西，许轻抱着自己的一沓书站在四班门口看了看，然后才拖着步子进了班级。

几个男生推推搡搡撞到站在讲桌边的许轻，一个男生不留神一脚踩到她脚背上，她疼得差点把书砸对方头上。

“对不起啊。”男生急忙回身道歉。

许轻摇头说没事。

“哟！杨遇你是故意的吧，看到是个漂亮小姑娘专往人家身上撞。”一个男生瞎开玩笑。

“你少胡说八道。”被称为杨遇的男生叱了对方一句，然后摸摸头不好意思道，“你真的没事？”

“真的没事。”许轻说。

其实蛮疼的，但对方不是故意的，她也没必要那么矫情不是，于是她忍着疼抱着书继续去往先前看中的位置。

“你是外班的吧，几班的？”杨遇看许轻如此好说话，自来熟地打招呼。

“六班。”许轻答。

杨遇笑嘻嘻地说：“我叫杨遇，本班的，以后要是有什么事你随时找我哈。”

旁边那男生拉扯他不让他说那么多话。

杨遇不解，随口说：“人家一点儿都不像方荷那帮女生那样矫情。”

许轻听到俩人的对话，睫毛轻扇，大致明白怎么回事了。四班女生本就不多，方荷又是班花，凝结着班上不多的女生形成了个小团体。方荷不仅长得好看学习又好，老师和同学基本都是宠着她、顺着她，恃宠而骄的她在这些男生眼里久了，他们自然会敬而远之。

难得班上来了一朵清秀可人的小花，杨遇上赶着献殷勤。

“我帮你拿吧。”杨遇热情地伸手。

许轻下意识地抱着书躲开，她无法立刻跟人熟络，甚至下意识地排斥太过热情的陌生人。

“不用了，谢谢你。”许轻说。

杨遇尴尬地收回手。

班里已经没有两个都空着的座位了，她来得有些晚没有选择，站在过道，再三犹豫不知落座何处。面对一群不熟悉的人，此刻她无比想念程瑶在身旁的日子。

宋时和陈斗回教室的路上遇见了杨遇。

“杨遇你干啥去？”陈斗截住他。

“去趟厕所。”杨遇突然止步，饶有兴趣地补充，“你知道咱们班来个女生吧，特别有意思。”

“怎么个有意思？”陈斗来了兴致。

“简直就是小清新一枚啊，娇小、清秀又性格好，不过就是冷漠了点儿。哎，不过也没啥。她一点都不像咱班以前那群女生，把咱们当奴隶使唤。”杨遇感叹，“长得娇小，不过气势很足啊，感觉方荷是收编不了这个女生了。”

陈斗一下就知道他说的是谁了，下意识地看了眼身边的宋时，宋时并没有什么表情。

“我觉得她很有意思。你看着吧，咱班男生已经受够了方荷那帮人了，肯定都会喜欢这个女生的。”杨遇兴致很高。

陈斗又偷看了一眼旁边的宋时，哟！凉了凉了。

杨遇张嘴还要说什么，陈斗赶紧揽过杨遇一把捂住他的嘴。

杨遇费劲地扒开陈斗的手，奓毛：“你干什么啊？”

“让你少说点话。”陈斗说。

杨遇一头雾水，接着提起刚才那茬，愤愤地对陈斗说：“那女生现在还在那儿找座位呢，如果不是我和你这货坐一起了，肯定不会放过这个机会。咱班可算来个正常点的女生了。”

陈斗一脸黑线，杨遇这个大嘴巴子，说不出好话来。

宋时甩下仍斗嘴斗得激烈的俩人，迈开长腿往四班走去。

“时哥怎么了？”杨遇问。

陈斗瞪了他一眼，拉着他跟了上去。

“我还要去撒尿呢。”杨遇挣扎，“你放开我。”

陈斗一脸绝情的样子说：“撒什么尿，憋死你得了，叫你话多。”

5.

许轻还在纠结座位不知道选哪里，四班的女生都已经组对好，这次

分班也只有几个外班的女生被调过来，看样子除了她其他人已经各自结好伴了。

不如就坐最后一排吧，虽说都是男生，好在位置比较偏僻。

手里的书被后面的长手给捞了过去，许轻转头便对上宋时的眼睛。

“来啦。”他的语气很是自然、熟络。

许轻眼神不由自主地闪躲，“嗯”了一声。她还是不习惯在大庭广众之下和宋时一起出现。

宋时几步走到窗边的一个位置，把书放在一张课桌上，冲她说：“你坐这儿。”

班上很多人的注意力都被吸引了过来，疑惑宋时怎么会对一个外班女生这么上心。

“这个位置是方荷的。”其中一个女生说道。

“这位置明明是空的，方荷不是坐那儿吗？”陈斗指着第一排的座位。

许轻瞅了一眼，她一直都知道宋时的同桌是一个戴眼镜的高瘦男生，如今肯定是被调到别的班级了。

“不行，方荷说回来要搬到这个位置的。”那女生不死心，看许轻的眼神都带着敌意。

许轻忽然笑了，这方荷为了接近宋时还真是无所不用其极呀。

“你笑什么？”宋时问。

“没什么，就是突然觉得咱们班的班花，”许轻故意说，“挺幼稚的。”

宋时也跟着挑起嘴角。

“许轻。”有人叫她。

许轻侧头见是班长罗威，整个六班，只有他和许轻调到了四班。

“来我这儿坐吧。”罗威说。

没等许轻回答，宋时已经抱起许轻的书和自己的东西走到靠窗最后一排，那里只有一个戴着厚厚眼镜的矮个儿男生。

“同学，我和你换个座。”宋时对男生说，“前面第三排，这样你看黑板也不会费劲了。”

男生当然没有拒绝，抱着自己的东西就走了。

宋时放下俩人的东西，侧开身子，指着里面的座位对许轻说：“你坐里边。”

班里的人已经全看过来了，神色各异，议论纷纷。

一脸正经的杨遇悄悄地和陈斗咬耳朵：“这女生和时哥什么关系啊？”

陈斗一脸“看破不说破”的欠揍表情，一拍杨遇的后脑勺：“反正你那屁大点的心思给我好好收起来就对了。”

杨遇一脸苦相，他这是招谁惹谁了，好不容易班级里来了一位顺眼的女生，现在连瞅瞅的权利都被剥夺了，暴政啊！心里有苦说不出啊！

一场小闹剧结束了，方荷回来便看到宋时已经挪了座，同桌还是一个陌生女生，心有怨气但也不好发作，只能忍着气回到第一排。

换了新的班主任，竟是吕老师。

许轻抿着嘴有点坐立不安，总是无法凝神定气去听课，她左边是窗台、右边是宋时，她有一瞬间沉溺，身边全是他身上好闻的味道。

他俩坐在靠窗的犄角，像是被特意隔出的一方小天地，许轻脸开始有点烫，有些感觉不真实。她不敢去看旁边的宋时，翻开英语书强迫自己平静下来。余光瞥见宋时桌上空空荡荡的，她还是忍不住问：“你没书吗？”

宋时“嗯”了一声，他上英语课很少会用书。

“那一起看吧。”

下一秒，宋时就凑了过来。

吕老师在讲台上讲解英语阅读，许轻偷偷看宋时，男生的侧脸棱角分明，下颌线流畅均匀，带点黝黑的皮肤很具运动感和活力。

不能再看、不能再想了，许轻咬了咬舌头提醒自己。

一堂课就在这样高度紧张的状态中度过了，好不容易下课，许轻只觉自己一整堂课都心不在焉没听到什么，赶紧翻书去温习。身边的宋时伸了个大大的懒腰随即趴倒在桌面上，眯着眼对许轻说：“我睡一会儿，上课了叫我。”

他闭着眼，羽睫轻颤，许轻觉得心头仿佛有片羽毛轻轻扫过。

宋时伸出长臂趴在桌子上，这一动作引得许轻不由自主地偷瞄。

她一时间挪不开眼，宋时虽然闭着眼，却语出惊人。

他说：“你可以光明正大地看。”末了又加了一句，“随便看。”

天色极好，窗外骄阳异常灿烂。

男生眯着眼，勾着嘴角；女生侧着脸，心跳如小鹿。

悸动的青春仿佛才刚刚开始。

第八章

TASHIXIAOWENNUAN

生日上的小悸动

1.

“怎么样？”程瑶咬着吸管，一脸暧昧地眨眼。

许轻抽出吸管，就着杯口喝了一大口冰镇饮料，舒服地眯起眼睛。最近天气越来越热，转眼已是六月。

“什么怎么样？”她舔舔嘴角。

“别跟我装傻。”程瑶一只手拍着桌子，小白眼嗖嗖地射过来，“和宋时同桌后，你的智商都被整没了吗，果然男色误国。”

“瞎说什么呢。”许轻嗔怪地去拍她。

“你可千万别跟我说，宋时比我还好，我会吃醋的。”程瑶噘着小嘴，一脸被抛弃的委屈模样。

许轻忍俊不禁，刚张嘴，便被饮品店开门时碰撞的风铃的清脆声给打断了。

门口，宋时和陈斗两个高个男生吸引了店内不少女孩的关注，她们

望着他俩交头接耳。

“吃什么醋啊？”陈斗望着程瑶的眼睛里都冒着光，他在门口听见程瑶说吃什么醋。

许轻见宋时走过来，拉出自己旁边座位的椅子，宋时好像很满意许轻的举动，嘴角挂了一抹笑，一屁股坐下来了。

“关你什么事？”程瑶白了陈斗一眼。

“嘿，怎么不关我事了？”陈斗一本正经，扯出椅子直接坐在程瑶身边，“我的醋你可以随便吃，吃别人的醋可不行，你看我不揍死他。”

“你这人除了拳头能不能用文明点的办法去解决问题？”程瑶瞬间被陈斗带歪了话题，气得去戳陈斗的脑门，“用用脑子啊，大哥，你的智商是不是都留娘胎里了？”

陈斗嘿嘿一笑，嬉皮笑脸：“看见你就什么智商都没有了。”

许轻被这句话恶心得起了一身鸡皮疙瘩，男生说情话的能力是天生的吗？

“你别恶心我。”程瑶嫌弃地往墙边靠了靠。

陈斗却凑得更近，程瑶又羞又窘去推他。

“你有完没完？”是宋时开了口。

陈斗应声坐端正，挠挠头，厚脸皮也难得地染上一丝红，问：“你要喝啥？”

“被你恶心得喝不下了。”宋时吐槽。

“别啊，我就是一时没控制好我的感情，下次一定不会这样了，我到时候背着点人。”陈斗说。

陈斗语出惊人，许轻没提防，被一口饮料呛得咳个不停。

后背有人轻柔拍打，许轻知道是宋时，抬头给他一个感激的眼神。她因为咳嗽，眼眶中聚起一团潮气，楚楚可怜。

“没事吧？”宋时脱下灰色外套搭在许轻腿上，“帮我拿一下，我去买喝的。”

宋时看向陈斗，示意他跟自己一起。

陈斗一脸无辜，赖在程瑶身边不肯动：“你不是说被我恶心得什么都喝不下吗？”

宋时说：“你走不走？”

陈斗立刻服软：“走走走，你个暴君！”

两个男生去了服务台，许轻瞅着宋时高大挺直的背影，指尖是带着他体温的衣服，微微有些愣神。

她好像越来越喜欢他了。

“别看了，瞧你那魂不守舍的样子。”程瑶忍不住伸手在许轻面前晃了晃，得意道，“我是特意让陈斗告诉宋时你在这里的。啊，不要太感谢我，请我多喝几天奶茶就可以了。”

许轻面上燥热，故意转移话题：“你和陈斗可悠着点，别被抓到什么把柄，你也得保护好你自己。”

“安啦。”程瑶摆摆手，“他也就是嘴贫，我说‘No’他绝不敢说‘Yes’。”

猝不及防又被塞了一口狗粮，许轻撇撇嘴，陈斗和程瑶的相处模式总是那么热闹又奇葩，也真是天生一对了。

“反正你自己注意点啊。”许轻还是忧心忡忡，“千万别被阿姨知道了，玩游戏也要控制。”

程瑶眼神飘离，把已经咬得瘪瘪的吸管叼出来，继续咬。

“你听没听见啊？”许轻夺过她嘴里的吸管，强调。

程瑶没有说话，半晌后，郑重地点了点头。

2.

宋时把许轻送到路口，俩人就各自回家了。

刚进门，许轻便看见许建国在锯一块大白松板，忽然想起制琴的事，一拍脑袋，她最近脑子装的全是英语单词，全然把这件事忘记了。

许轻用的木材都是些边角料，可是琴身要用的白松板可不是一点边角料就够了的，她得想个合理的理由才能和许建国说。

“爸，您这是做什么？”许轻走到许建国身后，试探地问。

“哦，一套白松板材家具。”许建国关掉电锯，直起僵硬的身体，单手叉腰扭动了两下。

许轻弯腰拎起地上的保温壶拧开盖子递给他。许建国喜欢喝热茶，即使是在夏天也如此。

“真舒服！”许建国喝过茶发出惬意的感叹。

有人喜欢荣华富贵，有人喜欢田园惬意，许建国就是后者。他对如今的生活也无比满足。

当年许建国是清河镇上为数不多考上大学的人，建筑系才子，何等风光，却放弃大公司的高薪聘请，毅然决然地回到老家继承父亲的手艺。家具这种以前靠传统手工打制的产品，现在也逐渐被流水线生产模式代替，成本更低、样式更新颖，所以许建国一年到头也接不到几个订单，钱没赚到多少，汪素珍没少和他吵架，他也成为整个清河镇茶余饭后的谈资，大家都觉得他读书读傻了，只有他自己从未有过后悔。

最近几年，匠人文化又再度兴起，家具的定制也成为一些富裕人家的首选，所以许建国如今不算大富大贵，但也是不愁吃穿。

“今天和小瑶出去了？”许建国问。

许轻点头：“程瑶让我陪她去买东西。”虽然后来陪着去的并不是她。

“那丫头就喜欢买这买那，前两天我听你阿姨说，小瑶好像有网瘾了，把你阿姨急得哟。”许建国看似漫不经心地随口说道。

许轻眼珠微动，没出声。她明白，许建国这是在旁敲侧击呢。

“你和小瑶从小就好，没事多提点一下她。这都快高二了，也该收收心了，就那么几年，有啥不能等到高考完再玩啊。”许建国说。

许建国是思想开放的家长，这也是许轻一向和父亲亲近的原因。不过若是他知道程瑶和陈斗的事，估计也会奓毛。许轻暗自想，是该提醒一下程瑶的。

“爸，我知道了。”许轻应着。

许建国笑了笑，甩了甩膀子，拿起旁边的锯子，继续干活。

许轻在一旁看着，踌躇了半天又开口：“爸。”

“怎么了？”许建国头也没抬地应着。

“这次的白松有没有剩的啊？”许轻问。

“又要给小瑶做木偶？”许轻没事就给程瑶做点小玩意儿，许建国了然，指着地上被锯下的边角料，“拿吧，这不都是嘛。”

许轻皱眉：“爸，我想要一块完整的白松板。”

许建国疑惑地抬头：“你要一块完整的白松板干什么？”

许轻随口瞎说：“程瑶非要我送她一个大的东西，我思来想去觉着用白松板给她做个小板凳合适，你也知道她那么懒，走哪儿都想坐着。”

许建国被逗乐了：“你个鬼丫头。要是小瑶知道你这么笑话她，一准跟你急。”

许轻笑：“我这也是替她考虑。”

过了一会儿，许建国说：“这一批是没有了，不过十月份会到一批新板材，到时候我给你留一块完整的。”

十月啊……那还有好久呢。

许轻撇嘴，转念一想，十月就十月吧，有总比没有强。

“谢谢爸。”许轻的声音像银铃般清脆。

“我听你妈说你决定考艺术生了？”许建国突然转换了话题。

许轻点头：“是蒋老师建议的。”

“你喜欢吗？”

许轻想了想，是喜欢的，只不过以前她从没想过兴趣可以成为未来而已。

许轻郑重地点头：“我喜欢。”

许建国摸摸她的头，欣慰地笑：“喜欢就好。”

天空有飞鸟划过，白云在蓝天中飘浮，时间在推进，她的梦想开始生根发芽，她喜欢的人就在身边。

这一切，真好。

3.

秋天来得比想象中快。

暑假期间，许轻依旧是背着画板在画室和家里两头跑，只不过这次她是以更认真和严谨的态度去对待了。

再过一个学期，她就升高三了，那个时候她就要暂时离开清河高中，去专业学校做艺考培训。

许建国之前答应给许轻的白松板已经送进了仓库，许轻也正式开始了手工吉他的制作。

时间还是比较紧的，她想在离开之前送给宋时。

这些天，她每天都忙到深夜才睡，指板已经有模有样。

课上，许轻忍不住在吕老师催眠一般的英语诵读中睡了过去，窗外是初秋温暖的阳光，照在身上暖暖的，她打了一个哈欠，用手指挠了挠脸颊，接着睡。

宋时瞧见她那嗜睡的样子觉得分外可爱，不动声色地把桌上成堆的书往中间推了推，刚好挡住趴着的许轻不被老师发现。

吕老师在讲完一篇阅读理解之后，推了推金丝眼镜，抬头扫视全班。

“下面我找一位同学来翻译下这篇文章。”

下边忍不住打瞌睡的同学立马精神了。

“有没有同学主动翻译的？”吕老师站在讲台上扫视一圈，正好瞧见被彻底挡住脑袋的许轻，若不是隐约看见她因呼吸起伏的背，还真以为她凭空不见了。

“许轻。”

没人应声。

宋时在桌子底下轻轻推许轻：“许轻。”

全班瞬间寂静，吕老师拿着书直接走了下来，站到许轻身边了见她还在睡着，立刻气不打一处来，直接用手中的书去拍她。

反应敏捷的宋时身体前倾挡在许轻侧边，书打在了他的身上。

“啪”的一声清脆声响，许轻被吵醒，睁开模糊的眼睛就看到吕老师怒气冲冲的脸。一个激灵瞬间清醒，她心下一凉：这次完了。

下课后，许轻被喊到班主任办公室。

“上课不好好听也就算了，还敢睡觉。”吕老师气得拍了一下桌子，把垂头站立的许轻吓得一抖。

“你上个学期的英语成绩都快倒数了，现在竟然还不努力。”吕老师一脸恨铁不成钢的表情，“你要是真不愿意上我的课，下回你就去教室门口站着。”

许轻赶紧承认错误发誓悔过。吕老师现在是班主任，还真可能会拎

着她站在教室门口上课。

吕老师又苦口婆心说了好一阵，上课铃声响了，这才被迫结束这次说教："这学期期末你英语成绩要给我过百，不然下学期我就单独抓你了，知道吗？"

许轻心里一片绝望："知道了。"

"行了，赶紧出去吧，快下节课了。"

许轻鞠躬，离开办公室，心里瓦凉瓦凉的。

英语这一学科，对于许轻而言，真是很难逾越的高山啊。

她努力过了却收效甚微，上学期期末考英语单科她落到倒数第十，她已经那么拼命地背单词狂刷题了，感觉英语还在原地踏步。

下午第二节课是数学，许轻跑到教室门口的时候，数学老师已经开始在黑板上画图讲解了。

"这儿要画一条辅助线，然后 $y=2x+b$ 的抛物线……"

"报告。"许轻硬着头皮报告。

被打断的数学老师不满地瞅了她一眼："赶紧回座位。"

许轻在各种不同内容的目光中快速回到自己的座位。她觉得很丢脸，虽算不上品学兼优但也一直算循规蹈矩，这样在大庭广众中被批评对她来说还是有蛮大的打击的，眼底已经隐隐有热潮涌上来，她攥紧拳头强行压下。她不敢看身边从她在门口起就一直盯着她的宋时，挺直了脊背死盯着黑板，却一句也没听进去。

"你没事吧？"宋时压低了声音，只有两个人能听见。

他凑得很近，许轻能感受到他说话间喷出的热气，扑在脸颊上痒痒的。

"还能有什么事，"许轻叹气，"不过就是老师们都会念的那套经呗，好好学习天天向上，一点创意也没有。”

宋时“扑哧”笑出来，赶紧捂住嘴，朝已经看过来的数学老师眨眨眼，做出一副好学生虚心学习的架势。

好在数学老师只是看了他一眼以示警戒就继续讲课了。

“你干吗不敢看我？”宋时继续凑过来问。

“哪……哪有。”许轻心虚。

趁老师转过去在黑板上画图，宋时迅速伸手，宽大的手掌覆在许轻的头顶，强行把她扭过来面向自己。对上他那双眸子的瞬间，许轻红了脸。

“说吧。”

“说……说什么？”许轻眼神微闪。

你这个样子，我也没法说啊。

宋时目光灼灼，许轻脑子里都是糨糊，咕嘟咕嘟地在冒泡。

许轻小声委屈地开口：“吕老师让我这学期期末考试考过一百分才能放过我，不然我可能就要天天去办公室喝茶了。”

宋时忽然笑了。

见状，许轻心里更委屈了：这人怎么这样啊。

她破天荒瞪了宋时一眼，宋时心情大好。他很享受许轻在他面前越来越放松放肆的模样，也许这说明他在许轻心里也变成了不一样的人。

“没事。”宋时哄她。

许轻气哄哄地白了他一眼：你当然没事，吕老师又不惩罚你。

良久，宋时凑得更近了些，耳语一般。

他说：“放心，有我呢。”

4.

神棍网吧。

陈斗戴着耳机正和对方杀得你死我活——

“你长点眼睛，没看到后面有人过来切后排了吗？”

“喂喂喂，你到底会不会打，你要是再这么菜，我就踢你出战队了。”

他最近一直泡在网吧，背着程瑶打战队赛。战队赛讲究队员之间配合的默契，陈斗技术操作再溜也需要好队友才能撑起来。

至于他为什么心血来潮非要在短时间内把战队打出好名次，主要还是因为程瑶。

程瑶一直想在游戏里组建战队，而且还是那种高级战队。无奈她没有人脉，自身能力也不足，所以也就只能幻想一下。

她说过一次后陈斗就记在心上了，非要打出来一个送给程瑶当礼物。

“唉，又输了。”陈斗摘下耳机忍不住骂。

输了就代表离目标名次又远了一步。

陈斗瞟了一眼旁边的宋时，踌躇着开口：“老大。”

宋时眼睛都没动，修长的手指在键盘上飞速游走：“干什么？”

“老大，你帮帮我呗。”陈斗一脸讨好。

宋时说：“一听你这语气就知道不会有好事，非奸即盗。”

“老大，别呀。”陈斗耍赖，但是转念一想，要宋时松口需要智取，可他想不出法子。

唉，真愁人。

搁在桌上的手机振动了两次，陈斗瞧见其中一条是上学期参加小程序计算机比赛的官方号码发来的。

那个比赛，宋时用了宋奇的身份参加，暑假的时候结果已经出来了，宋时编写的是一个吉他弹奏小程序，使用起来并不复杂，操作者可以通过屏幕上的六根琴弦弹出曲子。

这个小程序虽然有创新，但是实操性并不好，毕竟虚拟音乐也只能哄哄小朋友。

“老大。”陈斗兴奋极了，“是奖金发下来了。”

宋时拿过手机点开信息，还真是一条奖金下发的通知，第二条是银行卡入账提醒。

那个作品当时获得了第三名，有五千块奖金。

“看在今天是个好日子的份上，”陈斗终于找到突破口，“老大你就帮帮我呗。”

宋时瞥他：“好日子和帮你有关系吗？”

陈斗噎了一下，突然灵光一现，神神道道地凑近宋时：“老大，你生日聚会的时候，我用战队把程瑶哄走，这样就只剩下你和女侠两个人了……你说是不是天赐良机。”

他嘿嘿笑了两声，那谄媚的模样要多贱有多贱。

一番软磨硬泡后，宋时受不了他了，只得答应帮他打比赛。

不过陈斗有句话说对了，他最近的确想约许轻出来，仔细想一想生日也快到了，也许他应该给自己讨点礼物。

这样想着，宋时忍不住弯了弯嘴角。

最近有新闻报道了一个计算机程序方面的考试，宋时很想参加，于是往神棍网吧跑得挺勤。

“这个对于你来说，还是太难了。”杨宇看完考试要求，忍不住摇头。

“为什么？”宋时问。

“你没上过专业编程课程，都靠自学。你学的那些东西做点小程序

还可以，参加这么正规专业的考试，还是难度不小的。”

杨宇的话说得直接又扎心，不过也是希望宋时能有个清楚的自我认知。

宋时咬了咬后槽牙，神色莫辨：“行，我知道了。”

杨宇在宋时准备离开网吧的时候问他：“你为什么要这么急？”

为什么在羽翼还未丰满的年纪就如此负重前行，虽然杨宇不明白，但看得出这个少年在迫不及待地长大、迫不及待地证明自己。

宋时脚步顿了顿，最后什么也没说，离开了。

为什么这么急？从他父亲砸碎了宋奇留给他的吉他的时候，他就迫不及待要长大了。

他希望早一天向宋峰证明，他没有错，宋奇也没有错。

他想起自己第一次接触游戏的那一年，闲暇时间他都会在游戏里发泄自己内心的憋闷和烦躁。有一次，宋峰不知道怎么知道了他的行踪，直接找来网吧，当着网吧里所有人的面对他破口大骂，说他和他哥一样不学好、不上进，天天弄一些旁门左道的东西。

“你哥非要和社会青年玩什么乐队，而你，我不让你弄吉他你就天天泡在网吧不肯回家，非要气死我你才甘心吗？”宋峰痛心疾首，两个儿子，没有一个愿意走他安排的康庄之道。

“你笃定我以后没有出息吗？”宋时冷声问。

“出息？能有什么出息？”宋峰愤恨道，“你看看你哥现在都成什么样子了？小小年纪却要在监狱度过一生，这就是前车之鉴，难道你还要重蹈覆辙吗？你俩一个样，都是不知悔改的浑小子，我怎么生出你们这两个东西？”

“你会看到的。”他停顿了许久，又说了一句，“我没错。”

我没错。我一定会向你证明。

5.

中午吃完饭，教室里只有许轻和宋时。许轻是为了抓紧时间多做几套试卷，宋时……好吧，她不知道他为什么回教室，就为了在她旁边坐着发呆？

“你最近怎么心不在焉的？”许轻见宋时又走神了，伸手在他眼前挥了挥，轻声喊道，“宋时，你怎么了？”

这段时间宋时总是忍不住回想以前的事，他深吸一口气，抹了把脸说：“我没事。”记忆被埋藏太久，突然被掀开，他有些措手不及。

为了掩饰自己的尴尬，他故意点着许轻摆在桌上的英语卷子：“你这篇阅读理解全错了。”

“啊？”许轻果然被转移注意力，紧张地重新去读题，“不是吧。”

宋时到底没忍住，在她轻柔的发顶揉了一下，笑道：“骗你的。”

“哟哟哟。”陈斗和程瑶一起进了四班，恰巧就撞见这么宠意满满的画面，忍不住打趣，“我们是不是坏了什么好事？”

许轻红着脸，往旁边坐远了些，和宋时拉开一些距离。

宋时倒是一脸无所谓的样子，往后一靠，望着陈斗轻描淡写道：“我看你的战队是不想打了。”

陈斗瞬间腿软，立刻求饶。

程瑶揪住宋时话里面的重点，狐疑道：“什么战队？”

陈斗急忙掩饰：“没什么，没什么。”

程瑶才不信，掐着陈斗的脖子：“快说，不然你小命不保。”

陈斗双手伸直向前乱抓，向宋时和许轻求救。

许轻耸耸肩：“我这人向来不掺和别人的事，你还是好自为之吧。”

宋时看表情就知道他是绝对见死不救的了。

最后陈斗实在没辙，扯了一个谎：“最近我求着老大带我打战队，因为我想冲一下排名。”

程瑶撒开手，撇嘴道：“那就实话实说呗，有什么好藏着掖着的。”

陈斗捂着脖子咳嗽两声：“怕你知道后埋怨我不带你打。”

程瑶摆手：“嘁，我才没那么小气呢。”事实上，最近家里看得严，她也没什么机会玩游戏。

陈斗长吁一口气，心想总算是蒙混过关了。

“你俩这花前月下的写卷子，也太争分夺秒了。”程瑶看了看英语卷子忍不住“啧啧”道。

许轻一脸无奈，看了一眼窗外肆意的阳光。

她打击程瑶从来不含糊：“你是什么时候瞎的，我怎么不知道？”

程瑶强撑，自知说不过许轻还借用了几句歌词：“眼前的黑不是黑，你说的白是什么白。”

许轻按了按笔帽，发出清脆的“咔嗒”声，笑：“萧煌奇知道你在这么侮辱他的作品吗？”

程瑶“嘶”了一声，开始耍赖：“你嘴上什么时候让我一次能死啊。”

许轻耸肩：“谁让你这么弱，我有心让你也赢不了。”

程瑶用老方法上手去搔许轻身上的痒痒肉，后者扭着身子躲来躲去，然后差点跌在宋时身上。宋时拽着她的衣服把她给稳住，但是从正面看就像许轻正好被宋时从后面抱住一般。

她的腰身被紧致有力的双臂环住，许轻低着头不敢动，背对着他，后脖颈的发丝在灼热气息的吹动下轻轻扫过她的肌肤。

宋时的声音闷闷地自身后传来，却近在耳畔：“许轻。”

许轻抓着衣服的手指缩紧，心里挣扎了许久，终是任由他在自己身后轻轻揽着自己，没有挣脱开。

良久，宋时终于放开她，之后还能神色如常地教她做阅读理解，仿佛刚才的一切从来没有发生过。

一整天，许轻心里那个小锤子就没停止过敲击，一下一下敲得她无法安静下来，每个英文字母都像是活了过来，在她眼前不断扭动狂欢。

常年凛冽的北方，竟然迎来了几日湿雨天。由于湿气的渲染，家里那些木材的气味越发明显，淡淡的原木香气混着潮湿的泥土气味，有一种别具一格的味道。

“那些木材放在仓库没问题吗？”汪素珍有点担心地说。

许建国说：“没事，就这几天，发不了霉，等天气好了，拿出来晾一晾就好，但是千万别晒，木材会褪色。”

卧室里是父母的交谈声，许轻在浅黄色的灯光下，在早已经成型的指板上用细小的工具画纹路。

她甚至能够想象宋时那双手按在上面的样子，一定很好看。

窗外月朗星稀，有阵阵凉风透着窗缝吹进来，混着泥土和木香，转眼间便是冬天。

台灯上的吉他模型吊坠被风吹得摇摇晃晃，光影影影绰绰地吸引了许轻的视线。

这是她想送给宋时的生日礼物，这样想着，她不由得翘起嘴角。

宋时的生日聚会安排在清河街的一家私房菜馆，这家私房菜是街上最火的，逢年过节的时候得预订才行。

宋时人缘向来不错，许轻在到那里之前心里还一直惴惴，担心人太多又惹出什么传闻。可是一到那里，她才发现只有寥寥几人，还都是她

很熟悉的。

除了程瑶和陈斗这对活宝外，只多了蒋晨。

程瑶悄悄拽了拽陈斗，问：“怎么就这几个人？”

明摆着这话是替许轻问的，所以程瑶刻意没有把嗓子压低，许轻听得一清二楚。

老实人陈斗不疑有他，诚实回答：“老大不让人来，我也没明白。”

蒋晨看上去年纪大成熟稳重，私底下也是一个喜欢热闹的。他捂着腮帮子装作被酸到牙的样子道：“你们几个今儿个别给我撒狗粮，老子不吃。”

在场的除了许轻都会喝酒，程瑶从小就偷她爸的酒喝，她爸瞒着家里人偷偷给程瑶练酒量，现在要灌醉她也不是件容易事。

但是，醉酒其实也看心情，如果自己想醉，酒量再好也会醉。

程瑶在喝完一瓶啤酒后倒在陈斗的肩上说什么也不起来了，许轻更甚，一杯就已经红了脸。宋时本想伸手替许轻挡，没想到许轻握着酒瓶子就是不撒手，喝了不到半瓶，她就已经眼神迷离了，拄着酒瓶借力嘴里嘟嘟囔囔不知道在说什么。

程瑶故意装醉，头靠在陈斗的肩上，伸手在陈斗脸上拍了拍，含糊道：“咦，这是屁股吗？”

蒋晨嘴里喝了一半的酒瞬间喷了出来，许轻傻呵呵地鼓掌叫好，陈斗一脸黑线却也拿程瑶无计可施，只能任她闹。

“别闹了啊，乖点。”陈斗试图把插在自己鼻孔里面的两只手指给拿出来。

“屁股在哪里？”许轻起猛了，本就头晕站不稳，眼见就要栽下去，被宋时一把捞起来。

宋时：“你也别闹。”

许轻不满："我没闹。"

蒋晨左看是嬉戏打闹的小冤家，右看是相依相偎的小鸳鸯。他抹了一把老泪，嘴里骂："说好的不吃狗粮，又当了一次狗。"

散场的时候临近傍晚，秋风驾着夕阳，纷至沓来。

蒋晨先行离开。

被风一吹，程瑶仅有的几分醉意瞬间就没了，她神色清明地从陈斗肩上抓下自己的包潇洒一甩背在肩头。

"你不是……"陈斗一惊，这前一秒还醉得嘟嘟囔囔的人，下一秒就可以这么清醒？

程瑶睨着他，很是不能接受他的智商和洞察力般说："我是故意的。"

"那你还那么用力戳我。"陈斗捂着自己的鼻子控诉。

"行了，赶紧送我回家吧。"

陈斗心情大好，像个小太监一样主动伸出胳膊让程瑶搭上。

程瑶轻轻推了他一下，笑骂："德行。"

许轻已经是迷迷糊糊挂在宋时的背上了，脑袋靠在宋时宽厚的背上，嘴里絮絮着什么也听不清楚，两只手垂着在宋时胸前来回晃荡。宋时稳稳地托着她，结实有力。

程瑶满意地点点头："小伙子不错。"

她站定，对宋时说："我把她交给你了。许轻家没有门禁，晚点回家也没事，不过她家不让她喝酒，你最好带她去醒醒酒。"末了又提醒一句，"但是注意分寸啊。"

宋时轻笑："我比你有分寸得多。"

程瑶噎了，心里哼道，算你狠。

秋风起，吹起衣角，如飞鸟般。

宋时侧头看着倒在自己后背上的姑娘，整个心都充满了温柔，久久不散。

6.

宋时把许轻带去了老房子。前一阵宋峰盯得紧，他自己也有好一阵子没来老房子了，开门便闻见一股潮湿的霉味。

推开窗，有清爽的风吹进来。

许轻被放在沙发上的时候不舒服地呜咽了几声，宋时坐在沙发边缘打量她，双颊带着红晕，许是喝了酒发热，碎发粘在额角。

宋时将她粘在额头上的碎发轻轻拨开。

许轻迷糊着睁眼，一见宋时立刻挣扎着爬起来："我有礼物给你。"说着双手在身上一顿乱摸，语气瞬间急促，"哪儿呢？在哪儿呢？"

只怕是还在醉的状态，宋时好笑地安抚她。

许轻又一头栽在沙发上，这一次安静地睡去。

一觉醒来，已经是深夜。

"你醒了？"宋时原本埋头在电脑前忙碌，见她醒来便赶紧过来。

"他……他们呢？"许轻有一瞬间的恍神。她根本不记得之前发生了什么，也不知道自己是怎么就到了这里，她身上盖着宋时的外套，这种气氛既诡异又暧昧。

"喝点水吧。"宋时递过来一杯水，"喝了酒口会干。"

宋时递给她一个杯子。

许轻懵懂地接过，一口喝了小半杯。

水是温的。

平常陈斗和宋时都是买矿泉水喝的，出租屋又没有热水壶，这温水从何而来？她自己端起杯子瞧了瞧，这杯子也是第一次见。

宋时看出她眼中的疑惑，便说："隔壁奶奶家借来的，水也是。"

许轻感激地笑了笑，不知道说啥。

宋时似笑非笑地盯着她，盯得她心里发毛。

她一边叠着盖在她身上的衣服一边说："那个，我回家了，明天学校见。"不等宋时说什么，逃一般地离开出租屋。

宋时摇着头笑了笑，看样子只能明天给自己讨礼物了。

第二天一大早，许轻就一直趴着不敢见人，故意装作睡觉的样子。

直到身边有窸窸窣窣的声音，许轻才敢用余光偷偷看一眼，恰好与宋时的目光对上了，惊得她瞬间缩回脖子又趴着装死。

"你该不是害羞了吧？"宋时打趣。

何止害羞，她简直快臊死了！一想到昨晚和他单独相处的那些时间，也不知道自己喝醉了是什么糗态说了什么胡话，只要一看到宋时，她就忍不住脸红。

正踌躇着该怎么给自己驳回点面子，外面有同学喊了："宋时，你的快递，刚去寄存室顺便帮你拿回来了。"

宋时出去接，陈斗坐在座位上拍着桌子笑闹："定是小婧给你邮的吧，啧啧！你每年生日她都不会忘啊。"

小婧？许轻心里一动。

宋时随意拆开包装，里面是一款很精致的男士手表，黑色表盘、皮质手带。

许轻下意识摸了摸揣在口袋里的挂件，心里突然有种涩涩的感觉。

宋时冷着脸把表扔进桌膛，陈斗眼红嚷嚷："别小气呀，看看仔

细呗。”

宋时冷眼一扫:“要不要送你?”

陈斗㞞了:“不敢,不敢,小婧要是知道了会杀了我的。”

许轻垂着眼摸出英语试卷,捏着笔胡乱地画,看在眼里的单词全没进心里。

有人拿笔在她脑袋上重重敲了一下,许轻“哎哟”一声,捂着脑袋生气抬头。

“干吗?”她心里横冲直撞的闷气像是忽然找到了宣泄口,直冲宋时而去,连带着看宋时的眼神都带着几分不自知的愤愤。

宋时不说话,朝她摊开掌心。

许轻不明所以垂眸去看,他掌心的纹路异常明显,痕迹清晰却交错杂乱,相必有不少烦心事困扰着他。

“礼物。”宋时提醒。

许轻几乎是下意识地隔着衣服去按兜里的物件。

“我忘记了。”她声音悄悄低落下去,“我没准备,你不会生气吧?”

宋时笑:“这有什么好生气的。”

明明昨晚喝醉了的许轻说给他准备了礼物的,但是现在她说没有,他也没多问。

有晨光偷偷钻进来,迷糊了她的双眼。

有什么开始悄悄变化。

第九章

TASHIXIAOWENNUAN

没勇气说再见的离别

1.

期末考试结束了，许轻的英语竟然真的过了一百分。这是她进高中以来第一次英语过百，她忍不住想尖叫。

“这么开心？”宋时也替她开心。

“真的是三位数，你看看。”许轻兴奋得像个孩子，一遍遍数着那几个数字。

“对对对，三位数，棒棒棒，你真棒。”宋时竖起大拇指，像在夸奖幼儿园小朋友一般夸奖她。

许轻明白他的意思，对他甩去一个白眼，随即笑眯眯道：“还是要感谢你的，你帮我补习了那么久，没有你我也不会进步这么大呀。”

“那好啊，既然有恩于你，”宋时特意顿了顿，“那就以……”

一听他又要开始胡说八道，许轻捂住耳朵边跑边喊：“我听不见！你最讨厌！”

那个抱头跑走的小小身影，让宋时一整天都保持着好心情。

放假期间，汪素珍在为许轻忙着找美术学校的事，最后在蒋怡的帮助下在邻省定了一所学校，需要寄宿。

“为什么不找本市的，这样小轻回家也会方便很多？”许建国拿着学校的信息问。

“这个是蒋老师推荐的。既然要去，当然要选择最好的。”汪素珍说。

许轻没有说话，当时她也纠结过是留在本省还是去邻省，去邻省就意味着很长一段时间见不到宋时……可是留在本市的话也许会因为水平不够耽误艺考成绩。

既然选择了艺考的路，那就只能铆足劲往前冲，她最后还是选择了去邻省。

做好决定后，许轻第一时间告诉了程瑶，两个小姐妹抱在一起提前预热离别的愁绪。

“本来就要分开，现在竟然还要去那么远。”程瑶依依不舍地抱住许轻，“这样我会更想你的。”

“我们都熬过‘七年之痒’了，‘异地恋’算什么？”许轻冲她眨眨眼。

“看样子我们是真爱了。”程瑶抱得更紧了一些。

“对了。”程瑶突然想起什么，“这事你告诉宋时了吗？”

许轻摇了摇头。

“你要离开一年啊。”程瑶愤愤道，“万一这期间他要是和别人好了咋办？”

许轻怅然：“他就是现在和别人好了不是也不关我的事吗？”

“可是……”

“别可是了，现在不是想这种事情的时候。”许轻轻捏程瑶鼓鼓的脸蛋，不让她瞎想下去。

分岔路就在眼前，走过去就没有回头路，她要想好了才能走。

宋时最近也忙，忙到都没时间教许轻练琴。他想参加省大自主招生，他英语是强项有些优势，但省大计算机专业自主招生名额少，虽然这两年他看了不少原版专业编程书，但是对于庞大的计算机知识体系，他自知可能连底都还没摸到。

省大历年自主招生试题集，是他需要先全部刷一遍的。

他正埋头刷题，手机忽然振动。

“喂。”

“阿时，你在做什么？”少女的声音如同清脆的风铃。

“没事我挂了。”宋时有些头疼，最近徐婧忽然联系上他，然后几乎每天都打电话来。

“别……”徐婧着急阻止，“我就是想问问我送的礼物你喜不喜欢？”

宋时淡淡道谢：“谢谢。”

“这算什么回答？”徐婧不满意，“喜欢就是喜欢，不喜欢就是不喜欢，我又不是冲着要你向我道谢才准备的。”

“徐婧，我现在真的很忙，你要是没事我就挂了。”宋时有点不耐烦。

其实徐婧和他是一个院子里长大的人，也算得上青梅竹马，以前相处还行，但是现在他真有些敬而远之，他不是不知道徐婧的心思，她没有当面说破，他也不好直接拒绝。

“好吧，那你记得没事给我打电话。”徐婧的声音明显有些失落。她

每次都会这样说，可是宋时一次也没主动联系过她。

“我挂了。”宋时摁断了电话。

又恢复了一室安静，有凉风吹进屋内。他侧目看向窗外，几颗淡淡的星辰孤独地挂在夜幕上，他突然想起许轻那张时而清冷时而迷糊的脸，心中不免微动。

他吸了一下鼻子，给自己冲了杯咖啡，再次投入到题海中。

2.

程瑶比原定时间离开得早，她得提前两个月去学校报到，据说除了上舞蹈课还有各种形体课。

看似每个人都沿着自己的人生轨道在顺利前进，但在程瑶正式离开学校前，发生了一件大事。

教导主任在巡查的时候恰巧碰见了陈斗和程瑶打闹，其实也并没有多亲密，但是落到教导主任眼里，那就是严重违反了校风校纪，好不容易抓住个典型，教导主任决定杀一儆百。

广播里严肃说了此事，同时强调学校绝不允许早恋，这两名学生一定要请家长且要接受学校处罚之类的。

许轻听说程瑶在教导处哭得快晕过去了，急得拔腿冲进教导处。她心急如焚，甚至忘了身为学生的基本礼仪，没有敲门。

“你哪个班的学生？”教导主任本来就气，看到许轻跟只没头苍蝇似的冲进来，更是气上加气。

许轻看了看灰头土脸的陈斗，再看看蹲着的程瑶，心中犹如梗塞，特别难受。

“主任，我是程瑶的朋友。”许轻冲教导主任行了个礼，“我来接她的。”

教导主任敛紧眉头："带她走吧，记得下星期一让她家长过来一趟。"

许轻扶着程瑶出了教导处，陈斗还被留在里面接受暴风雨般的洗礼。她能看到陈斗眼里对程瑶的担心，她冲陈斗点了点头便带程瑶出去了。

"许轻，我该怎么跟我妈说啊……"程瑶瑟瑟发抖无助极了，"我不知道该怎么和他们说，我害怕。"

许轻心疼地搂紧她，用沉默给她力量当她的支撑。

文科班女生多，这种天大的八卦自然一堆人想凑一个热闹，程瑶才回到班上，一群女生呼啦啦地围上来，七嘴八舌地问着：

"程瑶，教导主任怎么说的？"

"对呀，怎么就你一个人回来了，陈斗呢？"

……

女生们七嘴八舌，却没一个是真正在关心程瑶的。

程瑶脑子里乱哄哄的，含着眼泪无助地看着许轻，不断重复："许轻，我不能让我妈知道，更不能让她来学校。"

许轻明白，虽说程瑶和陈斗没有正儿八经在一起，但互相喜欢是事实，如今被学校领导抓个正着，还落到请家长的地步，换谁都害怕。别看平时程瑶咋咋呼呼跟螃蟹似的，其实内里是个柔软怕事的小女生。

许轻揽着她，安慰她。

"程瑶，你可以花钱请人充当你父母。我记得九班有个女生被教导主任抓到，她就是花钱雇了家长来的。"有女生提议。

一听有办法可想，程瑶挂着眼泪急切地问："在哪儿能请到人？"

"你就去商业街那儿找，那儿有不少找工作的大叔、阿姨，随便和他们谈一个价格就行。"

程瑶动心了，抓着许轻的校服衣袖恳求道："许轻，放学陪我去吧。"

许轻看着程瑶哭得红肿的双眼，心中一阵苦涩。换作是她，她也会惶恐又无助，请家长对于学生时期的她们来说，简直是天塌下来的大事。

但是，她下意识地觉得请人扮家长这个行为不妥，却又不知道该如何劝程瑶。

见许轻没有表示，程瑶急了，不断求她："许轻，你放学陪我去吧，我不能让我妈知道，你知道我父母的脾气的，他们一定不会饶了我的。"

程瑶的父母不算特别开明，小时候，程瑶犯错，程瑶父亲上火还会上脚踢她。有一次屁股被踢得青紫，为此，程瑶念叨了她父亲整整一个星期。虽然长大后没有再动手打骂，但程瑶对她父亲的恐惧已经根深蒂固，不然也不会在她母亲威胁她如果再这么玩游戏就告诉她父亲后，她就真的不怎么再碰电脑了。

许轻抬手抚上程瑶泪迹斑斑的脸蛋，轻叹一口气说："瑶瑶，你听我说。"

程瑶抬眸认真地听着，眼里的泪珠不断滚落，她现在真的是六神无主，已经把全部希望寄托在许轻身上了。

"你一定要实话实说，让阿姨来一次学校。"许轻郑重其事地说。

"这被家长知道了还能有好吗？"一个女生插嘴。

程瑶绝望了，抽泣着："可是我爸知道一定不会饶了我的，而且……我真的没有勇气开口，我说不出来。"

"对呀，能躲过去为什么要告诉父母？"那女生继续插嘴，言语中全是教唆。

这种看热闹不嫌事大的人，许轻实在是受不了，一个冷眼扫过去，语气冰冷："同学，这事跟你并无关系，你最好不要多嘴。"

看对方不服，许轻又补充："我现在没时间和你争辩，我也不想动手，你最好去做你自己的事，不要在这里瞎出主意看热闹。”

许轻本就生得清冷，这刻意地冷下脸来也着实比较唬人。那个女生本来不服，但看到许轻那样子也顿时生出几分退意，一边说许轻“狗咬吕洞宾”，一边自己找台阶出去了。

其他看热闹的女生见许轻这样，也觉得没了意思，各自散开，远远看着她们自行议论。

程瑶伤心地趴在桌上号啕大哭。许轻轻轻拉她起来，为她拭去眼泪，表情严肃且认真：“瑶瑶，你有没有想过如果花钱雇家长来学校，被识破了会有什么后果？”

程瑶眨眨泪水涟涟的眼睛。

许轻说：“教导主任不是傻子，精得很，怎么可能是我们这些小把戏就能糊弄的。何况，你如果真这样做了，岂不是坐实了早恋的猜测？”

程瑶愣住。她确实是急傻了眼，一心只想着怎么才能不让父母知道，压根没去想被拆穿的事，更没反应过来，她和陈斗并没有早恋，为什么要去承担不属实的罪名。

见程瑶终于明白过来，许轻叹口气，安抚程瑶：“瑶瑶，你回家一定要实话实说，让阿姨来一趟学校，你如实说明全部的情况。教导主任要的不过是一个态度，老师肯定不会刻意刁难学生。如果阿姨问起，你就实话说，你和陈斗只是互有好感但并没有谈恋爱，你们约定一切都等高中毕业之后再说。”她用指腹轻抚程瑶湿滑的脸，“你是阿姨的女儿，不管你犯了什么错，最后都会得到原谅。实话实说比坑蒙拐骗要坦荡，也是最好的解决办法。”她故意把“坑蒙拐骗”四个字咬得很重。

终于，程瑶轻轻点了头。

青春里犯的错都值得被原谅，比起那些坑蒙拐骗的肮脏手段，还不

如实话实说来得好些。

毕竟，喜欢一个人，本身就不是错。

3.

天气越来越热，转眼便是七月盛夏。

程瑶的事已经解决了。她和陈斗并没有早恋，学校也撤除了对他们的惩罚。只是，程瑶被迫提前离开学校去舞蹈学院报到，文化课的书还是许轻替她收拾的。

这期间，陈斗想方设法找了程瑶很多次都被拒之门外，他甚至曲线救国把主意打到了许轻这里。

一看到杵在前方的陈斗，许轻就不耐烦。说到底，也还是陈斗死皮赖脸多一点，害得程瑶也跟着受了一番罪，她冷着脸冲陈斗道："你别来烦我了，我什么都不知道。"

陈斗一脸憔悴，估计他日子也不好过，前段日子被他爹禁足才解放，他就每天都来缠着许轻问程瑶去了哪里。

陈斗手掌合十请求："女侠你就帮帮我吧，现在她电话不接短信不回，我都不知道她在那边过得好不好。"

许轻淡淡反问："你知道了又能怎样呢？"

陈斗被她问蒙了。

许轻淡漠一笑："陈斗，我相信你是喜欢程瑶的，我也相信程瑶喜欢你，但是你俩现在不适合常联系。其实想想离高考也没多长时间了，不如现在静下心来做好目前最重要的事，等到考试的时候她会回来的。"

这话里带着暗示，表面上许轻在提醒陈斗，实际上也是在提醒自己。

她和宋时不管将来有没有结果，都不是现在要考虑的事。

陈斗蔫了，耷拉着脑袋回到自己的位置。

许轻被一直闷不吭声的宋时盯得心里发紧，他灼热的视线让她实在端不住绷起的表情，心里一股莫名的火忽地升起，她甩开手里的课本，直视宋时，问：“你老看我干什么？”

宋时勾着嘴角说道：“喜欢看。”

在平时，许轻一定会因为这句话心中泛起涟漪，但是前有程瑶、陈斗的教训，后有高考未卜的压力，她现在茫然、焦灼且压力巨大，已经无暇去想太多其他的。

“听说你以一己之力力压八卦嘴碎的文科班女生？”宋时虽然在开玩笑，但是语气里却是满满的骄傲。

许轻撇嘴，她有那么吓人吗？

见她脸上的小表情，宋时沉沉笑了，他拉过许轻的胳膊，把脑袋压在上面，打了个大大的哈欠说：“眯十分钟，等下叫我。”

对于宋时这种时不时展现出的亲密行为，许轻已经逐渐适应且免疫，不再像之前一样心跳得快要冲出胸膛，也不会连话都说不完整了。譬如现在，她默许了他的行为，目光落在少年光洁硬朗的脸上——

阳光洒在他脸上，黑眼圈在光亮中越发明显，相必最近熬夜太多。他眉心微敛挤出几道褶皱，许轻不自觉伸手想去抚平他眉眼间微微隆起的褶皱，手才伸到半空又触电般拢指收了回来。

她被自己这个无意的举动吓到了，她那些日积月累的心动，藏不住了吗？

暑假期间，许轻和程瑶联系频繁。程瑶在电话里的抱怨一箩筐，一会儿说形体课太多了累得她都快变平板了，一会儿又哭诉说饿得发慌形体老师又没收了她藏起来的小零食……

许轻一边在整理自己的行囊，一边听着程瑶絮絮叨叨说离家的生

活，也生出几分对未来生活的向往以及惊惶，但是她们都非常默契地不提宋时和陈斗。

人总会长大，青春期那些心动甜蜜和期待激动，是难忘又美好的，但是随着岁月这辆车逐渐开远，会发现人生啊有更多的风景、有更多的追求。

许轻离开清河镇的那天，除了许建国，并没有其他人来送。

她没有告诉宋时具体离开的日子，只是说了暑假会走，开学的时候就不会去上课了。当时她还故意半开玩笑半认真地说：“等我走了，你还能认识下一个美女同桌，多好。”

宋时是什么样子呢？现在想来，许轻并不明白宋时心里到底是怎么想的，她都已经那么露骨地说了那些话，宋时却也只是轻轻瞟她一眼，深邃清冷狭长的黑色眸子里并没有她想看到的神色，他也没有对她说一句话，只淡淡地回了一个“哦”字。

哦！就这么告别吧，我们曾有过的暧昧和我误认为的喜欢。

火车鸣笛声由远及近，许轻拉着二十四寸的玫红色行李箱站在站台上眺望。远处有青山起伏，白云相依。她是第一次离开清河镇这一方土地，突然心中万般不舍。

“小轻，走了。”许建国催促她。汪素珍要留在家照顾老爷子，只有许建国一人送她。

手机在衣兜里振动，许轻掏出一看，只有短短一行字，却让她一直潮湿的心情瞬间晴朗。

是宋时的短信——

你走，我不送你。你回来的那天，不告诉我，后果自负。

4.

省美术学院教室里。

许轻仔细收拾水粉画具，这是她暑假的时候特意买的一套新的画具。以前她最喜欢画素描，因为简单方便只需要一支笔就可以，简单的黑白影画就可以把事物、把情绪生动地勾勒出来，而现在，她觉得水粉是更柔软的存在。

“许轻，怎么不去吃饭？”林音在门口叫她。

林音是本地人，和许轻同寝室。美术学院都是两个人住一个寝室，寝室面积不大，毕竟来美院学习的都是备考的艺术考生，只有一年在读时间，人员流动性大。

她们上午才在寝室互相结识，关系自然会比其他人要好一点。

“你先去吧，我还没收拾好。”许轻说。

“那我等你好了，反正一个人吃饭也很无聊。”林音趴在窗口往外看，感叹，“这学校除了寝室小一点之外，室外景观还不错。”

许轻随她看过去，日落黄昏，天边只剩浅浅残光，那是一流画手也画不出的大自然的美。

“夕阳无限美，只是近黄昏。”许轻忽然轻轻吐出一句诗。

林音转过头问：“你也是自己一个人吗？没有朋友和你一起学美术的？”

许轻淡淡地“嗯”了一声。

林音自顾自说起来：“我也是，我的朋友都留在学校备考，没有几个艺术生。其实我本来是想学音乐的，但是我妈不让，非要我学美术。你看那些抱着吉他在街上弹唱的人，多帅啊。”说完，她眯起弯弯的眼睛，一副向往的样子。

许轻心里一顿，想起少年的侧脸。

手机铃声响起，林音叫了她好几声她才回过神。

看到来电显示的时候，心情瞬间带上些忐忑和紧张。自从早上收到宋时那条短信后，她一直没有回复，是不知道回好还是别的，只是心里一直很实诚地欢喜着，这份欢喜一直维持到现在。

她抿了抿唇，接通电话。

“喂。”

“在干吗？”明明是熟悉的声音，却听出恍如隔世的错觉。

“收拾东西。”

“你个小没良心的，到了也不知道回我。”宋时顿了顿，“坐了那么久的火车，记得早点睡觉。”

许轻轻声答应，在挂掉电话之前忽然说：“你也少熬夜。”

那边传来淡淡的笑声，随后说：“你这是在管我吗？”

许轻轻轻摩挲着手机那坚硬的带着磨砂的外壳，一时间囧了，不知道该怎么回复，空气里有暧昧在浮动。

似是知道她的窘迫羞涩，宋时没有继续追问，只是说：“早点睡，我挂了。”

电话切断后，许轻盯着手机愣神，忽然想到一句很好的回复：你让我管吗？

可惜电话挂掉了，她略有些惋惜地想，只是也绝没有勇气再打过去了。

“男朋友？”林音八卦。

“不是。”许轻转身背上画箱。

“有什么不好意思的，又没有老师、没有家长在这儿。”林音以为她是害羞，“正值青春年少，只要不犯错，喜欢了又能怎么样？”

是啊，喜欢了又能怎么样？

喜欢是没有错的，错的是时间。

许轻不想再就这个事情说下去，问林音："附近有什么好吃的？"

林音立刻被带离了原来的话题，兴高采烈地介绍美食："我跟你说，你问对人了。我在这儿生活了这么长时间，就喜欢街上那家米线店，超级正宗。"

真是个单纯的人啊！许轻看着她无奈地笑了笑，随后出了教室。

吃完晚饭，林音赶紧给自己敷上一张面膜，瞧见许轻从行李里掏出一堆木头，不由得十分好奇。

"你上学为什么带这些木头？"林音凑过来，"这个不是吉他指板吗？"

她想伸手去拿，被许轻给拦住了。

许轻示意她手上有面膜原液，她笑嘻嘻地收回手："我就看看，不上手，不上手。"

"你会制琴？"林音不敢置信地看着许轻。都是一般大的姑娘，许轻怎么就这么厉害，瞬间，她眼底敬佩的光都出来了，"你会弹吗？我一直都觉得弹吉他的人都特别帅，可惜我妈不让我学，她说女孩子手上都是茧子，不好看。"

许轻想到那双带着老茧的大手，握着她的手也磨得她有些疼。

"你做这个干什么？"林音好奇地问。

许轻垂着眼，说："送人。"

林音一脸看透的表情："今天给你打电话的人？"

许轻冲她笑了笑，答案显而易见。

"那个男生一定很喜欢你。"林音再次看了看那些木头，很认真

地说。

许轻诧异："为什么？"

林音瞬间笑了，面膜纸在脸上皱成一团，让她看上去像一具腐化了千年的僵尸。

"赶紧睡吧，明天还有课。"林音结束了话题，揭了面膜躺在床上。

美术学院不比高中，在这儿没有寒暑假。这是许轻离家的第一年，它是一个全新的篇章，也是她踏上梦想的征途。

许轻睡得不是很安稳，也许因为认床，她躺在床上翻来覆去睡不着。

不知过了多久，清淡的月光爬上床头，许轻闭上眼睛，梦里面有桀骜不驯的少年。

5.

过年的时候许轻只有五天的假期，程瑶特地打电话来问许轻的归期。

"我明天上午还有课，订的是下午的火车，到家应该半夜了。"许轻边偏头夹着电话边往行李箱里装行李。

程瑶在电话那头哀号："啊！我只有三天的假啊，我都不想回家了，太折腾了。"

许轻劝她："你都离开家这么长时间了，阿姨和叔叔会想你的。"

"陈斗说来接我。"程瑶突然说。

许轻停了动作，带着几分警告轻声喊："瑶瑶。"

"你放心。"程瑶安抚她，声音里有着成长的坚定，"我有分寸。"

"嗯，好。"许轻说。

冬季的天空大多是青灰色的色调，沉郁又浓重，给人微微的窒息感。窗外早已是一片肃杀之意，干枯的树枝在寒风中摇晃，像目前对未来命运无法把控的他们。

林音回家很方便，于是她把许轻送到火车站，执意要把许轻送进站。

“才五天，怎么搞得跟生离死别一样。乖，我很快就回。”许轻笑着捏捏不开心的林音的脸颊。

这是她除了程瑶之外交的第一个同性朋友，她很珍惜。

林音故意恶心她：“谁让我这么喜欢你呢！”

许轻笑着拍她：“外面冷，赶紧回家吧。”

林音拖着许轻的手，依依不舍：“到家给我来电话。”

相处时间虽不长，俩人感情却的确不错，但林音这样确实让许轻有点儿接受不来，就算程瑶也不会这样依恋。她不留痕迹地抽出手，开玩笑：“哎呀，要是我未来男朋友看到可要误会了。”

话是玩笑话，许轻也并非有其他意思，林音心里却如顽石下坠，一颗心沉到底。她努力控制嘴角的苦笑，扑上去拥住许轻，随即还是放开了许轻。

“快走吧，我进去了。”许轻提着自己的行李箱去检票，全然没有注意到此时林音脸上的黯然。

到清河镇的时候已是凌晨，寒风透过棉大衣是钻心地冷。月光清凉，四野空旷，站台上只有几盏悬挂的灯泡发出微暗的光亮。

许建国在站口等着她，高大的身影微微缩在一起，因为冷，两手团起来互塞进袖笼里。那身深蓝色的长款过膝外套，是他在院子里常年工作时穿着的，下摆已经有严重的磨损，可以看见里头白色的棉团。

许轻在一瞬间就抑制不住眼眶里汹涌的泪意，离家以后，头一次发现父亲好像老了。

许建国看见她，笑着迎过来，替她拉着箱子，嘴里全是关切的念叨，比如学得累不累、等下要多吃点补一补之类的。

许轻鼻子发酸，努力攥紧拳头控制情绪才没让眼泪决堤。

她在家的时间只有五天，大多数时候和家人在一起。这期间，和程瑶打了个照面，知道程瑶和陈斗已经约法三章，在毕业之前谁也不提感情的事。陈斗也是明白人，除了接送程瑶回家，偶尔简单的几个电话联系，也没再像以前一样没完没了地黏着腻着程瑶。

至于宋时，许轻没有联系他，她知道每年这个时候他都要去看宋奇。

她不想打扰他。

他们好像在这短短的时间内迅速长大了，从肆意张扬的少年迈向成了熟稳重的青年，这一步，有的人走得艰辛，有的人走得痛苦，有的人走得茫然。

未来不会因为你想怎样就会变成怎样，把握在手里的，永远只是你能付出多少。

返校的前一天，许轻犹豫了很久还是给宋时打了一个电话，虽然不能见面，但是听一听声音也好。

让许轻没想到的是，电话那边竟然是一个陌生的女生声音。

“喂。”

许轻心下一凉，竟忘记了说话。

女生温柔而主动地说：“阿时出去了，忘记带手机。你告诉我你是谁，等他回来我会转告的。”

许轻几乎是下意识地拒绝：“不用了，我打错电话了。真的不用了。”她慌乱地直接挂了电话。

一颗心如沉大海。

她曾想过，如果宋时身边出现了别的女生，她要如何去面对。

她想过很多种可能，也想过一万种应对方式，但是在此刻，她终于知道，那些都是幻想。这一通电话来得猝不及防，生生切断了她最后一点希冀的火苗。

她面对宋时，始终缺了一点勇气。

再次回到学校，许轻上课总是心不在焉的，林音问过她几次是不是发生了什么，她都摇摇头闭口不谈。

有什么好说的呢？没有一起开始，只能她自己结束。

宋时陪宋奇过完年后回到清河镇，与他同行的是徐婧。

应了宋峰的邀请，徐婧一家今年是在清河镇过的年。因为宋时执意要去陪宋奇，还和宋峰吵了起来。徐婧在初三那天来到邻省找到宋时，也就是同一时间她替宋时接了许轻的电话，她信以为真地认为是对方打错了，所以也没有跟宋时提起电话的事。

宋时回到清河镇第一件事就是给许轻打电话，他万万想不到自己提前几天回来，却还是和提早返校的许轻擦肩而过。

接到宋时电话的时候，许轻正在画一幅新的水彩画。

“你在哪儿呢？”不知道是在赶路还是在做什么，宋时的声音带着微喘。

“在学校。”许轻答，捏着画笔的指尖用了点力。

“怎么没打电话给我？”宋时问。

许轻垂眸，回：“那两天太忙了，我爸去接的我，后来……后来我就忘记了。”

她特意用轻松的语气说：“反正我的假期也就五天，少得可怜。”

宋时不疑有他，笑了笑：“那好。你什么时候回来上课？”

高考前两个月，艺考生都要回校上文化课，许轻踌躇了一下说：“我和家里人商量过了，不回去上课了，文化课我自己可以复习。”

电话那边静默了很久，若不是听筒里还有隐约的喘息声，许轻都以为宋时已经把电话给挂了。

她在这头也沉默着。这个决定她想了很久才做下，自从上次给宋时打电话被一个女生接到后，她的情绪就一直不稳定。她和程瑶通过电话说了此事，程瑶又在陈斗那儿旁敲侧击知道了那个女生的事。

女生叫徐婧，和宋时是青梅竹马，老家是清河镇的，后来由于父亲工作迁移去了外地读书。如今即将高考，所有考生必须回自己的生源地考试，徐婧这才在高三下半学期又转回清河高中。

宋时的父亲和徐婧的父亲关系很好，如今徐婧重回清河镇读书，暂住在宋家。

如果不是很亲密的关系，宋时是断不会让别人接自己电话的，这一点，许轻还是敢肯定的。何况宋时生日时，那个给他邮寄手表的就是徐婧。

她想，她一直小心紧盯的机会，这一次，真的消失了。

“宋时，我要上课了。”许轻开口，语气疲累，“以后再说吧。”

这个以后，没人知道是多久。

“好。”宋时声音喑哑，在感觉许轻要挂断电话的时候，他赶紧补充，“记得联系我。”

许轻按下挂断键的同时，有一滴泪悄悄地顺着脸庞落下，滴入衣角，消失不见。

她从没有如此强烈的不安全感，那个未曾谋面的女生的存在于她而言犹如一座高山一片汪洋，她没有勇气在不确定的情况下去攀登去游弋。宋时从未给过她坚定的信念，她也不知道自己平时接收到的是不是只是自己的错误认知。

她没有勇气再主动联系他，也没有勇气再去打听与他有关的一切，只要想想，心里都疼。

春去秋来，许轻全力以赴地一心在高考上，程瑶曾受托联系过她问她为什么不接宋时的电话，她也只是淡淡地回“没时间”。渐渐地，宋时也不再打电话来，程瑶也极少在她面前说起他。

高考在平静中结束，许轻接到省大设计学院的录取通知的当天，带着做好的手工吉他去了一趟蒋晨的吉他店。

第十章

TASHIXIAOWENNUAN

重逢后的初吻

1.

省大音乐系练习室。

断断续续的琴声从练习室飘出，如细丝萦绕在走廊。许轻独自坐在练习室，抱着吉他，左手按着指板，右手轻轻扫弦，嘴里轻轻哼唱。

林音和刘晓迪兴奋地直接推门而进，打断了轻缓的琴声。

许轻叹口气，又忘了。

“许轻，我们之前联系的那个投稿有消息了。”刘晓迪兴奋得红光满面。

“哪个投稿？”许轻最近忙着排练，基本不记得什么事情。

“就是那个网站投稿啊。”刘晓迪急得手舞足蹈地解释，“我们画的设计图被选用了。活动负责人说可以把我们的图纸放在网站上展览，这样我们不就可以接到更多的单子了吗？啊哈哈，想想就兴奋啊！”

许轻终于想了起来，刘晓迪说的是计算机学院做的小型网站，很多想要宣传自己产品的人都会给网站投稿，接到的订单收益是七三分，网站“三”，个人“七”。

像刘晓迪这样的打工狂人，当然不会错过这个机会。

“网站负责人发邮件问我们有没有时间聚聚，商量一下要刊登的作品。”刘晓迪眼睛亮了亮，突然提议，“许轻，把你的吉他图纸拿出来吧，那个作品多精良啊。”

许轻眼神微闪，她高中画的那张手工吉他图纸依然留在身边，只不过成型的吉他却不知何处。

林音察觉到许轻的变化，忙替她说：“那是阿轻的私有物，就别拿出来展览了吧。”

“这设计那么精良，要是把版权卖给琴行，一定很值钱的。”刘晓迪不死心，她曾无意在许轻书中夹层中看过那幅图，虽说较之专业设计图来说很是青涩，但是非常详细，每一步骤都画了分解图。

没等许轻说话，林音倒是先开口了，语气中带着隐怒：“刘晓迪你够了啊，不行就是不行，你哪那么多废话。”

刘晓迪嚅动嘴唇，把话题转了回去：“那我们什么时候和对方碰面啊？”

林音耸耸肩表示随便，与刘晓迪一同看向许轻。

许轻低头拨弦调音，拒绝道：“你俩去见吧，我最近忙着排练没时间。”

“啊，那可不行。”刘晓迪忙说，“这里面也有你的图纸，设计者不在，我们没法替你讲解。何况我们三个里你口才最好，万一有什么谈不拢的问题怎么办？”

刘晓迪倒是说得对，许轻是她们三个里条理最清晰、反应最快、讲解最顺畅的一个，只不过就是平常不喜说话。

许轻无奈道："当初也不知道是谁把我推出去报名的。"说完还可怜地撇撇嘴。

刘晓迪立刻俯首认罪："我错了还不行吗？"认完错还不忘解释一番，"我这不是怕埋没了你的才华嘛。"

省大校庆，辅导员在统计他们班节目的时候，刘晓迪偷偷帮许轻报了吉他演奏。等许轻接到通知的时候已经推不掉了，她倒不会因为这个事就生刘晓迪的气，不过每次看见吉他都会想到一些本该遗忘的事，还有人。

"那我让对方来音乐练习室好了。"刘晓迪说。

许轻同意了。她确实没时间特意出去，但是又担心刘晓迪这冲动的家伙被人骗了，也只能如此了。

夜晚，省大校园内很是热闹。柳树随风摆动，河岸倒映着灯光，不远处有动漫系在举办小型 cosplay。

刘晓迪和朋友去外面吃烧烤了，林音陪着许轻走在回寝室的林荫小路上。

"你猜现在我们冲进小树林，能惊出多少对情侣？"林音突发奇想。

许轻白她一眼："惊出多少对我不知道，但你会被群殴是肯定的。"

许轻和林音自美术班认识后就一直很要好，许轻决定考省大设计学院的时候，林音也跟着一起报考，俩人很顺利地进了同一所学校，关系自然越来越好。

"对了，前两天我听说，有法学院的师哥在追你，你不是要抛下我孤家寡人了吧？"许轻用手肘捅了一下林音，促狭道。

林音心下一动，下意识地辩解："没有的事，就是见过两面。"

许轻笑嘻嘻地说："见过两面，春心就动了。"她开玩笑，"你也老大不小了，该谈个男朋友了，你真想成万年铁树不开花吗？”

林音扯着嘴角苦笑，她早已开花，不过不为人所知。

“你呢？”林音反问，“你不是还想着那个男生吧？”

许轻的笑容瞬间在脸上凝固。

林音一看就知道她终究没放下，在内心叹了一口气，劝解道：“这都多长时间了？你也该为自己想想了，也许现在他和他的小青梅都不知道在哪儿腻歪呢，你还把自己关在牢笼里有意义吗？”

她本来不想说得这么残酷，但今天瞧见许轻提起那张图纸的样子，她就明白，许轻终究没放下。

良久，许轻没有再说话。

当年，回清河镇参加高考的时候，她意外地见到了徐婧，那是个漂亮开朗又可爱的姑娘，也就是那一面，让她自卑到连去见宋时一面都不敢。

她躲在转角，看徐婧蹦蹦跳跳、叽叽喳喳走在宋时身侧。

少年俊朗温和，少女笑靥如花，那风景一直在许轻的脑子里回放，只要一想到宋时，就会想到那画面，那是她渴望却怎么也实现不了的。

她离开的一年时间里，校园里什么都没变，但又好像一切都翻天覆地了。

好像命中注定一般，他们从陌生走到熟悉，然后又渐渐地走向分离，没有尴尬，没有伤心，就像是在人生这辆列车上偶遇了同行一段的路人一样。

后来，那把她做成的手工吉他，她拿去吉他店送给了蒋晨。

即使许轻不说，蒋晨心里也明白，那把琴挂在店里等候它的主人到来。

2.

与网站负责人见面约在了省大音乐练习室，巧的是对方是省大计算机学院的研究生。

那天天气不错，万里无云，许轻还在选曲，这几年虽然不常碰琴，技法上生疏了很多，但好在当时学得认真，基本功扎实，很快就重新找到了感觉。

陈锋就是在这个时候推门进来的。起初许轻并没有察觉，在听到刘晓迪和林音说话声的时候转过头去，便看到一个戴眼镜的高瘦男生，穿着蓝色的衬衫，站在她身后冲她微笑。

“您是学长吧？”刘晓迪一脸谄媚地笑着赶紧迎上去，“学长好。”

“不不不。”陈锋温和地笑，“我是计算机学院的，严格来说不算你们的学长。”

陈锋看过来，许轻便站起身点头示意。

几人坐在一起，气氛有点尴尬。

陈锋主动暖场：“你是要参加节目吗？”他想了一下，“你和我的朋友弹琴的样子很像。”

许轻弯了弯嘴角说：“是吗？”

这已经不是第一次有人说她弹琴的时候像谁了。程瑶和陈斗自上大学后就正式在一起了，某次他俩来许轻家找她，正好她在院子里弹琴，陈斗几乎是下意识地说：“许轻，我发现你现在弹琴时越来越像老大了。”

然后，许轻得知了宋时的消息。陈斗说宋时和家里闹得很僵，几乎不回清河镇，就连他也联系不上宋时了。

话说回来，虽然许轻和宋时是无疾而终，程瑶和陈斗却是有情人终成眷属。程瑶考上了北京的舞蹈学院，陈斗在填报志愿时也跟随着她填了北京的学校，现在俩人很是要好，陈斗说等毕业了就把程瑶娶进门。

见许轻愣怔，陈锋误以为她没懂，继续解释："他是我一个学弟，也是网站的负责人之一。"

自陈锋进来起，眼睛就没离开过他的刘晓迪赶紧接话："那学长下回把你学弟也带出来啊，以后合作的时间那么长，总是要多多相处的。"

林音偷偷捅了一下许轻，许轻抿嘴示意自己也管不了刘晓迪那见到男性就想要联谊的举动。

林音递过来一个眼神示意许轻学着点，许轻以同样的眼神投递回去。

这次交谈非常圆满，主要是以刘晓迪和陈锋两人的互动为主，林音是观众，许轻只是偶尔在说到正题的时候做阐述和补充。

陈锋健谈又温和，最后约她们定个时间让双方所有成员见一面，顺便也可以让她们三个更深入了解一下网站的发展。

既然是合作，就要彼此了解。

把陈锋送走后，刘晓迪立刻控诉："别以为我不知道你俩的小动作，分明就是在嘲笑我。多认识些男生也能给你们一个两个都找到男朋友，多好啊。"她捂着胸口一副痛心疾首的样子，活脱脱像是为女儿婚姻大事操碎了心的老母亲。

许轻和林音对视一眼，都抿着嘴乐。

"好啦，好啦，我们走吧。"林音好笑地推着刘晓迪离开，"别耽误许轻练琴了。"

"啊——"刘晓迪一拍脑袋，"上午我在群里面看到辅导员找你呢，你赶紧去趟办公室啊。"因为见面的事都给忘了。

“行。”许轻放下琴，“我先过去了。”

六月，省大的校园里泛起阵阵热浪，骄阳把湖畔旁的柳树都晒低了头。

许轻从辅导员办公室出来便碰见了等在门口的林音。

“你怎么来了？”许轻问，“晓迪呢？”

“浪去了。”林音顿了顿，询问，“好事还是坏事？”

这是她俩一贯的交流方式，言简意赅却默契十足。

许轻弯着月牙一样的眼睛：“你猜？”

林音耍赖：“不好不坏。”

“对我来说是个天大的好事呀，辅导员说我的节目被计算机学院的一个小乐队给替代了。”许轻像猫咪一样慵懒地伸个懒腰，“我不用每天待在练习室弹琴了。”

林音毫不留情揭她的短：“我也不用听你那五音不全的歌声了。”

许轻弹琴的确不错，但是唱歌就……一言难尽了。

许轻气急，笑着就要上手捏林音，无奈林音早就看出她的小心思，轻松躲过。林音跑，许轻追，快追上的时候伸手钩住林音的肩膀，轻松一跃便跳到了林音的背上，林音也是有意识地往后伸手托住她。

许轻生得娇小瘦弱，林音高挑又修长，俩人经常打闹，林音也常常就这样顺势背着许轻，许轻也很自然地搂着她的脖颈。

林音走得很慢，还故意颠了颠，道：“你是不是胖了？”

许轻扯着她的耳朵：“你非要埋汰我才高兴是吧，以前怎么没发现你这样呢。”

“以前不熟啊，我得装啊。”

“哼！”许轻收紧手臂。

俩人就这样闹着回了寝室，林音喝了口水问：“晚上出去吃饭吧，刘晓迪说要吃火锅。”

许轻忍不住吐槽：“这么热的天吃火锅也不怕上火。”

林音笑着又倒了一杯水递给她。

这时手机响了，许轻随手按了免提。

“阿轻，有重大消息。”程瑶的声音很急迫。

按以往的经验，程瑶的重大消息无非是哪个明星来开演唱会了、哪个高中同学结婚了，或者就是来特意秀一拨恩爱，比如陈斗又送给她什么奇葩礼物了。

许轻笑道：“我不吃狗粮。”她快被噎死了。

“不是，不是这个。”程瑶急得语无伦次，“是很重要的事。”

许轻面不改色，倒是林音在旁边笑问：“到底多重要啊？”

因为许轻的关系，林音和程瑶也彼此认识。

“阿轻，陈斗和宋时联系上了。”

程瑶话音刚落，林音下意识地去看许轻，她的笑容还挂在脸上，只是带着几分僵硬。

程瑶的下一句话直接让许轻感觉到酷暑天里的寒冷。

骄阳炙热，热浪一波接着一波，许轻只觉得自己身体里像是藏了一块坚冰，源源不断地从里到外发散寒气。

程瑶说：“宋时在省大。”

3.

晚上吃火锅的时候许轻一直心不在焉，林音夹了好几块鸭血放在她的碗里，她只是用筷子点了点。

这顿饭，刘晓迪吃得热火朝天，林音和许轻都食不知味。

饭后，刘晓迪应了其他班级的朋友去逛夜市，林音和许轻回寝室，临分开的时候林音交代刘晓迪别错过了寝室门禁。

虽是夏夜，吃过火锅出了一身汗后，走在夜晚的路上，还是有些凉爽的。

俩人默默地并肩走着，许轻垂头看着地面，林音则偏头看着她。

许轻忽然自嘲一笑："林音，我还是这么没出息。只是听到他的名字都无法控制内心的激动，我以为我可以坦然面对了。"

林音语气平静，问："要去找他吗？"

"我不知道。"

找到他要说什么呢，她之前刻意不去打听他的去向，她以为以他的成绩、他的抱负和他家里的关系，一定会考到离这里很远的更好的大学，万万想不到，他竟然就在省大。省大有两个校区十几个学院，像许轻这种教室、寝室两点一线的人，朋友圈很小，没见过宋时也是正常。

"那就走一步看一步吧。"林音说。

许轻顿足，抬头看她。

对呀，没有正确答案之前，只看眼前才是最重要的。

刘晓迪接到了陈锋的邀请，说是计算机学院的乐队表演被安排在压轴，邀请她们去观看。

校庆本来就是图个热闹，许轻这种并不喜欢热闹的人本没打算去，但是耐不住刘晓迪的强拉硬拽，林音也表示无所谓，于是也被拖了去。

她心里隐隐有些不安又有些期待——省大计算机、吉他、乐队，让她无时无刻不联想到宋时。

会是他吗？

艺术楼常年举办各种晚会和活动，演出厅的观众席以环形包围住整个舞台，最好的位置就是正对舞台的第一排。学校为了避免各学院因为位置起争执，所以特地提前做了分配，而计算机学院正好被安排在了最好位置的观众席。

刘晓迪带着许轻和林音坐在了最前排，她说这是陈锋特意给她们留的。

许轻心里微微紧张，环顾四周，是一阵又一阵的欢呼声。

演出厅四周灯光偏暗，衬得中央舞台上的灯光和观众席里的荧光棒格外耀眼。

节目越往后走，许轻一颗心提得越高，主持人说压轴节目即将开始，引来一大片热烈欢呼，舞台上灯光四射，一束追光洒下，宋时就沿着那柱白光缓缓地从后台走上来，他抱着吉他，表情淡漠，步履从容。

许轻听见自己心脏跳动的声音，那是她少女时就喜欢的少年。

她目光紧锁台上的人，宋时将吉他抱在胸前，是一把暗红色的吉他。瞬息间，记忆如同潮水般扑来。那是一把她再熟悉不过的吉他，因为它是她日日夜夜雕琢出来的琴。她原以为她的心意只能搁置在吉他店里的墙上，而如今它被宋时抱着，就如同抱着她全部的感情。

吉他清脆悦耳的弹奏声在整个演出厅回荡流转，只是一瞬间，许轻已不自控地哽咽，有泪水汩汩而下。

林音默默伸手抱着她。

“许轻，许轻。”林音叫她，她置若罔闻。

这熟悉的琴声，这熟悉的少年，带着她像是穿越时间的界限，回到从前，她趴在窗口往外眺望，看柳树下穿着白色校服练琴的少年。

少年如风，桀骜不驯。

由始至终，她都没有忘记他，只是强迫着自己不再去想他。

4.

散场，人流往出口涌动，许轻坐在座位上久久发呆，观众席上没几个人了，舞台上有工作人员在拆卸和打扫。

“陈锋学长说晚上他们有庆功聚餐，问我们要不要去？”刘晓迪挂了电话之后，兴奋地说。

林音敛了敛眉：“都这么晚了，别去了。”

刘晓迪显然是想去的，于是目光投向许轻，带着祈求：“许轻，你去不去？”

没等许轻回应，后面便传来声音，是陈锋。

“晓迪，我们走吧。”

许轻下意识转过头，却直接对视上陈锋身边的宋时，他穿着灰色的夹克衫，背着那把玫瑰木吉他，眸子发亮。

心跳顿时乱了。

学校附近的餐馆常年热闹，送走了一批学生还会有新的一批。某餐馆里，陈锋带着几人直接上了二楼。

二楼主要是包厢，几人围坐在大圆桌旁，熟络地交谈着。

“来来来，让学妹点餐。”其中一个男生主动把菜单递给她们。

刘晓迪笑：“那我就不客气了。”

许轻安静地坐着，目光直直地盯着桌面，其实在很努力地用余光去看宋时。他好像没怎么变，依旧是干净利落的短发、俊朗清晰的五官，举手投足之间还是那样漫不经心。如果非要说有什么不一样了，许轻觉得他好像比以前更沉默了。

陈锋一边给大家倒茶一边问：“在一堆的作品中我们相中你们的，知道为什么吗？”

刘晓迪翻着菜单，满脸自豪说：“当然是我们设计得够好啊。”

陈锋带着宠溺的笑容伸指点一下刘晓迪的头，后者撒娇一般捂着头说疼。

这关系……全桌瞬间了然。

有人不满，嚷嚷：“学长，你这可是双丰收啊！不行不行，我们要免费吃一个月替你庆祝！”那男生重重一叹息，“可怜我们这群单身狗，要被你虐了。你说是吧，宋时？”

被突然点名，宋时倒是很平静，面不改色说道：“我可不是单身狗。”

那男生说：“是啊，你还有个小青梅天天跟着，的确跟我们不一样。对了，徐婧呢，今天怎么没来找你？”

许轻神色一暗，原来徐婧也在省大。也对，他们两个应该早就在一起了。

她忽然觉得自己无比可笑，都明知道是这样了，竟然还抱着零星的幻想在这里坐着等着，是想要成为更彻底的笑话吗？

藏在桌底的手被一双柔软的手覆盖住，许轻扭头，林音带着几分关切看着她，她白着脸冲林音扯了扯嘴角示意自己没事。

哄笑一阵后，菜开始陆续上桌。

有人忽然问宋时：“你那手工吉他平常都舍不得别人碰，今天怎么拿出来了？”

闻言，许轻下意识瞄了一眼立在墙角的吉他。

视线还没收回来，便听到宋时说：“你话哪那么多？”

“对了，我听晓迪说，许学妹有张吉他的设计图特别精良，有没有机会让我‘瞻仰’一下？”陈锋突然插了一句。

刘晓迪来不及制止，偷偷看了一眼许轻，羞愧地低下头。林音瞪了她一眼。

许轻压根不希望这个话题被提起，尤其还是当着宋时的面，这让她觉得自己暗恋的秘密被人掀开了，如今面对宋时和徐婧在一起的事实，这种一厢情愿真的太难堪。

林音打圆场："这个是私人作品，就别看了吧。吃饭，吃饭！"

陈锋不死心："我们就是私下想看看，毕竟我也很好奇许学妹的能力，宋时就是看中了你的作品才决定联系你们的。"

许轻握着筷子的手微微一顿，下意识去看宋时，宋时正端着碗喝汤，她看不到他的脸。

宋时是真的认出她的作品了，还是只是单纯觉得设计不错？

她不敢问，也不敢深究，说："我知道陈学长没有别的意思，但东西毕竟是我的，当事者不愿意，是不是就不要强人所难了呢。"

包厢里的气氛一时之间有些尴尬，许轻拒绝得挺直白，带着几分让陈锋下不来台的故意，却也没有毛病。而且大家对许轻的认识一向是温柔安静的，现在这个说话带刺、冷静淡漠的女生，让大家一时间有些适应不了。

"不好意思。"许轻深吸口气，站起身说，"我去趟卫生间。"

林音拉住她，要陪她一起去。

许轻拍了拍林音的手冲她一笑示意自己没事。

走出哄闹的包厢，许轻才彻底松了口气。这久别重逢的见面还真是一场笑话，没有任何寒暄，连基本的招呼都没有打，他们就像是不认识的陌生人一般各自沉默着，也许尴尬的只有她一个人。

许轻洗了好几把脸才平复心情，走出卫生间。

门口被一个高大的身影挡住，宋时撑着双臂不给许轻留过去的缝隙。

看到他，许轻那颗心还是狂跳不已。该面对的总躲不过，她鼓足勇气，抬头直视那双漆黑的眼睛，问：“你这是干什么？”

宋时低头望着她笑：“还是这么伶牙俐齿。”

许轻不想和他纠缠，于是低下头想从他的胳膊下钻出去，却被一双强劲有力的大手拉住，转瞬间她被带得转了个身，蒙着转了个圈后她被他压在白色墙壁上。

“宋时，你到底要干什么？”她隐隐动了几分怒气，想用力挣脱却敌不过宋时。他身上那股她曾熟悉的气味再一次袭来，她真的有种想哭的冲动。

可不可以不要这么丢脸？可不可以给我留一些尊严？

可是为什么，我还是如此贪恋你的气息、你的一切？

俩人靠得有些近，宋时压着她，温热的呼吸从四面八方袭来，带着属于宋时的味道，侵蚀她的四肢百骸。

她的手被他扣着，掌心被他粗糙的指腹摩挲，他的一切她都如此熟悉，那些回忆在此刻被硬生生揭开。

“你这样不怕你女朋友看到会吃醋吗？”气氛太暧昧，许轻脱口而出。

宋时低沉的笑声自头顶钻进她耳朵。

许轻偏着头不去看他，感觉每一个毛孔都在战栗。

“许轻，别告诉我，你在吃醋。”宋时一字一句地说。

“我没有！”许轻下意识抬头否认，却直接撞进他一直盯着她的眸里，里面深深沉沉，像是蓄势待发的狩猎者，已经迫不及待要收猎物入囊中。

她赶紧低头，不敢动也不敢说话。只有俩人的呼吸声在不断交替，暧昧的因子在空气中上下浮动。

安静片刻，宋时贴着她的耳朵又说：“承认吧，你喜欢我。”

最后一点极力隐藏的感情也被揭开，许轻又急又气，眼底涌上来一阵酸涩。他知道，他一直都知道。如今这么说，是想要笑话她，还是想往事重提？

她不知道，但也是宋时这句话瞬间点燃了她这两年未息的怒火和不甘。她仰着头直视他，用一种破罐子破摔的气势一字一字道："对，我喜欢你。"她顿了一下，接着一笑，"你看着办吧。"

宋时忽然笑了，笑声低沉，一声声都像压在她忐忑的心头。

她故作镇定，这声"喜欢"藏了很多年，如果说出来也就等于把自己逼得无路可退，接下来是凌迟还是决断？

她正胡思乱想着，脸颊处有柔软温热的触感，带着烟草味道的吻落在她脸颊上。

"你……这是什么意思？"她结结巴巴欲推开他。

宋时笑着反问："不是你让我看着办吗？"

许轻被噎了一下，偏过去的头被宋时捏着下巴给转了过来，四目相对，她看到他眼底深处的光芒万丈。

他说："就是你理解的意思。"

下一秒，他低头覆上了她柔软的唇瓣。

这是她的初吻，他们的初吻。

5.

许轻回到包厢里的时候，脸还是烫的，她浑浑噩噩记不起宋时是怎么放过自己的，她满脑袋里都是嘴唇上久久散不去的轻柔的触感。

刘晓迪靠在陈锋肩上腻腻歪歪说话，许轻看到旁边座位空荡荡的，林音去哪儿了？

"林音呢？"许轻问刘晓迪。

刘晓迪从与陈锋的耳鬓厮磨中抽身，转头也是疑惑：“刚才还在这儿呢。”

许轻闻言眉头一皱，林音不会是这种一声不响就离开的人。

“你的脸怎么了？”刘晓迪伸出手指指着许轻红红的脸，“还有你的嘴怎么也肿了？”

许轻瞬间心虚，抬手摸摸脸，又赶紧用手背去遮嘴唇，那心虚又慌张的样子正好被推门进来的宋时尽收眼底。

他刚开始只是想清浅地试探一下，当双唇贴合时，他忍不住想要更深入一点，于是便不顾许轻的生涩，硬是撬开了她的唇齿。他着实用了些狠劲，他要让这个女人记住，无故放他鸽子一放就是这么久的教训。

“时哥，你撒个尿怎么这么久啊？”有人起哄。

宋时没说话，然后竟直接走到了林音空出的位置上，贴着许轻坐下来。

许轻下意识往旁边挪了挪。

她现在回过神来了，正一肚子气呢！刚刚那个吻算怎么回事？她允许他吻自己了吗？男人果然都是大猪蹄子！

她不肯迎视宋时的眼神，闷着头一口一口喝着茶，脑袋里一团乱麻，她索性站起来跟刘晓迪还有陈锋打招呼说要先走，宋时没拦她，其他人也全当许轻是有事没有挽留。

许轻离开包厢，还没走远，便听见里面传来男生的插科打诨。

“时哥，你家那位怎么今天没来？”那人说的是徐婧。

许轻脚步一顿，但是瞬间又加快速度往前走，她不想听宋时说起徐婧。

她不知道在她离开后，宋时一本正经地对众人说：“以后这种玩笑话不要再说了，有人会误会。”

夜晚的校园灯火阑珊，许轻特意选了条偏僻的小路回寝室，清风带着栀子花的香气拂来，逐渐吹散了她心头的那点酸涩。

她一连给林音打了好几个电话都是无人接听的状态。

“跑哪儿去了？”她忍不住小声抱怨，“离开的时候一声招呼也没打，现在还不接电话。”

手机突然振动，许轻以为是林音的电话，急得没看来电显示就接了起来。

“你跑哪儿去了，也不接电话，知不知道我很担心啊。”她劈头就是一顿说，“我现在马上到寝室了，你赶快回来，我等你呢。”

她说完了，那头却是一片安静。

许轻突然心里一动，赶紧拿下电话看号码，懊恼得恨不得给自己几拳头。

是宋时打来的电话。

栀子花的香气依旧徘徊在鼻翼，她不说话了，也没有挂断。

良久，那边的人说：“不是你先跑了吗，现在还学会恶人先告状了。”

宋时的声音有点嘶哑。

“你……”你怎么知道我电话号码的？

宋时像猜透了她的心思一般：“当然是有人告诉我。”

许轻一想，一定是刘晓迪告诉他的。

“许轻。”他叫她。

“什么？”她没发现自己的声音随着他的呼唤开始微微发颤。

“我现在想见你。”他的声音被风吹得发虚，许轻听着，心里像有一万只蚂蚁涌动。

想见她？

这是什么意思?

许轻抬头看天,月亮清冷的光染了半边天。

她一遍一遍提醒自己,他有女朋友,不能因为他几句话就失了分寸。

她拒绝:“快到闭寝时间了,现在不方便。”

宋时坚持:“我觉得我有必要为我刚才的行为做出一番解释。”

“不,不需要……”许轻一阵耳红。

“我在北校区操场等你。”宋时说完,不给许轻拒绝的机会便挂了电话。

他没说你一定要来,只说他在等她。

许轻拿着手机站在原地怅然了一阵子,最后还是回了寝室。

寝室里没人,刘晓迪和陈锋还在腻歪,林音也不知道去哪儿了。

许轻不想动,躺在床上望着天花板,已经九点五十分了,距离闭寝还有十分钟,林音怎么还没有回来?

她再次拨过去,还是一阵长时间的“嘟嘟”声,一直无人接听。

这短短的几十秒钟,许轻听着听筒里面的声音,不由得想到宋时说的最后一句话。

他说:“我在北校区操场等你。”

几乎是下一秒,许轻弹起来,然后在闭寝铃声响起来的同时冲出了寝室楼。

见她飞身而出,宿管阿姨打开窗户问:“同学,你还进不进来?”

许轻慌乱摆手:“不用了,我今晚和朋友出去住,他就在学校操场等我呢。”

大学寝室管得并不太严,宿管阿姨也习以为常,只是交代她晚上要多注意安全就没再说什么。

深夜里的风带起了一丝凉意,许轻穿着单薄的白色半袖走在如水的

月光下。

宋时所在的计算机学院在南校区，而设计学院在北校区。两个校区有一些距离，宋时说会在北校区操场上等她，说明他已经做好今晚不回寝室的准备了。

许轻越走越急，心跳也越来越快。

她突然觉得自己太冲动了，她出来得急，除了手机什么也没带，此时就是一腔孤勇地跳进未知里，她对周围的一切都是茫然的，唯一知道的那头是宋时，而她不确定他是要牵住她，还是会彻底推开她。

第十一章

TASHIXIAOWENNUAN

你这颗小酸梅更好吃

1.

宋时躺在操场上望天，听见由远及近的脚步声，忍不住翘起嘴角：“来了。”

没听见动静，宋时皱眉坐起，便看见站在两米外挺立的许轻，她穿着白色半袖、黑色长裤，散着头发，被浓稠的夜色包裹。

其实，许轻长得很标致，秀气的脸蛋、文艺的气质，不过因为性格冷清让她给人一种不易亲近的感觉。

许是因为有些冷，许轻一只手抱着自己的另一只胳膊。

来的时候她无数次后悔、无数次紧张，但是看到宋时的时候又发现，其实都是自己在无故猜想，不管今天会发生什么事情，她都会来。

好像只要是他一召唤，她就会立刻屁颠颠来了。她从心底很讨厌这样的自己，但是又控制不住。

“坐。”宋时拍了拍自己身旁的空地。

许轻眼神微闪，踟蹰不前。

宋时见状，笑着打趣：“放心，我不会那样对你了。”

闻言，许轻脸上迅速攀上绯红，她根本就没往那方面寻思，被他一提醒，心里的蚂蚁又开始不安分地作祟。

还好天够暗，不容易被人发现她脸色的变化。

她挪着步子，在离宋时一米的地方坐下。

她还没缓过神，就有件外套劈头罩下，带着暖暖的体温和淡淡的烟草味。

是她熟悉的味道。

她扯下外套，望向宋时，等着他开口。

“我总是要有绅士的风度吧，何况……”宋时故意打住。

“何况什么？”许轻问。

宋时看她的目光特别明亮：“何况我还要追你呢。”

许轻闻言瞪大了眼睛。

“那徐婧呢？”她不是你的女朋友吗？

她声音小，宋时听清楚了却故意装作没听见。

“你说谁？”他问。

许轻又说了一遍，宋时依旧假装没听清，最后把许轻逼急了直接冲他喊：“你的小青梅。”

宋时“扑哧”一声乐了。他往后随意一躺，说：“小青梅哪有你这颗酸梅好吃。”

许轻又羞又恼起身就想离开，奈何她的速度永远都比宋时慢一步，才站稳呢，就被人抓住手腕一拉，她随着那股力倒进宋时怀里，两个人一起倒在地上，宋时搂着她让自己的后背着地。

俩人身体交叠四目相对，许轻身上披着的外套正好把俩人包裹在一起。

许轻挣扎着要起来，被宋时扣住腰身挣脱不开。

挣扎片刻，许轻便不再白费力气了。她努力撑着宋时的胸膛想保持些距离，他起伏的胸膛和强烈的心跳让她几乎丧失思考的能力。

良久，宋时开口："许轻，我喜欢你。"

很简单的一句话几乎让许轻酸了眼睛，软了心。

那些看水水是你、看山山是你的日日夜夜，不是她一个人的独角戏，他的主动和回应姗姗来迟，却终于历经千山万水之后到了。

我喜欢你。

这一瞬间，许轻没有像曾经想象过的那般激动，没有落泪没有颤抖没有狂喜，她只是静静地注视着宋时的眼睛。此时已是青年的宋时深邃明亮的眼睛里还保存着少年时的熠熠光泽，像是全部的星星都落到了他的眼底，而她是他眼里最美的星辰大海。

"我知道你也是喜欢我的。"宋时的声音飘散在夜色里，"我们之间从来没有过其他人。所以……"

宋时突然一个翻身把许轻压在了下面，许轻惊呼，俩人换了位置，宋时怕自己压到她，特意留出些空隙。

"所以我更想吃酸梅。"宋时在她唇上亲了一下。

几个小时之前的所有记忆随着嘴唇轻触的一下全部回来了，夜幕之下，许轻的目光划过他清晰可见的眉骨、干净利落的短发，最后停留在他唇线分明的薄唇上，脑子里"嗡"的一声……

彼此灼热的气息越来越近，许轻几乎脱口而出："我们这样子是不是太快了？"

宋时"扑哧"笑了，眼底带着戏谑："我就是想亲亲你，你还想干什么？"

许轻尴尬，用手推他，羞囧道：“先起来说话。”

宋时不再逗她，自己先起身，然后又拉着许轻起来。

许轻偷偷瞄了他一眼，她心中依旧存在疑惑，当年宋时无故消失，为什么不回清河镇。但她不会去问，只要她和宋时在一起，那么一切都变得不重要。

两个人席地而坐，有晚风相伴，世界万物静谧沉寂，岁月静好。

2.

“走吧。”宋时站起身，然后向她伸出手。

“去哪儿？”许轻伸手搭在宋时的大手上，依旧粗糙的手掌，不过她很喜欢。

“带你去睡觉啊。”宋时挑眉，“寝室回不去，身上没有钱，不跟我走难道真打算露宿街头吗？”

许轻嘴硬：“谁说我没有钱的。”

宋时有心逗她：“那你拿出来给我看看。”吃饭的时候她还背着书包，现在什么都没带，肯定是在关寝室之前着急忙慌跑出来的。

“我……我放在林音那儿了。”许轻嘴硬。

宋时闻言微微皱眉，他一直觉得林音不大对劲，但是又找不出不对劲到底在什么地方，他下意识地就不喜欢许轻和林音走得太近。

他竟然对一个女生生出了一种危险感。

宋时很自然地搂住许轻的肩膀，拉近两人的距离，一边走一边说：“你现在是有男朋友的人了。”

许轻心里一阵轻盈，嘴上倒是不服输：“你这主权宣示得倒挺快。”

宋时另一只手捏住许轻的下巴，逗趣道：“我以前怎么没发现你撒娇功夫这么厉害。”

许轻拍开他的手，谁撒娇了！

宋时带许轻去的是学校附近的一个普通小区，这里的楼房都没有电梯，楼道里的灯光有些弱，许轻紧紧攥着宋时的手一步一步抬脚上台阶。

宋时住四层，这是一个面积不大的小屋子，只有一室一厅，东西不多，一张床和一台笔记本电脑，窗台还有两盆绿植，墙角放着她做的那把玫瑰木吉他，格局和清河镇的出租屋很像，许轻几乎以为自己产生了错觉。

半年前，老街的那些老房子全被拆了，许轻后来去看过一次，已经是一片废墟。

许轻一度认为，那是她和宋时最后的牵扯，最终不管是他们还是老街都没能战胜时间。

许轻慢慢打量屋子里的每一个物件，最后停在自己做的吉他前。

身后传来低沉的声音："我很喜欢。"

许轻知道他说的是手工吉他。

凌晨的夜，浓重得像水墨画。屋里没有开灯，只靠着月色映着这四方屋子。

"你是怎么知道的？"许轻问。

"你在琴上面留下了印记。"宋时说。

这是她的习惯，从她写写画画雕刻开始，她就习惯性地在所有作品上留下"XQ"的字样。无论是草稿还是送给程瑶的小模型都有，程瑶当时还建议就拿这个做专属logo，只要是看见这个logo，就代表是许轻的手笔，以后成了设计师还能当作品牌。

"XQ"就是许轻名字的首字母缩写。

不料，宋时竟然懂。

她本想毕业那天把吉他送给宋时，正好借此表明心迹，所以当时她毫不犹豫地在指板后面刻上了“XQ”，但没想到后来竟阴错阳差地没有送成，只好留在了蒋晨的吉他店里。

“你是认出了是我，才故意让陈锋找刘晓迪的？”许轻转过身，问。

宋时走近把许轻搂在怀里：“对，是我。但是看见你画的那张图真的只是巧合。”他叹气，在夜里格外沉重，“还好是巧合，不然我都不知道去哪儿找你。”

“为什么不回家，为什么就连陈斗都不知道你在哪儿？”明明是可以轻易联系到的，却还是绕了那么一个大弯。

许轻问完就后悔了，宋时一直没有说话。

良久，宋时终于出声：“我哥死了。”

宋奇，死了。

3.

那是宋时参加完省大自主招生的第一周，他去考试的事情除了班主任没有其他人知道。宋时是有心瞒着，他知道宋峰一向反对他搞这些，如果知道他去考计算机专业，少不了又是一出天翻地覆。

他想安静地度过这段时间，然后等许轻回来。

那天阳光很好，宋时参加完考试后照常在班里上课。当晚，难得回家一趟，在门口便听见屋里噼里啪啦摔东西的声音，随即是宋峰的怒吼：“这个不孝子，没出息的东西。”

宋时以为在说自己，不屑地笑了。

他走进正厅，正厅满地狼藉。宋峰怒气滔天，叉着腰红着眼不断喘粗气，宋母也是眼角含泪坐在沙发上。

宋时隐约觉得不太对劲，试探地说：“我最近可没惹您生气吧。”

他语气随便，宋峰的怒气瞬间再次被点燃："你也一样，成天不着家就算了，不要以为我不知道你天天往网吧跑，还和那个叫杨宇的小混混结交要好。"

那段时间为了备考学习，宋时几乎天天通宵，隔三岔五就会找杨宇讨教。他希望自己一进学校就可以有成绩，而不是和其他人一样从起跑线上开始。

宋时懒懒地坐在沙发上，揉揉耳朵准备接受宋峰接下来的训斥。

"孩子爸，你别骂了。"宋母哽咽着，"现在该想想怎么解决。"

宋峰怒："我只要出现在监狱，第二天肯定有媒体报道这个事，这要是上了报纸，我还有什么脸？现在正好因为拆迁的问题一堆人虎视眈眈盯着我，这不是给人以话柄吗！"

"要不托人去吧，多给些钱，正好可以安置……"

宋时敏锐地察觉到不对劲，打断道："我哥怎么了？"

宋峰吹胡子："不用你管，你给我回屋去，马上高考了你给我长点心。"

"我问到底怎么了？"宋时站起身来咬牙切齿地问。事关宋奇，他无法坐视不管。

宋母着急起身，忙劝道："儿子你就别管了，是你哥福薄。"她说着说着又哭了。尽管宋奇不是她亲生，但因为两个孩子自小关系好，她爱屋及乌，对宋奇也是向来疼爱。

"我最后问一遍，我哥到底怎么了？"宋时说这话的时候眼睛里闪着刺人的光。他并不是唬人，如果得不到答案，下一秒他就会坐上去邻省的火车，去监狱看宋奇。

"你哥死了。"宋母哭着说，"今天来的消息，他在监狱里自杀了，尸首还等着家人去认领。"

宋时怔住了，脱力地一屁股坐在地上，浑身哆嗦了几下后失声痛哭。他很少哭，小时候宋峰怎么打他，他都不肯哭出来，但是宋奇离家出走的那年，他也和现在一样哭得很惨。

他终究失去了他的哥哥，永远都失去了……

那天的记忆很混乱，除了哭声，最深刻的印象就是他对父亲的怨恨。

他恨宋峰即使到了那时候还一心只顾及自己的仕途和名誉。

宋时不顾阻拦非要去接宋奇，宋峰为了防止宋时闯祸把他关在家中。

直到第三日，宋母才忍不住告诉绝食的宋时，宋峰已经派人带着安葬费去认领他哥的尸体了。

宋时在当夜，砸了窗子逃出来。

他赶到监狱的时候正好看到宋奇被接出来，他在火葬场见到了宋奇最后一面。

常年生活在监狱里，再加上终日消极的情绪，宋奇骨瘦如柴，身体冰凉。宋时攥着他的手，哭着送别他。

骨灰是宋时领回来的，还把宋峰支付的那笔钱给拿走了。

“你尽可以回去告诉他都是我做的。”宋时对宋峰委托的人说，“不过能不能找到我就另说了。”

安葬宋奇的那笔钱对宋时来说是一笔巨款，他把宋奇和亲生母亲葬在一起，又去监狱里把宋奇的遗物申领了出来。

宋奇孑然一身，除了当时穿的一套衣服以外什么都没有。就在宋时准备离开的时候，有狱警把他拦下了，交给他一块小小的拨片。

宋时颤抖着接过那小小薄薄的一片，酸涩包裹了整个心脏。

六月初，盛夏，蝉鸣肆意，骄阳似火。

他却在这片充满勃勃生机的土地上感觉无比寒冷。

宋奇走了，他的梦想终于可以和他一起重新开始。

4.

“你就是因为这个才不和陈斗联系的？”许轻问。

俩人躺在床上，许轻感受到身后传来的微微叹息。

“我爸和陈斗的父亲向来交好，我有意不想让我爸知道我的消息，又怎么可能自己往枪口上撞。”宋时伸手轻轻拨开许轻额头的碎发，“你也不是不知道陈斗那性子，就算他有心隐瞒，也不一定什么时候就说漏了嘴。”

许轻仔细一想，宋时说得也对。

“那你现在不在意了？”许轻侧过头问，心想不然他怎么会主动借陈斗的嘴告诉自己他在省大。

许轻越想越觉得宋时的心机实在太深了，她就是个小白兔，一下就跳进了大灰狼早就挖好的坑里面。

没等宋时说话，许轻突然又想起什么事情：“徐婧是怎么知道你在哪儿的？”

宋时安抚般摸她细碎柔软的头发，解释：“我去学校报到之前的那段时间一直在墓园陪着我哥，徐婧无意中碰到了我。”他强调，“因为顾及我，她什么也没和家里人说。”

徐婧的确是一个嘴严的人，比陈斗更靠谱。

兴许是怕许轻误会，宋时特意解释说：“她不在省大读书。”

许轻当然听出了他是在解释，她不是不懂事的人，那些旧事虽然曾让她耿耿于怀，但纠结过往不是她的行事风格。

“吉他你是怎么拿到的？”

“蒋晨寄给我的。”

许轻哼道："果然是个大嘴巴。"

宋时忍不住笑："我看到琴，才知道原来你这么喜欢我啊。"

许轻撇嘴。

"怎么突然想到做琴？"夜色里，宋时的声音带着熏香般的沉缓和绵长，"玫瑰木都已经断产了，你不知道我看到它的时候有多震撼。"

许轻的目光落在琴上，那是她带着十二分的欢喜一点点亲手做出来的，而今也算功德圆满了。

她淡笑："蒋晨说你曾经有过一把这样的琴，后来失去了。我爸是木匠，有缘得到一些玫瑰木，所以就想试试。"

宋时动情地拥住她，嘴唇贴着她的发顶。

"许轻，谢谢你。"他说得认真，没有丝毫的犹豫。

月光铺洒在床上，许轻翻过身把头埋进宋时的怀里，双手紧紧搂着他。

宋时不知她为何如此，轻笑着低头问："怎么了？"

许轻满足地弯起嘴角，去他的矜持害羞，她现在唯一想的就是牢牢抱住眼前这个人，这个她用整个青春都在喜欢的人。

他们错过了一段青春，现在的每一分每一秒都应该格外珍惜。

天边泛起鱼肚白，两个人就这样紧紧地搂在一起，没有别的动作，只是依偎在一起。

新的一天从贪睡开始，许轻还在沉睡，被手机铃声给吵醒了。

她一睁眼，就对上一张熟悉俊俏的脸。她迷蒙着以为自己是在梦中，痴痴地望着，有光照在宋时的脸上，小麦色的肌肤透着活力与光泽。真好啊，她微微一笑，下一秒便被再次响起的手机铃声惊得一抖，身边宋时也敛眉有了动作。

啊！不是做梦！许轻猛然想起前一晚的事，绯红着脸赶紧接了电话。

“许轻，你是不是忘记今天是张教授的课了，马上点名了你怎么还不来？”刘晓迪河东狮吼般的声音穿越而来。

张教授是设计学院有名的铁面无私的老师，对于迟到、旷课的学生绝不手软。只要是他的课，都会提前十分钟点名，于是同学们遇到张教授的课都不得不提前十分钟到。

许轻瞬间睡意全无，一跃而起，又想起什么似的放轻了手脚。

宋时被窸窸窣窣的声音吵醒，刚睁眼就看见许轻拎着鞋蹑手蹑脚走向门口的背影，真是又软又甜。

恍惚间，他想起那年他生日时许轻醉酒后，迷糊着摸遍身上的兜说要送他礼物的样子。

他不禁捂着眼笑出了声。

许轻闻声抬头，看见宋时醒了，连忙说：“我专业课快要点名了，先走了。”说着提鞋就准备离开。

宋时抓住她的胳膊让她先去洗漱。

“不行，张教授的课我不能迟到。”许轻着急说。

宋时分析：“省大第一节课都是九点开始，就算提前点名人不在，只要按时到教室就行。”他抬起胳膊看手表，“现在是八点四十，这里离学校只有五分钟的路程，我会让你在三分钟内到达教学楼。所以听我的话，先去洗漱。”接着不由分说地把她推进洗手间，顺便把自己的洗漱用品带了出来。

许轻拗不过，只好乖乖听话。她从洗手间出来的时候，宋时也已经洗漱干净正拿着钥匙等她。

宋时的确只花了三分钟就把她送到了教学楼门口，他骑着单车载着她在学校里面飞驰，衣角被风带起，晨间的校园一片生机勃勃。

从车后座跳下来，来不及整理吹得乱糟糟的头发，许轻就要往教学楼里冲，被宋时一把拉住，塞给她一个装着早餐的纸袋子。

“你什么时候买的？”许轻惊讶地问。

“变出来的。”宋时轻敲她额头，“女朋友，晚上我来接你，一起吃饭。”

他的称呼让许轻微微一囧，不过她又很乖地点了点头，害羞地转身跑进教学楼。

刘晓迪早就替许轻占好了位置。

这姑娘不管平常怎么疯怎么玩，该认真的时候比谁都认真，就像同样是彻夜不归，可是她心里竟然还装着张教授的课，而许轻早就已经忘到九霄云外去了……

许轻悄悄从后门猫着腰摸到刘晓迪旁边，小声问：“点名了没？”

刘晓迪说：“算你运气好，张教授也才刚到，还没来得及点名呢。”

许轻打量一下四周，没见林音，忙问：“林音呢？”

“她不是和你一起在寝室吗？”刘晓迪惊讶，上下瞅了瞅许轻，捂嘴压住惊呼，“你这衣服……昨晚你去哪儿了？”

“说。”刘晓迪夹着许轻的胳膊逼问，“昨天和哪个野男人出去鬼混了？”她忽然想到昨晚陈锋那个朋友跟她要许轻电话，瞬间瞪大了眼，“你不是和那小子出去过夜了吧？”

许轻拽她，一脸被抓包的心虚：“你小点声。”

昨晚她一直没联系上林音，况且林音绝少缺课，许轻觉得不对劲，和刘晓迪说：“我昨天给林音打了很多通电话，她都没接，你说她能有什么事？”

刘晓迪倒是毫不在意，大剌剌地说：“没什么事吧，林音一直最有主意，你还是担心你自己是不是被勾了魂吧！”

许轻没再问了，再次拨了林音的电话，那头无法接通，她心里有种奇怪的感觉。

刘晓迪眼睛尖，看见她拿的纸袋子，凑过来：“这是什么？”

“早餐。”

“好姐妹一起分享。”刘晓迪笑眯眯地去拆包装，“早上出来得急，没吃东西。”

许轻拿着纸袋子转身，拒绝：“不行。”

“你什么时候这么小气了？”刘晓迪抱怨。

“这是男朋友给买的，不给分。”一想到宋时的爱心早餐要和其他女人分享……哼！就算是朋友也不可以，许轻现在护食护得紧。

啥？刘晓迪以为自己耳朵出问题了：“你不是真的和那小子过夜去了吧？我说他昨天把我堵那儿，简直就是一副不给号码就不让我走的劫匪样。”

许轻被她的形容逗得“扑哧”乐了。

“我说，再怎么折腾都好，只是一定要记得保护好自己，懂吗？”刘晓迪爱玩，男朋友也是换了一拨又一拨，可她一直都懂得如何保护自己，也从不脚踏两条船，恋爱的道德她还是很遵守的。

许轻一直觉得刘晓迪有个“恋爱脑”，无师就自通恋爱方面的事。

“我知道。”许轻好笑道，“我交的是男朋友，又不是土匪。”

刘晓迪“啧啧”摇头：“我发现真是小瞧你了，之前一直没动静，才一晚上就出来个男朋友，这效率比我还快啊。”

许轻只是笑，没有答话。

已经很慢很慢了呀，这个她喜欢了好多年的人，在经过漫长的时光和等待后才走到她的身边，有多久有多煎熬，只有她自己知道。

5.

林音无故旷了一天课，许轻真的有些着急了，但是打过去的电话都是无法接通，她隐约生出些不好的预感。

刘晓迪约了陈锋吃饭，下了课就赴约去了。许轻一个人走在回寝室的路上，一直在思索林音会去哪里。

这时，手机响了，她以为是林音，急忙按了通话键。

“你怎么一天都不见人，我都想死你了。”她和林音说话向来都很夸张。

“是吗？”低沉熟悉的男声让许轻心里一震，宋时也学着她的夸张语气说，“我也想死你了。”

许轻起了一身的鸡皮疙瘩，她还真是不习惯宋时的甜言蜜语。

许轻解释：“我以为是林音呢。从昨天开始她就不知去哪儿了，到现在没来上课也没消息。”

“她都那么大了。”宋时好笑道，“你还怕她能怎么了啊？”

许轻急了：“不是，你不知道，她从没这么无故旷课过，太突然了。”

宋时一顿，也觉得不对劲，于是说：“我们先吃饭吧，吃完饭我跟你一起去找找。你在哪儿，我去接你。”

这时候许轻根本没有心思吃饭，她越想越可怕，急急道：“今天就不一起吃饭了，我去辅导员那儿问问，等会儿我再联系你。”说完没等宋时回复就切断了电话。

宋时听着“嘟嘟”的忙音，拿着手机垂首笑，心想他这当男朋友的第一天就被放鸽子了吗。

天色已黄昏。

许轻从辅导员办公室出来的时候，心情很复杂。林音跟辅导员请了假回家办事，但是为什么不告诉她一声呢，明明知道她打了无数电话过去不接也不回，让她操心了一整天。

死丫头，回来就绝交！许轻恨恨地想。

她一边在心里抱怨死丫头林音一边埋着头闷闷地往前走，丝毫没在意林荫小路边站着的人影，直到撞进了一个温暖的怀里。

许轻大惊，不假思索屈膝准备顶上去，被人眼疾手快按住，头顶好听的男声带着笑意流泻下来："预备谋杀男朋友？"

许轻囧，趴在对方怀里理直气壮道："谁叫你偷袭，活该呀！"

宋时低头亲昵地用额头顶了顶许轻："才在一起就对我这么冷淡，人到手了就不珍惜了吗，你个小没良心的。"

这番话被他说得带上一丝可怜兮兮的意味，许轻心一软，抬头去顶他高挺的鼻尖，学着电视剧里登徒子的语气道："不会的，不会的，爷会很疼你的。"

"吃饭去。"宋时改牵她的手，笑着带她走。

"好呀。"许轻笑嘻嘻露出一排小白牙。

俩人去了最近的地方吃饭，学校食堂。

"是不是我们北校区的菜比你们南校区的好吃？"许轻开心地啃着糖醋排骨。

宋时不以为然，笑说："有什么不一样，都是一样的调料。"

许轻用筷子敲打宋时伸出的筷子，一本正经地说："当然不一样。"

宋时瞅着她，等着她接下来的话。

"哪！北校区就像我的家乡，南校区是你的家乡，你作为大女婿来到我的家乡是不是应该有不一样的感觉？"

她一本正经地胡说八道的模样太好玩了，宋时忍不住抿嘴笑。

“你笑什么？”许轻抱怨，“我那么认真。”

宋时伸手隔着桌子捏她细嫩的脸蛋，笑说：“我以前怎么没发现你这么可爱呢。”

许轻哼哼：“那是你心思没在我身上呗。”

这一副噘嘴撒娇的样子竟让宋时看呆了，从高中到大学，许轻一直都是带着一身清冷地出现在他身边，他挺喜欢；而现如今看到她如此鲜活生动可爱的一面，他竟更加心动。

不知不觉间，他仗着身高优势隔着桌子情不自禁地将头慢慢凑过来……

“喂！”许轻害羞地捂住他近在咫尺的薄唇，四下张望，“你注意点场合。”

他们坐在食堂最角落的位置，这个时间也不是用餐高峰，基本没人会注意到角落处有一对卿卿我我的情侣。

“没人看。”他轻轻说。

许轻白了他一眼：“那也不行。”

“那晚上总行了吧。”宋时不怀好意地说。

许轻闻言红了脸：“不行。”

俩人正准备离开食堂的时候，许轻接了个电话，是林音。

“你怎么突然请假了？”许轻关心道，“家里出什么事情了？”

林音说：“就是些小事，我周末就回学校了。”

“那我去接你，几点的车？”

“下午三点到。”

“嗯。”

宋时站在她身边，摸出根烟，打火机的声音特别清脆，透过听筒传到林音那边。

“你身边有人？”林音问。

许轻低眉抿嘴，轻声答应：“等你回来我给你介绍。”

这句话让林音的心一落，他们终于还是走到一起了……

“好。”林音迟缓了一阵，回答。

待许轻挂了电话，宋时扬眉，问：“什么时候认识的？”

“美术学院认识的。”许轻顿了一下，又特意补充，“她是除了程瑶之外我最好的朋友。”

第十二章

TASHIXIAOWENNUAN

情敌见面，稳赢

1.

周末，许轻特意提前去火车站接林音。车站里人头攒动，她一眼就看见一身黑色的林音。几日不见，林音瘦了一圈，看上去也是异常疲惫。

“熬通宵了？”许轻开心地迎上去挽着她，“你都快变保护动物了。”

林音笑容微苦，解释道：“那天临时接到电话连夜回家，所以没来得及给你打招呼。”

许轻完全不在意：“没事。”随后又想起问，“到底怎么回事啊？”

林音胡诌了一个理由：“我妈生病了，家里看护的人排不开，我回家顶两天。”

许轻紧张地问：“阿姨没事吧？”

“没事。”林音笑。

其实根本就没事，究其原因不过是那晚她在卫生间门口撞见许轻和宋时接吻后一时面对不了才逃跑的。

没错，她对许轻的确很不一样，从美术学院相遇到后来一起上大学，她发现自己越来越离不开许轻。

她和许轻一直形影不离，现在中间插进来一个宋时，她心里竟然有了嫉妒有了憎恨……

回寝室，刘晓迪难得没有出去玩，躺在床上和陈锋煲电话粥，见许轻和林音推门进来，赶紧挂了电话，兴奋地冲许轻喊："许轻，你男朋友什么时候请客啊，我和陈锋可等着呢。"

许轻回答："他这两天有点忙，要不这事咱往后推推呗。"

宋时的确忙，这几天要赶个项目。自从他离家后，就一直是他自己挣钱养活自己，幸而从高中开始自学计算机编程，所以现在就算还只是普通大学生，他也可以独自操作项目，并且成绩斐然，也正因如此才得到计算机学院研究生陈锋的青睐，加入陈锋的团队。

刘晓迪嚷嚷："反正这顿饭我是肯定要吃的。"

这是大学寝室的规矩，交了男朋友就要请吃饭。陈锋都请过了，宋时怎么可能逃得掉。

许轻连连点头，刘晓迪这才满意地去跟林音八卦："林音，我跟你说，你不在的这两天咱们寝室可发生了了不起的大事了，这许轻看着不声不响，一夜之间就带回来个男朋友呢。亏我还一直当她清心寡欲不问红尘，为她的单身狗生涯操碎了心，不料啊，这人一下子就拿下计算机学院的男神，真是快准狠，有咱们寝室的风骨，赞！"

见她越说越离谱，许轻红着脸阻止她满嘴跑火车："你够了啊。"

林音苦涩地扯了扯嘴角说："许轻本来也不差。"

刘晓迪哼哼："就知道你会帮着她说话。"说完转身去刷微博去了。

不管什么事，林音都是站在许轻这边，刘晓迪已经见怪不怪了，太

护犊子了。

许轻电话响了。

“快接，快接。”刘晓迪兴奋，“搞不好是我们的大餐来了。”

许轻笑着拿起手机往窗户那边走去，此时暮色四合，校园里的风景像披上一抹橘色面纱，温暖美好。

“什么大餐？”宋时听到许轻电话这头的声音，主动问。

许轻指尖在窗台的盆栽上触摸，估计是最近忘记浇水，叶子周边都已开始泛黄。

“是晓迪，等着你请客吃饭呢。”许轻说。

见提到自己名字，刘晓迪更来劲了，嚷嚷：“当了我们寝室的女婿就得有这个觉悟，宋时你自觉点啊！”她说话向来大大咧咧，心直口快。

电话那头的宋时瞬间就笑了，笑声沉沉。都接受彼此是男女朋友了，但是只要想到他，许轻心里还是忽然一暖。

许轻轻声问：“最近是不是很忙？”

宋时那边刚收工没多久，最近睡眠的确少，熬通宵是常事。他捏了捏眉心，低声说：“嗯，有点。”

宋时不住学校，上次许轻去过的房子就是他在外租住的，毕竟私活接得多，住寝室不方便。

许轻听出他语气中的疲惫，心疼地说：“那我现在去找你吧。”乍一听感觉不对，她连忙补充，“给你送饭。”

“好呀，我等你。”宋时笑，女朋友这么懂事，他简直求之不得。

林音的脸色在许轻笑靥如花地和宋时聊天时一点一点暗淡下去。

虽然两个人已经很熟悉，但许轻出门前还是稍微收拾了一下自己。

“你晚上还回来吗？”刘晓迪贱兮兮地躺在床上喊。

许轻想了想，老实道："我也不知道。"

"别忘了准备点东西。"刘晓迪特意提醒了一下。

许轻茫然，刚想问是什么东西，后知后觉地想到什么，脸一红，骂道："你有病吧。"

刘晓迪一边刷微博一边说："要保护自己，他们男人懂个屁啊。"

许轻：……

林音望着带着雀跃离开的许轻，藏在兜里的拳头捏得死紧。

她花了许多力气才让自己保持淡定的笑容和许轻说再见。

那是她从未见过的许轻，生动、鲜活、充满朝气，这一切都是那个叫宋时的人带来的。

2.

许轻在食堂打包了好些宋时喜欢的菜，直奔宋时租的房子。

她凭记忆走，总觉得自己走的路既熟悉又陌生，直到她第五次转回来的时候，她不得不承认——迷路了。

走得双腿发软的她蹲在小道上，欲哭无泪。

手机铃声响了。

"你在哪儿呢？"明明五分钟之前发短信说已经过来了，结果现在过了十分钟人还没到，宋时也是疑惑。

"我……"她真是难以启齿自己迷路了。

"你就告诉我在哪儿就行了。"

许轻委屈："我也不知道我在哪儿。"她四下打量，"不过我旁边有个花坛。"

"等我。"宋时撂下话就挂了电话。

三分钟后，宋时匆匆跑来，远远地就看到拎着饭盒蹲在地上数蚂蚁

的许轻。

天边残留的最后一点夕阳透过云层发出微亮的光，许轻穿着简单的白衬衫、黑裤子蹲在那儿，娇小的身躯缩成一团却比天边的霞光还要夺目。

宋时心底有个声音不断在叫嚣——

就是她了。

他心里不可能再有其他人。

“你看我打的全都是你喜欢的，称职吧！”许轻把饭盒打开，得意地讨赏。

“我的女朋友世界第一好！”宋时顺着她的毛摸，随口问，“你到底是怎么跑到C区的？”

许轻转了转眼珠，抱怨道：“我就照着上回来时记得的路线走的呀，哪想到这附近小区的门都长得一个样。”

的确，这附近的楼房是同个开发商盖的，分为A、B、C三区，如果不熟悉路的确实容易迷路。

“哎呀，快吃吧，都凉了。”许轻转移话题，拒不承认其实她是有那么点路痴。

宋时的确饿了，等两个人吃完饭，天已经黑了。

许轻一边收拾垃圾一边碎碎念，与她平时清冷的形象简直判若两人：“吃完饭早点休息，熬夜也要适当，我知道你想多挣钱，但是你放心你女朋友超级好养，你的健康才是最重要的。”

她自顾自念叨，完全没有注意到身边人的眼神也越来越深邃。

“我……”她转头，话就被人封在了嘴里。

宋时捏着她的下巴，直接噙住了她喋喋不休的小嘴。

这个吻柔软温热，带着丝丝烟草味，许轻沉沦在这种感觉里面，不自觉就闭上了眼，直到一双温热粗糙的大手探进她的衬衫抚上她肌肤的时候，这才心中警铃大作，脑中瞬间想起刘晓迪交代她的话。

“那个……”她偏头躲开宋时的亲吻，却推不开身上的人。

耳边是宋时沉重的呼吸声，那不安分的手还在她的身上抚摸。

“宋时。”她咬牙，叫他。

“嗯？”趴在她身上的人呢喃一声。

暧昧的气息越来越浓重，宋时吸吮许轻白嫩的脖颈，手上的力度也越来越急、越来越重，就像一个多日不曾进食的野兽，欲望一旦开启就很难停止。

许轻不是没有过这方面的心理准备，只不过她没想过会这么快。

“我没……没准备东西。”许轻颤抖着，“我没准备。”她身上的衬衫已经被宋时半拽了下来，露出半个香肩。

在许轻说完话之后，宋时便不动了，只是依旧压着她的身体。他埋首在她颈脖处，灼热的气息激得她身上的每一根汗毛都异常敏感，她推不动他，只能睁着眼睛不敢乱动。

良久，低沉的笑声传出，许轻眼神微闪，便感觉到肩头被温热柔软的唇重重吻了一下。

宋时抬头，充满欲望的眼睛明亮黝黑，像黑夜中闪亮的珍珠，也像深不见底的黑洞，深深地吸引着许轻不断下坠。

“谁教你的？”宋时问。

许轻躲闪着眼神，红着脸：“什么？”

宋时心情大好。

“是刘晓迪，还是那个林音？”宋时偏头对上她躲闪的眼。

林音觉得自己现在口干舌燥，下意识舔了舔唇。

她根本不知道，这个不经意的动作在努力克制欲望的宋时眼里，是多么具有诱惑力。

宋时眼底火苗再起，不过他的理智尚存，既然许轻没有心甘情愿，他也不会强人所难。

他并不是随便的人，更不会对许轻随便。

离开清河镇之后，他几乎断绝了和家里的联系，只会偶尔用公共电话给母亲打电话报平安。他有想过回家，可是一想到宋奇，他就又心生怨恨，他不想再见到宋峰，也不想成为第二个宋奇。

而许轻，是他那乱糟糟的青春里唯一的明亮和纯净，温暖、美好、悸动，都是她带来的。

“我有分寸。”他这话说得模棱两可，又非常清楚。

许轻心里的大石总算落地。其实她也不是不想，只是她真的紧张又害怕，她愿意把自己交给宋时，但直觉不应该是现在。

宋时从她身上爬起来，低头注视着她：“不过……”

嗯？许轻又紧张了，紧紧拽住自己的衬衫。

宋时背着光，他高大的身形犹如披着金光。

“不过你可别再勾引我，万一我真的把持不住，”宋时坏笑，“那就不是你准没准备东西的事了。”

许轻闻言脸烫得如同火烧，手忙脚乱地整理被宋时拉扯得乱糟糟的衬衣，垂着眸子不敢看他。

宋时倾身过来，准确无误地找到她的唇轻轻一吻随即离开，摸摸许轻的发丝，柔声道：“睡吧。”

时间尚早，根本就不是睡觉的点。

但是俩人心照不宣地各自睡去，闭上眼，全是对方的样子。

3.

关于宋时这个准“女婿”请吃饭的事情一直被刘晓迪念叨。知道宋时的项目彻底完工后，几人约在北校区外最好的餐馆。

用刘晓迪的话说就是，要好好地宰一顿。

其实许轻挺心疼的。

她知道宋时挣钱不容易，她不希望宋时为她大肆铺张。

“要不我们换一家吧。”许轻在电话里说，“我不想你花那么多钱。”

宋时并不在意：“没事，你不用担心。”

“可是你下个学期的学费……”她没说完，没有家里给予经济支持的大学生过得都比较辛苦，她懂。

“放心吧。”宋时宽慰说，“我早就留出来了。”

这话半真半假，许轻也不知道他说的是真是假。宋时一直很拼，为了接一个外单日夜不休，但是毕竟赚来的钱不是给他一个人，有陈锋还有其他人，这钱怎么分、分多少，她并不知道。

“这点经济能力都没有，我怎么把你娶回家啊。”宋时打趣。

许轻脸一热：“我又不是你用钱买来的。”后面的话她没敢说——她心甘情愿。

“别瞎想了。”宋时说，“明天我来接你。”

许轻挂断电话，她和宋时居然通话了一个小时，她以前总吐槽程瑶和陈斗腻歪，一个电话要打一个小时以上，可如今她才挂断电话，便又开始想念。

恋爱真是令人上瘾。

一帮磨刀霍霍宰宋时的人早就到了，许轻和宋时刚进包厢，那几人已经开始讨论菜单了。

请的人不多，许轻寝室的三人以及陈锋，还有两个一起和宋时做项

目的兄弟。

不过在上了第一道菜的时候，徐婧居然来了。

许轻心里一“咯噔”，下意识望向身边坐着的宋时。

宋时倒是一派轻松，还含着笑扬手冲徐婧打招呼：“你来啦？”

“你交女朋友这么重要的事，我怎么可能不来。”徐婧十分礼貌，一点都不像砸场子的，行事作风却又处处带着强大气场，有种喧宾夺主的势头。

白色雪纺衬衫掖在包臀裙里面，细长笔直的大长腿，细瘦的腰身，长长的头发，白嫩的脸上五官小巧精致，比起高中时期，这时候的徐婧又多了几分妩媚风情。许轻看着她，一股涩涩的难受由心脏涌出游走全身。

她想起高中时她站在台下仰望宋时的场景，那么多女生为他欢呼呐喊，他身边站着如百合花一般美好的方荷，而她是穿着褶皱宽大校服不起眼的小草。

也就是从那一瞬间开始，她一向自以为傲的淡定在面对宋时的时候总是消失不见。

那是从最开始就悄悄生出的不自信。

她在兀自战栗和自我安抚，一双温暖的带着粗糙质感的大手落在她微凉的手背上，然后十指相扣，她抬眼，撞进冲她温柔微笑的宋时的眼底。

他们自然又亲密的动作，包间里的人都注意到了。

徐婧盯着牵在一起的两双手，心中泛起苦涩。

“我给大家介绍一下。”宋时牵着许轻，“这是我发小，徐婧。”然后又转头对着徐婧正色道，“这是我女朋友，许轻。”

包间里一时很安静，有人不明白宋时这特意的介绍用意何在，有人却很清楚宋时这是在划清界限和宣示主权。

奈何徐婧对宋时千般好，不是对的人都无用。

这顿饭吃得一言难尽，不过到底结账的时候还是狠狠把宋时宰了一顿。饭后有人提议去唱K，大伙儿全都举手同意，于是，一群人又开赴新战场。

刘晓迪和陈锋一个鬼哭狼嚎一个五音不全，给所有人呈上了一顿难以消化的音乐大餐。

“我去个洗手间。”音乐声太大，许轻贴在宋时耳边说。

来不及离开，她已经被人捏着下巴亲了一口，许轻气急，伸手在宋时胳膊上拧了一把。

宋时由她掐，还恬不知耻地摸了一把她细白的脸蛋。许轻四下一扫发现没人看到，赶紧抽身，不忘瞪了宋时一眼。

宋时笑得得意又满足。

包房里光影交错，音乐震得人心房都在发颤。

他们的打情骂俏落在另外两个情绪各异的人眼里，一个愤怒，一个心酸。

徐婧在许轻推门离开之后也跟着出去了，而林音不动声色地向宋时走去。

4.

许轻正在洗手，抬眼便对上了镜子里的徐婧。许轻心里一阵感慨：美人从不败时光，徐婧什么时候看都是那么漂亮。

“你叫许轻？”徐婧开门见山，语气不善。

许轻关掉水龙头，转身迎向她，眼神清冷却不失礼貌：“你好，我是许轻。”

徐婧慵懒一笑，打开旁边的水龙头冲了冲手，眼睛望着镜子，话却是对着许轻说的："你应该知道我和阿时是什么关系吧？"

许轻扯了扯嘴角："知道。"她顿了一下，强调，"宋时的发小。"

徐婧正冲着的手一顿，显然是没想到许轻会这么淡定冷静，她不应该对自己一无所知才对。

只用了一秒徐婧便恢复了正常，关掉水，扯出一张纸巾优雅地擦拭双手，轻声细语却又字字带刺："既然你知道那就好办了，宋时从小就性格偏激，所以我一直陪着他。"她扔掉纸巾，目光落在面前平静对视的许轻脸上，"我知道他现在跟你好，但也只是对少年时有过的遐想的一个弥补。没人比我更了解他，也没人比我更能长久地陪着他。"

许轻明白了，敢情徐婧是来示威的，想让她知难而退。如果是以前，她还可能真的会因为不自信而退缩，可是现在，她拥有了就绝不会轻易放手，就算是战斗她也会勇敢地亮出武器。

"你错了，有的。"许轻的眼睛在灯光下熠熠生辉，"现在我来了，而且这么多年，我也一直都在他心里，你不会不知道的。"

她说得轻缓却坚定，徐婧嘴唇哆嗦了几下差点没绷住脸上的表情，这两年有不少女生在宋时身边徘徊，可不是被宋时不冷不热的态度给消磨了耐心，就是在看见她的时候不战而败，所以她从不怀疑以后站在宋时身边的一定是她。

可是，现在面前这个看似什么都比不上她的姑娘说："现在我来了。"

日光灯的光洒在她们身上，她们互相看着对方，一个神色淡定自若，一个强行保持微笑，一场没有硝烟的战斗已经结束。

徐婧出卫生间的时候便看见一个熟悉的身影靠在那儿，那人指尖徐徐袅袅上升的烟雾，像是缭绕到了她的眼底，激得她眼底发涩迷蒙。

她从小就喜欢的人就在那里，年少分开时她对他朝思暮想，后来回清河镇备考以为终于可以修成正果，却发现宋时的心里已经住进去了另外一个人。

她并不是第一次见许轻，她刚回清河镇的时候就听闻有一个叫许轻的女生和宋时走得很近，但是许轻在高三那年去美术学院学习了。正式见面是高考的时候，她看见许轻从考场出来，穿着一身素净校服、干净清冷的脸，也是人群中一眼就能认出的。

她很聪明没有去过问宋时关于许轻的事，她认为总有一天她能如愿以偿，毕竟能陪在宋时身边的女生一直都只有她。当宋时收到蒋晨寄来的那把玫瑰木吉他的时候，她也看到了“XQ”的字样，她看到宋时抚摸着那刻字的指板，目光沉沉，迟迟没有说话。那一瞬间，她终于知道自己不是对的那个人，只是她不甘心。

“你女朋友挺厉害。”徐婧走上前，拍了拍宋时的肩膀，“我甘拜下风。”

宋时掐灭了烟，认真地望向面前强颜欢笑的姑娘。

“阿时，我有个问题想问你。”徐婧认真回视宋时，生怕错过他脸上任何的变化，“你认真回答我。”

“我喜欢她。”宋时直接开口。

相处这么多年还是有默契的，至少她不用开口，他就知道她要问的是什么，不是吗？徐婧在心里苦笑。

她强忍住悲伤，深深地望着她用整个青春喜欢过的那个人，带着哽咽：“谢谢你告诉我。”

如今，她真正彻底死心了。

“出来太久，该回去了。”徐婧挤出一抹笑，自顾自转头就走，转头

的瞬间，有一串晶莹悄悄滑落。

卫生间里，许轻洗了好几把脸，拍拍脸感觉还不真实，又上手掐了自己一把。

呵，她还真把徐婧给 K.O 了。这种感觉就像你玩游戏的时候已经千辛万苦练好了级，准备好了完整的装备，等最后抵达关底的时候发现 BOSS 随便找一个补丁外挂就可以打败。

这过程虽说少了点刺激，好在结果却是她想要的。

她深吸口气，走出了卫生间，低头正寻思一会儿回包间怎么说呢，脑袋就顶上一个坚硬的胸膛，随后身体就落进一个温暖的怀抱里。

有人竟然在大庭广众之下耍流氓。她作势捏住那人的手腕，刚想施展一个分筋错骨手，却被熟悉的声音打断。

“有你这么对待男朋友的吗？”

5.

许轻看清来人，尴尬地干笑了两声，她不久前还打了一场关于他的保卫战呢！

宋时把许轻拽回来“咚”地压在墙上。

似曾相识的地点，随着越来越近的脸，许轻脑子里一下子闪现了两人第一次接吻的画面，貌似也是在卫生间旁边。

许轻心里呐喊：为什么这么浪漫的事情要在这么尴尬的地点做？

她心里郁闷。

“你是故意的吧。”许轻眯着眼问。

宋时的唇停在离许轻只有半厘米距离的地方，似吻非吻，温热的气息喷洒在她敏感的皮肤上，撩得许轻心里蹿起一拨又一拨的火。

许轻有点想咬他。

“你怎么就知道我是故意的？”他故意反问。

许轻瞪他，鼻子被擦过的地方，酥酥麻麻。

“反正你就是故意的。”她耍赖，“你就是想看我怎么给你驱妖降魔。”她把徐婧比喻成妖魔其实并不厚道，不过此时她心里赌气，宋时故意把徐婧叫来上演这一出，难道就没想过她可能会𡚸得拱手相让吗？

终于见识到她吃醋的样子，宋时贱贱地笑出声。

“你笑什么？”

“笑你厉害，这么厉害的妖怪都被你打跑了。”

许轻哼道：“你起开。”她作势推了宋时一把，没推开。

“亲一下。”宋时嘴上这么说，但是人却没动，好像在等许轻主动。

“不要。”许轻轻轻偏过头。

“你不是吃醋了吧。”宋时挑眉。

许轻赌气：“有什么好吃的，我可没那么无聊。”

宋时一只手从撑着的墙壁上滑下来，许轻见空就钻，刚想脱身离开，不料腰被人横空一揽，她被一股力量扣住，随后下巴就被人捏住不得不仰头去承接压下来的柔软。

许轻牙痒痒：“我要叫耍流氓了啊。”

宋时离开她的唇瓣，捏着她下巴的手指挠了挠，笑道：“我对自己女朋友耍流氓，你觉得谁能管，嗯？”

这个无赖！

许轻偏过头去不想跟他对话，宋时这才说正经事：“我叫她来的意思，别人不懂你还不懂吗？”

怎么会不懂？许轻在看到徐婧的时候，就知道宋时是在逼着她和徐婧都正视自己的感情。

“她性子倔。”宋时说，“我必须这么做她才能死心。”

他不是傻子，徐婧对他什么想法他一早就知道，他从没给过她任何希望，但是现在也确实到了让她认清现实的时候了。他不想伤害她，但更不想以后继续伤害她。

“不过，就凭我们许小姐的脾气，怎么都会把自己的领土捍卫好的，对吧？”宋时歪着头冲许轻打趣。

几乎是一瞬间，邪火从胸腔爆发，顺着血液一股脑直冲天灵盖，许轻伸出手臂直接搂上宋时的脖子，直接送上自己的唇。

不能说是吻，应该说是咬。

宋时吃痛，皱着眉睁眼看正咬着自己的人，有些懊恼，心想真不应该刺激她。

许轻咬够了，正准备退开，腰身被两只胳膊圈上，后背有大手压着她不让她离开，一道低沉的声音说：“再咬一会儿。”

第十三章

TASHIXIAOWENNUAN

毕业之后我们就结婚吧

1.

宋时最近不大对劲。

“你最近是怎么了？”陈锋扔过来一盒烟。

宋时随手一抬轻松接住，抽出一根点上。

临近寒假又逢过年，这段时间是接项目的空窗期，陈锋和宋时最近挺闲。

“没事。”气息随着白雾吐出。

“许轻呢？你不是三天两头往北校区跑吗，这两天怎么不去了？”陈锋夸张地捂着嘴惊讶道，“不会是把你甩了吧？”

真是狗嘴吐不出象牙！宋时愤愤地踢了他一脚。

陈锋闪身躲，嘻嘻笑：“我没别的意思，这不是给你提个醒嘛。我跟你说，许轻这姑娘真不是一般的人，上次吃饭她呛兄弟的那几句话，到现在我还有心理阴影呢。”

许轻上次因为吉他设计图纸冷了态度的事情，在一帮大男生眼里都留下了深刻印象。

这个女生，真心难降。

宋时瞬间垮下脸，他心里可不就是因为许轻郁闷着呢，前些日子不管他怎么约许轻都约不出来，理由是要备考四级。如今试也考完了，他欢天喜地打电话约她，结果人家不是和林音一起逛街就是和林音一起吃饭，他作为男朋友被甩到一边，真是气得牙痒痒又不好拿人家闺密怎么办。

林音，他现在想起来这个名字就有气，之前的约法三章现在都成了狗屁了。

宋时暗骂了一声，猛吸一口结果被呛得咳嗽连连。

一月的温度已是零下，北方都充斥着一股肃杀之气，从寝室楼窗户望出去，枯瘦的树枝随风晃动，嶙峋的枝干把青灰色的天空切割得四分五裂。

没有项目要赶的时候宋时会住在寝室里，他已经打了一天的游戏，可是心思却不在上面，眼神不自觉地往被刻意扔在一边的手机那儿瞟来瞟去。

前面电话响了几次，他兴奋地扑过去，结果没有一个是许轻打来的，唉，他这个男朋友还真是一点地位都没有。

宋时烦躁地点了一根烟，看样子要振振“夫纲”了！

电话再次响起来，他不想接，但是目光触及屏幕的那一刻，他就直接扔开鼠标和键盘，扑了过去。

电脑上的聊天频道里顿时一片哀号和叫骂：

“喂，你怎么不动了？”

“大哥，快上啊，我们快输了。”

“我去，这是什么情况？”

“别在那儿装死，看不起谁呢，真刀真枪地干啊。”

……

宋时没理，起身走到窗边接电话。

“喂，男朋友你还好吗？”

“怎么，终于想起我来了？”宋时嘴里还叼着烟，说话含糊，不过抱怨的意思再明显不过了。

片刻，听筒传来一声浅浅的轻笑，让他觉得比烟草还解乏。

“你笑什么？”

“这怨妇的心哟！”许轻笑个不停，“我以前怎么没发现你心眼这么小呢！”

“你才知道呢。”宋时哼道，“我还容易吃醋，所以你最好给我收敛点。”

许轻“咯咯咯”地笑：“你吃谁的醋？”

宋时张口想说林音，但是顿了顿，到底没说出来。

“不闹了，我和你说正事。”许轻敛了笑。

“嗯。”宋时大致能猜到她想说什么。

寒假临至，学生们都开始为回家做准备，唯独宋时还是一副不为所动的模样。往年暑假他都会在出租屋里赶项目，寒假就一个人在异乡过年。但今年不一样了，他有了许轻。

“要不你和我回清河镇吧。”许轻在电话那头轻声劝说，“就算不回家，也好过你一个人留在这儿。”

“怎么，这么着急让我见家长啊？”宋时笑。

许轻脸一热：“我和你说正经的呢。”

宋时默了默，也认真道：“你让我再想想。”

许轻不再坚持，她相信宋时，既然他需要时间，那么她就应该给他足够的时间。

许轻的车票是一早就订好的，宋时把她送到火车站，两个人腻歪了一会儿就分开了。

宋时一直也没主动说回清河镇的事，许轻也就没再问。

到达清河镇的时候，是程瑶和陈斗一起来接的她，那俩人一早就从北京回来了。

“我给老大打过电话了。”陈斗主动说，“当时看他没表态，我还以为他能和你一起回来呢。”

许轻情绪微微有些低落，虽然她没问，但是多少还是有些失望的。

出租车一路向前，窗外的景物呼啸后退，明明是晌午，天色却暗沉得不像话，似有尘土弥漫在空中，只是看着都有些喘不过来气。

许轻的寒假日常也不过是躲在家里画画，要不就是看书，最多就是和程瑶一起胡吃海喝。

这天晚上程瑶来找许轻，她出入许家大门都已经成了家常便饭，许家父母和老爷子没有不喜欢程瑶的。

程瑶和家里打过招呼，今天晚上留宿在了许轻的家里，两个女孩子钻在一个被窝里面说悄悄话。

“谈恋爱的感觉怎么样？”程瑶促狭地问。

许轻大方道：“挺好的。”谈恋爱挺好的，宋时挺好的，所有的一切都挺好的。

程瑶一乐，翻身凑过来悄悄问：“你俩有没有……”

“没有。”许轻耳朵一热，推开她，“你别瞎想。”

“有什么不好意思的。”程瑶捂嘴笑，“我们都是成年人了。”

言下之意，不言而喻。

许轻眨着眼睛，疑惑地问："你和陈斗……"

程瑶倒是坦率："我已经是他的人了。"

"未来你们是怎么打算的？"许轻第一次关心起未来，以前的她只是单纯地喜欢宋时，但那时根本没想过天长地久。

程瑶说："我喜欢陈斗啊，很喜欢。"她说起陈斗都不由得笑出一抹甜蜜，"我对现在做的任何决定都不会后悔。阿轻，我记得以前你和我说你不在乎结果，只要能喜欢宋时就可以，我现在就是这样。至于未来，如果我和陈斗可以走到最后，我当然要嫁给他；万一走不到，我也会感谢曾经有这样一个人出现在我的生命里。"

她说得郑重其事又斩钉截铁。

良久，许轻说："我也是。"

2.

接到宋时电话的时候，许轻还以为自己在做梦，直到她披上羽绒服迎着飞舞的小雪在旧街十字路口见到那个熟悉的身影时，她才真的心花怒放。

她直接冲进宋时的怀里，紧紧抱住他。

"你怎么来了？"许轻问，"怎么不早点告诉我？"

她太高兴了，不知道是兴奋过头还是空气太冷，说话都带着颤音。

宋时敞开羽绒服把许轻裹得更严实一些，下巴蹭着她柔软的发顶，鼻端是她的发香。

"昨天晚上的火车。"他答。

"你回家吗？"她在他怀里仰头，看着他头顶簌簌落下的细雪，觉得他简直太好看了，好看得她都快移不开眼。

“不知道。”他说，带着淡淡的低落。

他离开家两年，几乎是走了当初宋奇的老路，不过他比宋奇幸运，他有许轻，可以带他找到回家的路。

俩人在附近找了一家旅馆，许轻一直陪他坐到下午，直到汪素珍来电话催她回家。

许轻接电话的时候眼睛一直在宋时身上，他坐在窗台上安静地抽烟，身影落寞又委屈，许轻的心都隐隐疼了。

汪素珍在电话那头不断絮絮交代她早点回家，寒冬腊月下着雪不要在外面乱跑。

“我和程瑶在外面逛完就会回去了。”许轻撒谎，要是被汪素珍知道她和一个男生在旅馆里，估计下一秒她就会掉脑袋了。

闻言，宋时朝她看了过来，压在心头的阴云渐渐消散，钻进了一个小太阳。

不知道电话那头还说了什么，只听许轻一个劲地保证：“天黑之前我一定回家。妈，我都这么大个人了，还能出什么事。是，是，是，您说得对，那我先挂了。”

终于挂了电话，许轻解脱般地吁了口气，抬头对上宋时，她想起刚才撒的谎，不禁有些臊得慌。

“你……你那么瞅着我干吗？”许轻靠近他。

透过窗玻璃的光浅淡，正映着许轻的侧脸，光影中的她尤其好看。

“你撒谎之前是不是忘了什么？”宋时说，“你和程瑶通气了吗？你妈妈电话要是打到程瑶那儿……”

话还没说完，许轻脑子里“嗡”的一声——如果真的那样，她就死定了！

她一边赶紧去找程瑶的号码，一边嘟囔埋怨宋时为什么不早说。宋时低头看着她手忙脚乱的样子不禁失笑。

情之所至，他伸手抬起她的下巴，低头亲了下去。

雪花在窗外飘舞，室内一片旖旎，两颗炽热的心越靠越近，一起燃烧。

除夕那天，宋时回了宋家。

许轻不知道他回去会发生什么事情，但是她知道不管结果如何宋时迟早都要面对，她也会陪着他面对。

“你爸没打你啊？”许轻躲在被窝里讲电话，屋外是家人哄笑的声音。

不知是谁家放烟花，一阵惊天动地，听不到电话里宋时说什么，许轻一只手堵着耳朵，另一只手拿着手机和宋时通电话。

听筒里传来他的声音：“我都多大了，他就是想拿棍子也要打得到不是？”

许轻抿着嘴角：“看样子真的没事了。”

宋时倚靠着窗户看漫天烟火，耳边是许轻轻轻柔柔的说话声。他听她念叨母亲办年货犹豫不决，听她说爷爷最近特别喜欢跟她说很久以前的事……

真是美好的时刻啊，是他生命中不多的完美和安定，他想珍藏一世。

宋时低头笑，也不打扰她。

“喂。”见宋时这边迟迟没有动静，许轻喊。

“我听着呢。”宋时说。

“你是不是困了，那就早点睡吧。”

“不用。”宋时抬头看了看天，声音宠溺，“你不是要守岁吗？我陪你。”

时间在脑海里极速倒退，许轻想起那年冬天她守岁时接到的宋时的电话，那时他还在邻省陪宋奇。

如今一切都变了。

宋时也在同一时间陷入沉思，今天是他阔别两年后再度踏入家门，本以为宋峰会大发雷霆赶他出去，没想到宋峰只是定定地看着他，逐渐红了眼眶后说“回来就好，回来就好”便转身上楼了。母亲自是欣喜到涕泪纵横，拉着他嘘寒问暖问他这两年的境况，宋时看着宋峰弯曲的背影、看着母亲鬓角的白发，酸胀感几乎填满胸腔。

这是一个共同成长的过程，他们都变得不再固执，变得会站在对方的角度去思考，这是最好的沟通方式。

至于宋奇，他是宋家每一个人都无法忘记的存在。

俩人没有说话也没有挂电话，就在接连不断的烟花爆竹的响声里听着对方均匀的呼吸。

那一刻，有一个想法在宋时脑子里扎根。

“许轻。”他叫她。

“怎么了？”许轻心跳如鼓，她像猜到宋时想说什么似的，紧张得拿手指抠着棉被上的花纹。

她听见自己的心在打鼓。

“毕业之后我们就结婚吧。”宋时说。

不知是谁家在同时放礼花，硕大的华彩绽放在黑夜中，五颜六色的光亮照映了整个清河镇。

许轻说“好”，在她郑重说完后，整个世界都沉浸在一片火树银花中。

3.

难得相聚，程瑶怎么也不想放过这次机会，想尽办法要把几个人都约出来聚餐，可是蒋晨要回老家过年、杨宇要回网吧值班就都早早就走了。

程瑶玩嗨了，非要去酒吧喝两杯，陈斗自然是宠着媳妇的，宋时向来都无所谓，只有许轻对酒吧心生抗拒。

“相信我，你去过一次就会发现那个地方有多好玩。”程瑶不放弃地劝说。

许轻无奈，有什么好玩的，不就是一帮人喝来喝去扭来扭去。

最后投票决定，二比一，宋时弃权。

“你怎么不站我这边呢！”许轻的小手伸进宋时的衣服掐他，“怎么当男朋友的？”

宋时笑，去拉她的小手：“难得放松一下。”

“非要来这种地方放松吗？”许轻不开心了。

宋时看她闹脾气的样子觉得很好玩，实在没忍住笑出来。

许轻哼了一声就不搭理他了。

她其实也不是故意要小性子，实在是她内心一直对酒吧这种声色犬马的场所比较抗拒，一则是现在在清河镇，万一要是被汪素珍知道她来这种地方，后果不堪设想；二则看宋时那无所谓的样子，她就忍不住去猜想他以前到底混过多少个酒吧，想想都来气。

最终还是被程瑶拖了去，几个人找了张桌子坐下，灯光交错，音乐震耳欲聋，许轻感觉耳朵和心脏被震得齐齐跳，现在是酒吧最热闹的时段。

许轻四下打量，看见个熟悉的人影，于是拉了拉程瑶的胳膊。

“瑶瑶，你看那人熟不熟悉？”

程瑶顺着许轻的目光看过去。

那人侧面对着她们，理着干净利落的短发，即使现在样子变成熟了，可戴着眼镜的样子和过去如出一辙。

“陈杰松。”俩人几乎是同时说出口。

熟人相见自然少不了一阵热情的寒暄。这两年，陈杰松和她俩的联系少了很多，他现在在上海读法律，当年那个不顾家长和老师反对毅然选择自己梦想的男孩终于走出了一条属于自己的路。

那条叫作梦想的道路。

“真没想到能在这儿见到。”程瑶兴奋极了，全然不顾旁边陈斗的脸已经黑成锅底。

许轻也挺高兴，刚才还闹着的小情绪也抛诸脑后。宋时看她笑靥如花和陈杰松说话的样子，眼里恨不得射出一根根尖锐的针。

陈杰松看许轻的眼神，男人们太清楚了。宋时只觉得一阵硌硬：怎么什么人都能惦记上许轻呢，真是够了。

“我下个学期就要去律所实习，大概明年不会回家过年。”陈杰松推了推眼镜，笑，“这不，多争取和朋友一起聚聚，以后就没有这么闲了。”

程瑶扫了一眼他的朋友们，有男有女。她拍了拍陈杰松的肩膀，贼贼地笑：“交没交女朋友？给我们介绍一下呗，好歹当年咱仨也是六班‘铁三角’啊。”

陈斗听见自己在磨牙。

陈杰松不经意地瞟了一眼许轻，说：“还没呢。”

宋时也跟着磨牙。

本来是四人的聚会，最后变成一大帮人的派对。

散场的时候已经是凌晨了，汪素珍打电话来催了好几次，最后许轻只好撒谎说同学聚会晚了要去程瑶家睡，当然，程瑶用的也是同样的办法来搪塞家里人的。

这天，清河镇上，两个醋神附体的男人上演了一出好戏——

陈斗带着喝得有点醉醺醺的程瑶到一家旅馆。

凌晨的寒风有点刺骨，程瑶下意识地往陈斗怀里钻。

陈斗伺候程瑶洗漱，程瑶消停了不一会儿就又不老实了，一个劲拿腿蹭陈斗，把他蹭得心里的邪火一个劲往上蹿，最后还是没把持住把人压在了身下。

“你再不老实我可不做君子了。”陈斗咬牙。

程瑶笑，主动搂着陈斗的脖子，媚眼如丝道：“反正你就没做过君子，装什么装。”

陈斗看着身下娇媚可人的程瑶，不禁想起不久前她和陈杰松勾肩搭背的样子，心里瞬间冲上来一团愤怒之火：“你到底和那小子什么关系啊？”

程瑶嘟囔：“同学呀。”

“只是同学，你怎么对他这么热乎呢？”陈斗委屈。他坐了一晚上冷板凳，本来想牵牵小手、亲亲小嘴，全因为陈杰松的出现泡汤了。

“我对你更热乎啊。”程瑶嘴角挂着笑，小白牙若隐若现。

陈斗看她的目光越来越深。

“你吃醋啦？”程瑶看着他上下滚动的喉结故意问。

陈斗嗓子干，只觉浑身被火烧一般难受：“你猜我现在想做什么？”

程瑶没回答，目光狡黠。她搂着陈斗的脖子微微一用力把人拉了下去。

寒冬的夜里蹿出一束炽烈的火焰，燃烧着痴情男女。

另一边，宋时把许轻背回了自己家。

他本来也想在附近找个旅馆，但是想到今天宋峰和母亲去走亲戚了，家里正好没人，想着家里睡着更舒服就把她背了回去。

许轻酒量本就不好，程瑶是装醉，她可是真醉。

寒风吹散了几分酒意，她侧着脸趴在宋时背上，忍不住翘着嘴角。

直到宋时按密码开锁进屋，许轻才稍稍发觉不对劲。

“醒了就起来去洗漱。”宋时一边换鞋一边说，见背上的许轻没动静，也没把她放下来，直接把她背到了二楼。

一个台阶一个台阶上去，许轻突然明白这是宋时的家，臊得把脸埋在宋时的背上不敢抬起，她恨不得此刻自己是醉死过去的。

男人把女人带回家的理由，真是越想越脸红。

宋时把她放在床上，许轻紧张地闭着双眼，那睫毛颤抖的幅度真是想不注意都难。

宋时坐在床边，房间里没有开灯，清淡的月光顺着窗口蔓延到整个床铺，许轻洁白无瑕的脸蛋上沾上了点月光，像在闪光。

宋时低下身子凑近，故意往躺在床上装睡的人耳边吐气：“你是自己换衣服去洗漱还是我帮你换，选一样吧？”

许轻瞬间睁开眼睛，一脸惊恐。

“醒啦。”宋时笑。

“嗯。”许轻下意识抓紧了自己的衣领，紧张地咽了咽口水。

她是被宋时背上来的，鞋子在进门的时候就被他顺手脱掉了，然而却没有给她套上拖鞋。

她坐起，抬脚轻轻踩了踩宋时的脚背示意他把拖鞋给自己穿，宋时也很配合，直接脱给她。

宋时给她翻出一套自己的衣服，许轻红着脸抱着就进了卫生间。

洗漱完出来的时候宋时躺在床上已经睡着了，均匀的呼吸声在宁静的夜晚格外好听。她爬上床在另一侧躺下，伸手把被子盖在俩人身上，也慢慢地闭上了眼睛。

天还没亮透，许轻眯着眼从温暖的怀里苏醒，抬头便对上宋时的脸，她往床边挪了挪。

宋时睡着时有种平时少有的祥和安宁，许轻看得有些入迷，便伸手去摸他挺直的鼻梁。

手指刚刚触到肌肤，人就被翻身压住，热气包裹着她全身，从上到下全是宋时身上熟悉的味道。

“你……醒啦。”她心律不齐。

宋时覆在她身上，四肢在棉被底下交缠，她连呼吸都变得炙热和急促。

他低下头，惹来许轻一阵战栗：“你干吗？”

“你说干吗？”

“我……我该回家了。”

宋时抬眼看了看外面还未彻底亮的天，笑：“你这个时间回家，不是故意惹人遐想。”

许轻扭头，双臂挡住自己的脸。她穿的是宋时的卫衣，又大又肥，垂下的衣袖正好可以把脸挡得严严实实。

宋时看她害羞，不再逗她，这时不知是谁的手机在响，打破一室暧昧。

许轻慌忙从宋时身下逃出来，抓过自己的外套，从兜里摸出手机。

“喂，阿音。”

才接通，就感觉到宋时知道电话是谁打来后，那灼灼的目光快把她点燃。她不自然地转过去背对他，继续接电话："嗯，我订的是开学前两天的火车票。"

宋时的眼神越来越幽深。

"行，那就车站见。"许轻挂了电话转身对上宋时直勾勾的眼睛，脸上余热未消，她红着脸解释，"是林音，她问我什么时候回学校，好和我买同一时间段的车票……"话还没说完，人又被拉回去了。

"我发现我女朋友魅力可真是不一般大。"宋时危险地眯缝着眼睛，身体缠得她更紧了。

他这话意有所指，许轻怎么可能听不出来，这是在吃陈杰松的醋。

"那小子……"宋时话没说完就被许轻打断。

"他与我的关系一直都挺好。"她嘟囔，"不过都是以前的事了，你可不能因为这点鸡毛蒜皮的小事就家暴啊。"

宋时看着她心痒难耐，他瞄了瞄被他夺过来扔在一边的手机，捏着许轻的下巴威胁道："不只是男的，女的也给我注意点。"

许轻没听懂。

宋时气急，想要好好惩罚她，瞬间拉高被子把俩人裹在里面，嬉闹求饶声四起，带着新年旺盛的活力。

4.

就这么甜甜蜜蜜过了半年多，八月份的时候，许轻去查四级成绩，被打击得欲哭无泪。

刘晓迪站在她身后"啧啧"："你这也是谜之成绩。"

林音也凑过头看了一眼电脑，然后给了许轻一个安慰的眼神。

424分要多"谜"有多"谜"，这学期已经大三了，还卡在四级的人估计也就只有她一个人了。

真是万恶的英语!

宋时电话打过来的时候，许轻正抱着电脑郁闷。

“喂。”声音都是郁闷的。

“赏脸吃个饭不？”宋时一听她这语气，瞬间就知道她这次四级又砸了，赶紧转移她的注意力。

“吃什么？”一听到吃饭，许轻勉强还能提起点兴趣。

宋时笑：“当然是你做主。”

因为四级成绩而心情不佳，但是听到宋时这么说，许轻还是感觉有一丝甜蜜冲开了阴霾。

宋时从来不是那种会甜言蜜语的男生，也不是那种会挖空了心思讨女生欢喜的男朋友，他却总会在她最需要关心的时候打来电话，在她最沮丧的时候陪着她、鼓励她、帮助她。

之前还绝望的人，下一秒就已经开始打扮自己然后撒欢去约会了，刘晓迪和林音也算是见识到了爱情的伟大和神奇。

有凉风习习，吹动了柳树的发枝，倒映在小湖边的水镜中，影影绰绰。

许轻已然忘记之前被打击的痛，轻快地蹦跳着走在石子路上。

从一棵树后伸出来一双胳膊，将她拦腰抱住，随即转身把她抵在树干上，还体贴地用掌心护住她的后背。

唉，看到那胳膊的一瞬间她就知道是谁了，这种把戏也就他玩得乐此不疲。

“你还真是没心没肺。”头顶传来低沉的嗓音。

许轻在心底叹口气，配合地装作被他吓到的样子，捶他胸口：“你怎么这么快？”

“给你打电话的时候已经在这儿了。”

许轻搂住宋时精瘦紧致的腰杆，把脸贴在他的胸膛上，感受他温热的心跳。

“我难过。”她像只撒娇的猫咪在他胸前蹭来蹭去，“现在只有火锅能安慰我脆弱的心灵了。”

宋时嘴角抽动，敢情这丫头是在讨价还价呢。

上个月许轻因为吃火锅上火，宋时三令五申警告后便直接断了她的火锅，吃饭时间各种电话盯梢，让许轻过了好长时间没有鸭血鸭肠的日子。

“行，去吃。”宋时认命道。

许轻一听眼睛都亮了，主动踮脚亲了亲宋时。

这一举动确实取悦了宋时，但是……

“不过……”宋时故意顿了顿。

坏啊！怎么还有转折呢！许轻眼里的星星瞬间都熄灭了，嘴都翘起来了。

看来美人计不好使了，宋时对她大概免疫了。

宋时盯着她黑漆漆的发顶望了好一会儿，捏着她的下巴托起她沮丧的脸，笑道：“不过你下次要保证考过四级。”

许轻轻叹，心想还不如不吃火锅。

“叹什么气？”宋时挑眉。

许轻委屈：“我考不过去。”就差一分，她就熬过四级大关，以前英语就是座攀不过去的高山，现在依旧是。

“你把你男朋友当摆设呢？”

许轻嘟囔：“你又不能代考。”

“别想那些歪门邪道。”宋时轻叩她脑门，语气宠溺，“从明天开始你来我租的房子，我帮你补习。”

许轻敛眉嘟嘴捂头生气，却意外撞进他的眼里，他的眼睛深邃黝黑像是带着漩涡的黑洞，就这么吸引着她不断沉沦。

回忆像潮水一般涌来，她离开清河高中去学美术的最后的一段时光都是宋时帮她补习英语的，她成功拿到英语单科第一次破百的成绩，为此乐了好久。

“怎么了？”宋时看到她盯着自己目不转睛的样子，语气瞬间柔软得不像话。

“感觉像在做梦。”许轻喃喃地说，一头扎进他的怀抱。这是她最爱的少年，装了一整个青春记忆的少年。

“现在还在做梦吗？”宋时低头亲她。

唇上柔软温暖的触感把她拉回现实，没错，现在这一切都是真的。

就在宋时再一次准备低头覆上来的时候，许轻小声说：“不是要去吃火……唔……”

她的声音随着尾音逐渐消失。

他说：“亲完再去吃。”

许轻最近往宋时那儿跑的次数越来越勤，甚至有几次都夜不归宿，刘晓迪和林音心知肚明不过还是要装作不知道的样子。

又是一次许轻夜不归宿的日子，俩人在寝室突然聊起她的事。

“你说他俩都好一年多了怎么还这么黏糊啊，热恋期过不去了这是？”刘晓迪涂着指甲油，顺便看了一眼刚刚亮了一下的手机屏幕，是陈锋发来短信说晚上要和研究院里的人聚餐。她和陈锋如今已经到了稳定期，所以她觉得能少黏在一起就少黏一起，保持些距离才能保持对彼

此的美好印象。

“你说许轻过两天会不会就要从寝室搬出去，和宋时同居了？”刘晓迪被自己这大胆的猜想吓到了，“她大概没这么肥的胆吧！”

林音笑了笑不搭腔。

许轻胆子向来大，只是平时看上去文文弱弱的，但林音是知道的。早在美术学院的时候，有几个刺头女生故意找碴儿把林音的颜料再三打翻，正好被许轻路过看见，于是出手仗义地帮她教训了那帮人。许轻以一敌三也毫不露怯，让忐忑不已的林音顿时刮目相看。

忽然熄灯了，黑暗里，林音忍不住翘起嘴角。

“哎，你和许轻关系为什么这么好啊？”刘晓迪好奇地问。

寝室里是良久的安静，直到月亮高升，蝉鸣在夏夜的风里声声喊叫。

刘晓迪才听见林音像是喟叹一般说：“她是我最重要的人。”

许轻的夜不归宿才不是寝室里那俩人想的那么风花雪月呢，她被四级单词语法搅得昏天暗地，想浑水摸鱼还被宋时随时抓包，真是气煞她了。这不，因为想偷懒被发现，这时候她正在刷万恶的四级真题试卷呢。

她绝望地抬头看了一眼外面，天已经黑透了，透过明亮的玻璃窗能看到几颗藏在云层下的星星。

又回不去了，她想。

她低下头用笔摩擦试卷边缘的小动作，被刚做完事情转过头来的宋时看得一清二楚。他笑，然后走了过去。

“错了多少？”他问。

许轻闻言把试卷举起来，上面勾画过的地方都是刚刚对过答案改过来的，一共五篇阅读理解、二十五道题。

宋时视线扫过试卷，错了九道，他拧了拧眉，有点多。

他想了想，随手接过笔，开始给许轻讲解阅读理解的思路和方式，略带疲惫和嘶哑的男声在夜色里格外性感，他英俊的侧脸就在她的脸侧，稍稍偏头就能看到他高挺的鼻梁、英挺的眉眼和坚毅的下巴和嘴唇。她的宋时真是完美得让她想随时尖叫！

许轻兀自走着神，宋时好笑地拿笔敲了敲她的头："回神啦！这个题是假象题，你不能凭主观去答题，比如这个单词的意思在文中就需要更深一层地去理解。"

"宋时。"许轻头一歪倒在宋时的肩头，依恋地蹭着他肩头。她从没想到过自己有一天会是这般模样，像只猫。

宋时以为她是累了，也不想逼她逼得太紧，抬手抚了抚她毛茸茸的发顶，道："累了？那先睡吧，明天还有课。"

她不累，和他在一起的每一秒她都觉得奇迹般地充满活力，只是她不想动，更不想他离开。

"你先睡，我去抽根烟。"他极少在许轻面前吸烟，二手烟终究有损健康。

他是那种默不作声地用行动在细枝末节里爱护喜欢的人的男人。

"嗯。"许轻应着，却没有动。

宋时还想说什么，许轻忽然抬头，双手揽过他的脖子，直接亲了上去。

宋时被亲得动了情，双手刚想抚上许轻的腰，后者就已经奓毛般跳了起来奔向卫生间了。

典型的撩完就走！

宋时看着那逃走的娇俏身影，坐在沙发上哭笑不得，舔舔唇上残留的味道，随后出门抽烟去了。

薄云散去，星辰和月光一起出现在夜空，夜空下，总有几颗藏在黑

夜里躁动的心。

次年八月，许轻四级终于过了。程瑶特地打电话来祝贺了一番，让许轻哭笑不得。用程瑶的话说：“你考四级就如同别人高考，人家是升学宴，你是过级宴。”

成绩出来当天，林音和刘晓迪就组了个饭局，庆祝许轻四级终于考过了。虽说是主角，但是那晚许轻硬是羞愧到不敢抬头，宋时瞅着她笑了一晚上。

这一年，许多人或主动或被动迎来了新的转折——刘晓迪决定考研，和陈锋继续这场“距离产生美”的恋爱；程瑶和陈斗已经在北京找到了实习单位，俩人租房子同居了；宋时因为在校期间参与了很多的项目，还未正式毕业就有很多公司抛来了橄榄枝，和许轻的感情稳定且越发浓烈；关于未来的职业，许轻和林音却都没有做好决定。

我们总以为自己还小，成长就以这样猝不及防的姿态推着每一个人不得不面对。

从学校这个大门走出去的那一刻开始，大家从此就是分道扬镳，各安天涯。

5.

晌午的气温越来越高，许轻淌着汗在寝室收拾自己的行李，她没想到三年多自己竟然攒了这么多东西。那些不常用又舍不得扔的已经邮寄回家了，只需要把剩下的被褥运到宋时那儿就行了。

想到这里，她不禁脸一红，想起那天清晨，宋时搂着她在她耳边吹气：“搬过来和我一起住吧。”

她再三犹豫终究还是点了头。

之前学校附近的租房已经退了，宋时决定入职一家互联网游戏公司，规模不小，在市中心，所以宋时临时租了一个离公司近的房子，一室一厅，他们两个小情侣住刚刚好。

收拾妥当，许轻在已经没有她物件的寝室里休憩，想起这三年多发生在这个房间里的喜怒哀乐，以及一起共度的两个姐妹，不由得酸了心情、涩了鼻子、红了眼眶。

也许以后有些人能时不时约见，而有些人会成为只是走过一小段人生路的旅客，从此天南地北再难相遇。

傍晚时分，宋时租了一辆小型面包车来学校接她。

“走吧。”东西陆续运到车上，宋时拉着她的手说。

许轻磨蹭着、支吾着，许久后终于开口：“我能不能再待两天？”

“怎么了？”宋时察觉到不对劲。

“是林音。”许轻在他面前向来藏不住什么秘密，“林音最近心情不好，我想再陪她两天。”

如果是别人宋时根本就不在意，女生们分别总会难舍难分，可是当那个人是林音的时候，可就另当别论了。

“她怎么了？”宋时挑眉，语气不佳。

“我也不清楚，前两天她接了通电话后心情就一直不怎么好。”许轻说，“然后这两天忙着搬家的事情我也没有主动去问，她过几天才离校，我想陪她两天。”

宋时没吭声，但是脸色明显不好。许轻那么有眼力见儿的人怎么会看不出来，她只当宋时是恋爱脑只想 24 小时黏在一起，于是撒娇地钩住宋时的指头晃荡着卖萌求同意。

宋时嘴角抽动，受不了地把她搂在怀里。面包车司机很识时务地关上车窗，远处几个不皮一下不开心的小学弟起哄吹口哨。

许轻羞得不敢抬头，把头扎在宋时怀里当鸵鸟。

耳边有温热气息，低沉的嗓音像立体音响一般：“就两天，多一秒都不行。”

许轻见他妥协，心中雀跃，这个小气鬼能同意两天已经是很大的让步了。

寝室空荡荡的，刘晓迪是第一个搬出寝室去外面租房子的，许轻的床铺如今也空了，只剩下林音的床铺还有生活的气息，那床深蓝色的被子还是她们入学时一起网购的。

不知不觉间，许轻和林音已经认识了四年，她早和程瑶一般成为许轻生命中最重要的伙伴。

门开了，有热浪钻进来。

“怎么还没走？”林音问。

许轻提起手里装着两打啤酒的塑料袋，笑：“要不要喝一杯？”

夜风清清凉凉的。

许轻和林音躺在操场上，旁边是横七竖八被捏扁的啤酒罐。

许轻抓过一瓶未开罐的啤酒，叹息：“这东西又苦又涩，其实一点也不好喝，但是为什么人总是喜欢在心情不好的时候喝两杯呢？”

她转头看旁边的林音。

林音怎么可能听不出许轻话里的意思，今天许轻约她喝酒就是为了给她一个倾诉的机会。许轻一直都很关心她，她不是不知道，可是越是对她好，心底那些悲伤就越难以压制。

“我决定出国了。”林音的声音特别清晰，“去日本。”

林音父母一直要求她毕业就出国深造，只是林音一直不肯。

许轻问："决定好了？"

"没什么好考虑的了。"林音捏着啤酒罐的手指用了力，罐身渐渐瘪下去，像她拼命克制的心里话，她苦笑，"去国外见见世面，也许可以救赎。"

这话是自欺欺人，别人不懂，许轻懂。

不是所有人都有像陈杰松一样孤注一掷的勇气，也不是所有人都能按照自己的意愿而活，这个世界上总有一些你必须妥协的事。

"林音，谢谢你。"许轻良久后说。

——谢谢你成为我的朋友，谢谢你曾在我最难过的时候陪伴我。

林音讪笑："突然这么矫情都有些不像你了。我一向不喜欢我父母为我安排的事，我喜欢的东西在他们眼里从来都不被认可，但是我从不后悔听从我父母的安排去学画画。"

——因为遇见了许轻，所以她不后悔。

许轻笑："对啊，其实画画是一件很有趣的事情。"

林音不答，只是微微扭头望向许轻，这个女孩有着最清冷的面容、最柔软的心灵。

这几年的时光，是她最充实最快乐最满足的。

然而，分别注定是会到来。

陈锋和宋时一起做的网站一直在运作，有企业通过网站看中了许轻的设计，许轻也因此很顺利地找到了自己喜欢且适合的工作，她正式在一家以原木家具设计为主的公司上班。

林音去日本进修需要三年，但是需要在本科毕业后才能走，这期间，她回家准备日本学校那边的考试还有语言学习。

时间就像一下子被全部偷走，每个人都开始匆匆忙忙。

提前出去实习的学生开始陆陆续续回来准备答辩，长时间没有消息的班级微信群开始接二连三地炸出消息。

宋时和许轻同居的事情，只有几个特别好的朋友知道，父母那边一直都是隐瞒着的。

直到程瑶的那通电话……

第十四章

TASHIXIAOWENNUAN

那是她深深爱着的少年啊

1.

当许轻得知这个爆炸性消息的时候，为时已晚。电话那头的程瑶已经快哭了，她无意中和自己妈聊天时说漏了嘴，这时候懊恼得恨不能撞墙，虽然也急得焦头烂额，但是许轻没有责怪她。

“你别急，我想想我等下怎么跟我妈解释。你别哭呀！”许轻揉着太阳穴宽慰程瑶。

程瑶不停道歉：“对不起，阿轻。我没想到会说漏嘴，我妈估计已经和阿姨告状了，你好自为之啊。”

好不容易宽慰完程瑶，挂了电话，许轻一阵疲惫和茫然。

她努力吸了口气挺了挺胸膛，给自己更多的勇气准备迎接家里人的三堂会审。

可是一瞅见手机，她又𡝤得泄了气，真怕亲妈现在就来电话。虽说她现在这个年纪交男朋友属于正常行为，但是同居这种大事在她家是肯

定不被允许的。

估计这次连爷爷都不会站在自己这边了。

“叹什么气啊？”宋时从身后搂着她。

“我估计最近要回家解决一场家庭纷争了。”许轻叹息。

“要不我陪你吧。”宋时的唇蹭着她的耳垂，声音嘶哑又性感。

许轻感觉全身燥热，尴尬地笑着躲开：“不用了。”

同居一年，俩人再亲密也不过是搂着一起睡，其他更进一步的事根本没有发生。许轻没准备好，宋时也从不勉强，俩人亲亲抱抱也觉得蜜里调油。

“反正也被发现了，不如就生米煮成熟饭吧。”宋时坏笑，“做大事的人要有先斩后奏的气势。”

许轻推他：“那我可能这辈子都干不成大事了。”

宋时扣住她的下巴将她扭向自己，飞快地亲了一下，笑道：“我干得成就行。”

让许轻惶恐不安的是，汪素珍的夺命电话居然一直没有打来，她又不好打过去试探，只得提心吊胆地等着。

许轻回学校拿毕业证，林音和刘晓迪也来了，刘晓迪说自己肯定可以考上研究生，而林音也已经准备好签证即将要踏上飞往日本的飞机。

三人买了一些食物和酒，在学校的操场上一醉方休，哭哭笑笑抱着闹着，最后各自被领回了家。

三年啊，就这样弹指而过。

国庆假期的时候，许轻回清河镇过节，宋时因为赶项目进度留在公司加班。

推开老院子的大门，扑面而来的依旧是熟悉的原木气味，但是许轻在踏入家门的那一刻敏锐地感觉到一股暴风雨前平静而危险的气息。

她心下一跳，赶紧冲最容易拉做同盟军的爷爷打招呼："爷爷，我回来了。"

许爷爷坐在摇椅上，神色凝重，眼神总是往旁边瞥来瞥去。

"您眼睛怎么了？"许轻放下礼盒，没有领会到许老爷子的暗示，自顾自给爷爷介绍自己买给他的礼物，"我知道我买那些贵的养生食物您肯定说我乱花钱，所以我这次买的都是您喜欢吃的。上次您不是说我那一袋话梅干特别好吃吗，不过那个太硬了，您牙口不好就不要多吃了，我这次买的是话梅膏，入口即化。"

"对了，我爸妈呢？"许轻头也不抬，在礼品盒里翻来找去。

许老爷子没吱声，许轻身后倒是传来一个让她脊背一麻的声音。

"许轻，你给我进来。"汪素珍呵斥道。

2.

"不要以为我没有打电话催你，这件事情就可以不了了之。"汪素珍坐在沙发上，脸板得跟冰似的。

许轻搬了个塑料椅子坐在母亲对面，一副很乖的模样等着受训。

在教训许轻的事情上，只要汪素珍开始了，许建国和许老爷子也都只有靠边站的份儿。

许轻心虚，这次错绝对是在她，瞒着家里人和男朋友同居可大可小，虽然她已经成年了，并且同居也不是什么新鲜事，但在任何一个母亲眼里，自己女儿做出这种事情绝不是什么光彩的事。

"多久了？"汪素珍上一次这么严肃还是她小时候做不出加减法题的时候。

“两年。”许轻小声说。

“什么？”和语气一起飙上来的是汪素珍的血压，她气得直接蹦了起来，指头差点戳到许轻的脑门上，“许轻你可真是出息啊，你交男朋友我不管，但是你没毕业就和人去同居，这是一个女孩子应该做的事情吗？这要是被街坊邻居知道了，我脸往哪儿摆？”

“素珍，你冷静点，听小轻先说啊。”许老爷子护着孙女。

“对呀，你先听女儿怎么说。”许建国也憋不住了，“自己女儿是什么样的还不清楚吗？”

汪素珍狠狠瞪了许建国几眼，她自己女儿什么样她难道不清楚，只是这事还好让她知道了，这要是先传到街坊邻居那儿，一群老古板还不定怎么背后说他们许家教育不行呢。她这不是逮着个机会也让许轻认识认识啥叫教训嘛！

再狠狠剜了许建国一眼后，汪素珍又把火力转到许轻身上：“如果不是程瑶说漏嘴，你打算什么时候告诉家里？”她平了平怒气，“说吧，那男孩什么情况，还有他家里又是做什么的？”

许轻老老实实把自己和宋时的事情交代了一遍，高中暗恋宋时的那一段全部没说，最后努力表示自己的清白：“我刚说的两年是我们交往的时间。我也是实习的时候才和他住在一起的，因为房租贵啊，而且两个人住一起也彼此有个照应不是，但是，妈，我们什么也没做过，你相信我。”

这是实话，毕竟他俩不像程瑶和陈斗是双方家庭已经默许的关系，所以并没有乱来。

汪素珍好一阵没讲话，面色倒是稍有缓和。

许建国瞅了瞅自家老婆有松动的迹象，赶紧架梯子给老婆下，同时也维护着许轻：“我就说小轻这孩子不是那样的吧。别听点风声就小题大做的。”

毕竟有多年夫妻默契在，汪素珍也就顺着梯子把气往下顺了，一个唱红脸一个唱白脸。不过家长的架子还是端着的，她还是带着气的模样睨着许轻，淡淡问：“什么时候把他带回来让我瞧瞧，交男朋友的事怎么着在我这儿也是大事，我要亲眼看过才放心。”

汪素珍这话一出就基本是接受了。许轻暗自吐气，心总算踏实下来了。

这场“审问”总算散了，汪素珍走了之后，许建国用手指顶了一下许轻的额头，说道：“下次可不许这么干了，总得和家里说一声啊，你妈那脾气你还不知道，最要面儿！自己女儿的事还要在外人嘴里听到，她心里肯定不是滋味。”

许轻低头顺从：“知道了。”

“你那……”

许建国话说一半，许轻就懂了，连忙打断：“爸，他最近是真的很忙，白天熬晚上熬，等得了空一定带他来见你。”

许轻说起来满脸都是心疼样，不过宋时最近确实没怎么休息，她舍不得让他坐那么长时间的火车来见家长。

许建国看着闺女这还没嫁出去就胳膊肘往外拐，也是心里别扭得慌，但怎么着也还是宝贝疙瘩心头肉，自己心里别扭着嘴里哼唧哼唧着也到底没说啥，只是心里打着主意等那小子进门了可得好好给给下马威，自家可爱的小白菜可不能这么便宜就被拐走了。

晚上许轻接到了宋时打来的电话，那时她正陪爷爷在院里喝茶听书，一看来电显示，她立刻一脸桃花带着笑跑进自己房间把门关上躲起来接。

许老爷子：“……”

“喂。”她把声音放得很轻，生怕自己声音大了会让宋时惊着。

“怎么了，这是？”宋时刚忙完，声音很疲倦。

许轻趴在床上，房间里只开了一盏偏橘色的台灯，光线不强，不过照得人心里暖暖的。

“我为了你，已经被我妈严刑逼供过了。”她嘟着嘴求安慰，“你得对我负责。”

“行啊。”宋时答应得痛快，许轻却后知后觉红了脸。

时间好一会儿是无声流走的。

“怎么突然不说话了？”宋时点了根烟提神。

许轻手指描着床单上的花纹，声音又软又轻：“不知道说什么。”

她一向话不多，平时和宋时相处虽然她是闹得多的那一方，但大多也都是宋时引导她或者故意逗她。

“我想你了。”夜色太美，她望着窗外。

“陈斗这两天打电话给我了。”宋时主动提起新的话题。

“不是又要约你去哪里鬼混吧，你看程瑶回头不收拾他的。”许轻小小紧张起来。

“还真不是。”宋时说，“不过最近可能要有一件好事了。”

他话说得模棱两可，许轻再三追问他也不肯多说，只安抚她一定是件高兴的事。

两个人又甜甜蜜蜜说了一阵，宋时那边隐隐传来有人叫他名字的声音，他远离话筒应了一句后，又对电话这头的许轻说：“陈锋找我，你早点睡吧，难得假期休息一下。”

许轻是舍不得挂电话的，撒着娇好不容易让宋时先挂了。

她趴在床上，陷入沉思。

她知道宋时为什么这么拼命，因为他想给她一个看得见的未来，他希望自己站在她父母面前的时候不仅仅只是给一个许诺，而是实实在在地拿出成绩让她父母真的能放心把女儿交给他。

她懂，可是她止不住心疼。

3.

宋时说的那件好事还真的是一件超级好事——陈斗向程瑶求婚了，并且俩人迅速领了小红本。

“什么时候办婚礼啊？”许轻在电话里问。

“不着急，我想明年春天的时候办，温度正好，还可以穿露肩婚纱。”程瑶幸福的声音通过电话传过来都带着黏稠的甜蜜。

“干吗这么急啊？担心自己变丑吗？”许轻调侃她。

“不是我急，是他急。”程瑶得意道，“他估计是怕我跑了，所以想用小红本早点把我拴住。”

许轻翻了一个白眼，她这算是被塞狗粮了吗？

掌心的电话被抽走，许轻刚转头就被人给吻住了，随即身体也被压住。未挂断的电话躺在沙发上，时不时还传出程瑶的声音——

“阿轻，你在听吗？”

“喂。”

“人哪儿去了？”

程瑶疑惑地瞅了一眼自己的手机，然后听到有接吻的声音从听筒传出，她心领神会，满脸黑线地切断了电话。

真是，本意是去撒狗粮却反被喂了满嘴狗粮，唉，世风日下啊！好歹也先挂上电话嘛！

许轻被亲得说不出话来，只能呜呜咽咽地哼哼。

亲够了，宋时大喘着气把头埋在许轻的脖颈处，压着她没有起来的意思。

许轻刚洗完澡，身上还有沐浴液的薄荷香味。

“是不是累了？”许轻喘着气问，被摩擦过的嘴唇的温度还在节节高升。

“嗯。”宋时喘着粗气。

“那就早点睡吧。”许轻伸手推了推。

没反应，宋时已经睡着了。

俩人上一次这样单独相处还是国庆假期刚结束的时候，她从清河镇赶回来，刚进门就被人抱住亲得昏天暗地。后来又各忙各的，宋时几乎天天都要加班，有时加班太晚就直接在公司睡了。

“干吗那么拼命啊？”身边人均匀的呼吸声沉稳，许轻摸了摸他扎手的头发，喃喃地心疼。

4.

刘晓迪顺利考上研究生，林音也在日本开始上课。三个女生凑在一起视频，说着自己最近的情况。

林音抱怨说：“日本人说话实在有够难听的，叽叽歪歪一句也听不懂。”

“研究生学院人真的太少了，一个帅哥也没有。”刘晓迪也抱怨。

林音怼回去：“你都有一个了，还惦记外面的花花草草呢！”

刘晓迪不服：“我就是要发扬一下外面彩旗飘飘的风格，怎么了，羡慕啊，谁像你到现在连一面红旗都没插。”

林音倒抽一口冷气。

俩人你一言我一语地斗嘴，许轻听着她们讲相声一般只是笑。

“哎，你和宋时怎么样了？”刘晓迪突然问许轻。

许轻眨眨眼：“挺好的呀，不过我觉得他最近工作实在太拼命了。”

“男人知道挣钱是好事，难道你希望他好吃懒做，然后你跟着喝西北风吗？”刘晓迪说。

许轻抿嘴，话说得的确有道理，可是宋时比拼命还要更拼一点，项目一个接着一个，除了每天睡几个小时的觉，简直是压榨完了自己每一分钟的剩余价值。

“你问过他没？”林音问。

“他不会说，不过我也知道他为什么要这样。”许轻露出一个甜蜜的笑。

“也许宋时是想努力赚钱娶老婆。”刘晓迪半开玩笑地说。

许轻羞涩地低下头，她当然知道宋时为什么这么努力，她自己也从未停下跟上他进步的脚步，她要和他一起并肩努力，一起为两个人美好的未来打拼。

他想起毕业前夕那个除夕夜——宋时说：“毕业了就结婚吧。”

辗转又是一年除夕夜，宋时只有五天假，不过对宋时来说也是难得的一个长假了。俩人一起回清河镇过年，在车站分开的时候许轻三令五申警告他不许熬夜不许加班不许接听任何公司的电话，一个人絮絮叨叨表情严肃地念得宋时忍不住“扑哧”笑出声。

“现在就开始管我了，还没进门呢。”宋时捏捏她的小手。

许轻瞪了他一眼，然后把手伸进他大衣里面，在他最怕痒的地方挠了一把，随即逃离，却被人眼疾手快反手拉入怀中，抱了个正着。

寒风被宋时高大的身躯挡住了。

“新年快乐，亲爱的。”他在她耳边低语。

新年快乐。

春节例行走街串巷走亲戚，才在这家吃完饭转身又去另一家热闹，也累得慌。

除了除夕夜那天许轻守岁的时候宋时打过电话给她，这几天俩人都没有联系。

转眼就是大年初五，宋时要赶回省城工作。许轻本来想去送他，被宋时拒绝了，她这会儿忍不住想打个电话给他。

电话响了好久才被接通。

“你在哪儿呢？”许轻带着点小小的气，“是不是已经走了？”

“没有。”宋时在寒冬里吐了一口白雾，“给我开个门。”

“啊？”许轻不敢置信，语气里掺杂着疑惑。

开什么门?

她一激灵，掀起窗帘就看见大门外杵着个高高的黑色身影。

不用细看，许轻就明白了。

她喜从心来，跳下床拉开门就奔了出去。

一道粉色的毛茸茸的身影穿过客厅奔向大门，客厅里看电视的许家三位家长皆是一头雾水。

院子里还有积雪的痕迹，许轻跑过去，接过宋时手里拎的东西，心疼地握住他冻得有些泛红的双手。

“你怎么都没说一声？”许轻心疼抱怨道，“来了多久了？冷不冷啊？”

宋时笑着摸她的头：“谈恋爱不见家长怎么行，那不是耍流氓嘛！”他眼里带着光看着面前粉色绒绒的心爱的女孩，啧啧赞叹，“这身好看，抱着还舒服。”

还没把人抱进怀里呢，正拉扯间，被跟出来的许家父母撞了个正着。

宋时倒是落落大方，拉着许轻的手，自己冲许家父母弯腰鞠躬：“叔叔、阿姨新年好，我叫宋时。”

“这位是？”汪素珍看着宋时问许轻。

“妈，我们进屋再说行嘛。”许轻心疼宋时，赶紧推搡着他进去了。

一行人进了屋，宋时再次主动问好还表明了身份：“爷爷、叔叔、阿姨好，冒昧来拜访，我是许轻的男朋友，我叫宋时。”

汪素珍不动声色地打量面前的这个小伙子：长得高身板壮，人也英俊，精气神都很不错，看上去彬彬有礼又落落大方的。

第一印象不错。

一旁同样打量宋时的许建国心里一言难尽，这要拱走他家小白菜的来了，自然怎么看怎么不顺眼：黑不溜秋的，长得那么高、那么壮，要是欺负自家女儿怎么办？

许老爷子见进来个精神头十足的高个帅小伙，那是打心眼里满意，笑呵呵的：哦，小轻那个传说中的男朋友！

许轻倒是没注意到父母这眉来眼去地已经开始默契地讨论宋时，她勤快地倒来一杯温水让宋时暖暖。

汪素珍朝许建国飞去一个眼神，许建国立刻接旨。

“小轻，你去买菜。”许建国指挥许轻，“我和小宋好好唠唠嗑。”

小宋？许轻高兴得昏了头，一时间没反应过来她爹的意思，真的去房间换好衣服拿好钱包乐呵呵出门买菜去了。

5.

“突然来拜访，着实有点冒昧。”待许轻走了，宋时主动说。

客气又周到，俊朗有气质。汪素珍简直是越看越喜欢，脸上的笑容也是实打实的真诚、友好。

“小宋客气了，这来就来，还提这么多东西。”汪素珍乐呵呵道。

“其实我今天来，是有点事情要和叔叔阿姨说的。”宋时正襟危坐着，脸上的表情也是真诚而又认真，“我知道之前因为许轻和我住在一起的事情让叔叔阿姨很不高兴，我承认我们应该尽早跟叔叔阿姨坦白，但我是真心喜欢许轻，所以也请叔叔阿姨放心，我绝对不会做出任何会伤害她的事情。”

双方你来我往问询了一番后，宋时从口袋里掏出一张卡，郑重地放在茶几上。

“叔叔、阿姨，这是我实习到现在工作挣的所有钱，不算多，但是一个新房的首付应该是够了。”

许建国哑然，汪素珍疑惑：“你这是什么意思？”

“阿姨。”宋时声音不高，却无比真诚，“我也是清河镇人，我父亲是镇上的一个小公务员。因为一些复杂的原因，我和我父亲关系不是很和睦，从高中毕业开始，我就自己一个人在外面生活，自己赚学费和生活费，也经历过一些挫折和委屈，知道生活的不容易。我明白感情不是用钱衡量的，可是结婚是建立在要给对方一个足以依靠的经济基础和能力之上的，我喜欢许轻，我想给她一个未来。这张卡里的钱是我的一片心意，也是向叔叔阿姨证明，我有能力且心甘情愿为许轻和我们的未来而负责。”

他在用自己的方式证明，他有能力许下这样的承诺，也有实力遵守自己的诺言。他对许轻绝不是闹着玩而已。

宋时声音沉稳，句句都是肺腑之言，直听得汪素珍泪水涟涟，许建国对宋时也是有了一番天翻地覆的印象翻转。

面前这个男生，年纪不算大，却着实成熟且颇有远见，说话、做事也如此稳重，最难得的是，他有勇气在家长面前如此直白地摆出自己的态度。

宋时讲完以后，许家父母双双沉默，许老爷子频频点头，赞许地望着这个勇气可嘉的小伙子。

宋时看了看手腕上的表，许轻已经出去快半个小时了，还没有回来，他有些担心。

“叔叔、阿姨、爷爷，许轻还没回来，我去接接她。”宋时站起来。

许老爷子那赞许的目光就没变化过，许建国拉了拉还在偷偷擦眼泪的汪素珍。汪素珍赶紧回过神：“去吧，去吧，还不知道这丫头买了些什么。”

宋时出门了，许老爷子第一个开口表示：“我看这小伙子不错！有勇气有担当有能力，咱们小轻有福气。”

“爸。”汪素珍喊他。

“你没见那孩子说话的气度，和我当年去提亲时一模一样。”说完许老爷子开怀大笑，“这孩子绝对会对小轻好的，你俩也就别瞎操心了，儿孙自有儿孙福。”

许建国和汪素珍面面相觑，心中感叹，好像……还真是这么回事。

这桩事，基本上就已经是这么定了。

今年算是暖冬，时间逼近正午，暖阳照拂北方大地，地上残留的积雪折射出刺眼的光芒。

许轻抱着从超市买回来的一大堆食材走在马路边，停下等一个红灯。

宋时在马路的对面看着低头用鞋尖蹭积雪的许轻，忍不住嘴角上扬。他心爱的姑娘怀里抱着一个白色塑料袋，像是娇憨的猫咪。

他想起刚刚和许轻父母见面的场景，心里也有点打鼓。其实，他今天本来是要搭上回省城的火车，可就在出发前一秒突然改变了主意。来见许轻家长一直都在他的计划之内，但是为了确保自己的诚意，所以他

毕业近一年来不停地接项目，只为了能尽快有经济基础，只有这样他说出的口承诺才能更具有分量和可信度。

他本没想过要这么急的，也许是陈斗和程瑶结婚的消息刺激了他，也许是许轻每日等他回家时窝在沙发上熟睡的身影刺激了他，也许只是单纯地想要每天每夜看到许轻……不过这一切都不重要了，他的女孩在朝他走来。

红灯“咔嗒咔嗒”地倒计时，许轻像是意识到什么似的抬头，就发现双手插兜站在对面朝自己微笑的宋时，阳光落在他的脸上，还是少年般光泽的面容。

啊，那是她深深爱着的少年啊！

绿灯亮了。

许轻没动，穿着黑色衣服的人影穿过人流朝她走来。

不知是谁在放音乐，嘈杂的车流声里，有清晰的音乐流出——

Where you go（任凭天涯海角）

Whatever you go（无论你做什么）

I will be right here waiting for you（我会一直在这儿等着你）

Whatever it takes（不论付出多少代价）

Or how my heart breaks（无论我多么心碎）

I will be right here waiting for you（我会一直在这等着你）

……

她此时仿佛置身在时光隧道，宋时每走近一步，她就更多地回忆起少年的时光，那个穿着蓝白校服的少年、那个抱着吉他的少年，也是这样一步一步迎着光向她走来。

番外一

TASHIXIAOWENNUAN

林音——独角戏

林音从饭局回来之后，情绪就一直有些沉郁。

寝室里只有她一个人，刘晓迪和陈锋去过二人世界，许轻去照顾喝得有些醉的宋时。

她想，也许许轻今晚也不回来了。

空气安静得有些可怕。

寝室楼道里有清晰的脚步声，以及嬉戏打闹的玩笑声。屋里屋外是两种截然不同的气氛，让她心生满腹寂寥。

就在不久之前，她和宋时的那番谈话依旧在她脑子里盘旋。

包间里，她鼓起勇气走了过去，坐在宋时的身边。

男生一开始只是自顾自抽着烟没有理会她，当她忍不住想开口的时候，却意外被打断了原本想说的话。

“我知道你很在乎许轻。”男生弹了弹快要掉下的烟灰，“你和她只是朋友，禁止越界。”

林音心里微微一颤。

包间里光线昏暗，不知是谁开了五光十色的闪光灯，有一束彩光正好扫射到林音的脸上，那一刻，她微颤的面部肌肉被宋时看得一清二楚。

她没想到宋时竟然可以洞悉到自己心里的想法。

“作为朋友，你不能影响和伤害许轻。你知道的，有些事情说出来了，就是一种伤害。”宋时声音淡淡的。

宋时从来不是一个大度的人，甚至有一些斤斤计较，许轻身边有这样一个怀有复杂想法的人，他不得不防，他相信许轻，但是他不相信林音。

“你是不是真的喜欢她？”良久之后，林音才开口，声音里有淡淡的嘶哑，像是在隐忍。

她今天只是想从宋时口中得到一个确定的答案，许轻为他伤心伤神的样子她看过无数次。

当年高考之后，许轻在一个深夜打电话给她，没有说话，只是一个劲儿地号啕大哭。

她心疼许轻，从此，对一个连名字都叫不出来的男生有了无端的怨恨。

她的感情看似单纯，其实又不单纯，她只是想一直和许轻在一起，不管以何种方式。

所以，她对许轻百般好。

她以为她可以一直维持这样的现状，直到在校庆上看到许轻看台上的眼神，那个抱着吉他的男生吸引了许轻全部的目光。

她知道，那个人出现了。

她的思绪被宋时的回答打断。

“我喜欢她。”宋时说，“比你以为的还要喜欢。”

“好。”林音低头思绪片刻。

她再抬头时，眼睛里满是凌厉，像是做了一个艰难却诚恳的决定——

“那我们就约法三章，只要你不再做出让许轻伤心的事情，我就永远做好一个朋友的角色。”

两个人心中各有自己的算盘。

寝室的灯瞬间灭了，周围一片黑暗。

漆黑的环境让人的五感瞬间放大到极致，包括内心那点敏感的感情。

林音睁着眼睛看向窗外落在树枝上浅淡的余光，远处有几家灯火忽明忽暗。

她眼光变得深邃暗沉，黑色的瞳孔映着玻璃反射的光，像是落入了星星的碎片。

她坐在床沿，手指不自觉地抓紧了床单的一角。

她的视野便逐渐开始模糊，不知不觉间，她好像看到了那年在美术学院教室初见许轻的场景——

一个女孩穿着白T恤和牛仔裤，梳了一个很高的马尾辫，马尾辫随着她摆动画笔、布画纸的动作在空气中扫来扫去。

那是她很在乎的人。

这三年的时间，她好像自己一个人唱了一出没有观众的独角戏。

今天，将正式落幕。

番外二

TASHIXIAOWENNUAN

陈杰松——一个人的心动

那天从酒吧散场之后，陈杰松自己一个人走回了家。

清河镇凌晨时分的街道十分安静，正月里的年味依旧浓重，风吹起路灯下的红色碎纸屑。寒风吹醒了他的醉意，他停下脚步，揉了揉眉心，继续走。

神志越清明，脑海里那张略带些羞涩的笑脸就越发清楚。

他从来没有想过会再相见，或者说，他从来没有想过会以这样的方式再相见。

此时，他是孑然一身的陈杰松，而她是宋时的女朋友。

初升高的时候，开学第一天场面很混乱。他坐在第一排无意看了看班级的成绩排名单。他对单科成绩的分数很敏感，这主要缘由是他想用单科的优秀成绩来做对比。他一直都有平衡自己的各科成绩，日后可以说服父母自己报文科的志向。

就这样一行一行地看过去，一个总分排名比较靠前的名次，可是英语单科成绩却是倒数的一栏吸引了他的视线。

手指在纸张上平行地滑过去，署名的一栏，写着“许轻”两个字。他几乎是下意识地回头在四周打量了一番，一张张灿烂的笑脸，他一个名字也叫不出来。

他转回身，目光所及之处又是那个名字。他笑自己的无聊，便不再去想。

开学的前几天都是各种的杂事，班主任刘佳忙完两天的琐事之后，在一个晚自习的时间，突然提议让大家轮流进行一番自我介绍。

班级里顿时一片小声议论的嗡嗡声，刘佳在台上用教案使劲拍了几下讲桌之后，才勉强镇得住场面。

自我介绍的常规内容不过就是姓名、来自何处、爱好，以及梦想。

男孩子趾高气扬地说着自己的追求，女孩子侃侃而谈自己的爱好，当轮到许轻的时候，她站起来先是想了想没说话。就是这片刻的寂静，陈杰松的目光就看了过去。

声音清淡如流水，许轻坐在窗边，傍晚橘红色的余晖在她身上打了个光圈，她的发丝都蕴藏着淡淡的光亮。

眼前本是一片温暖的画面，却在许轻开口的瞬间被覆上了一层冰。

“我叫许轻。”她言简意赅，说完便坐下了。

同学们诧异，就连讲台上的刘佳也诧异，她推着眼镜说：“许轻同学，你说得太简单了，这让同学怎么了解你？比如你可以说你喜欢什么或者以后的梦想。”

女孩表情依旧冷淡，随后再次站起来，目光垂下好似在思考什么，再次冒出清淡的声音：“我喜欢画画。”

没有过多的词语，总是那样干脆和简练，是陈杰松对许轻的第一印象。

从最开始只是简单的好奇，陈杰松对着这个性格淡漠、英语不好的女生总是多留意几眼。她几乎没有什么朋友，也从不像其他女生一样聚在一起聊八卦、说笑话。

他看过她笑，还是和程瑶在一起的时候。

一次午后放学，一堆人像饿狼一般冲出教室，人声鼎沸的教室瞬间寂寞空旷，程瑶和许轻坐在一起耳语，许轻淡淡地笑开了。

陈杰松回过头偷偷地看她，那是一种怎样的感觉呢？

就像在冰天雪地的湖海，一片茫茫寂寥、寒风刺骨，你行走在冰上，却忽然驻足，看见有一朵美丽的霜花在冰层之上绽放。

让人感叹的同时，也被深深吸引。

陈杰松不算是一个性格外向的男孩子，所以他一直只是偷偷关注许轻，没想到的是清河高中三十年校庆给了他与许轻正式接触的机会。

许轻主动请缨接下班级板报的任务。

那天，陈杰松特意请了假没去排练，只身赶回教室。

班级里很安静，他透过后门的窗户看到女生站在凳子上在黑板上画画的身影，校服衬得她整个人都很小，宽大的袖子垂下来，空荡荡的，像极了古人的长袖。

陈杰松目不转睛盯着女生的侧脸，依旧是淡漠，没有任何表情，但是眼神中透着认真。

他不由自主地想到那次自我介绍时她那番简单的言论。

她说：“我喜欢画画。”

那语气听不出来一点真实，却在背后藏着无比深刻的印记。

他推门而入，动作很轻，丝毫没有影响到认真画画的人。

片刻，他做了人生中的第一次对待异性的主动。

他说：“原来你画画这么好看呢。”

许轻转身，陈杰松在她眼里看见了细碎的光芒，那个时候，他听到自己心脏悸动的声音。

不知从哪儿吹来一阵强烈的冷风打断了陈杰松的回忆，他的酒意彻底被寒气散尽。凌晨的冬夜到处是一股肃杀之意，浓稠的天色像是被覆上一层白茫茫的薄雾，看不清楚到底有几颗闪亮的星。

街边的马路牙子上还有积雪，黑色的大衣上接住了片片雪花，陈杰松抬头看了看，镜片瞬间也被几片雪花覆盖。

这是新年的第一场雪，路灯下的雪越来越密集地往下降落，橘黄色的光透过雪花间的缝隙刺得人眼睛开始模糊。

他呼了一口白雾，只身走进了更深的黑夜里。

图书在版编目（CIP）数据

她是小温暖 / 程亦清著 . -- 上海 : 上海文化出版社 , 2019.3（2021.6 重印）

ISBN 978-7-5535-1466-6

Ⅰ . ①她… Ⅱ . ①程… Ⅲ . ①长篇小说 - 中国 - 当代 Ⅳ . ① I247.5

中国版本图书馆 CIP 数据核字 (2019) 第 018599 号

责任编辑　詹明瑜
特约编辑　欧雅婷
装帧设计　刘　艳　西　楼
封面绘制　哈　鲁
印务监制　周仲智
责任校对　周　萍

她是小温暖
程亦清　著

出　版　上海文化出版社
出　品　上海故事会文化传媒有限公司
（200020 上海市绍兴路 74 号　www.storychina.cn）
发　行　上海文艺出版社发行中心
（上海市绍兴路 50 号）
印　刷　北京时尚印佳彩色印刷有限公司
开　本　880×1230　1/32　印张 9.125
版　次　2019 年 3 月第 1 版　印次 2019 年 3 月第 1 次印刷 2021 年 6 月第 2 次印刷
书　号　ISBN 978-7-5535-1466-6/I.549
定　价　46.80 元

上海故事会文化传媒有限公司 出品（00831）www.storyychina.cn

本书如有印装问题，请与印刷厂联系调换。联系电话：010-68812775